NERO
E SEUS HERDEIROS

COLEÇÃO "OS SENHORES DE ROMA"

Augusto

Tibério

César

Marco Antônio e Cleópatra

Nero e seus herdeiros

Calígula

OS SENHORES DE ROMA

NERO E SEUS HERDEIROS

ALLAN MASSIE

TRADUÇÃO
FLAVIA SAMUDA

Diretor editorial: **PEDRO ALMEIDA**
Coordenação editorial: **CARLA SACRATO**
Preparação: **GABRIELA ÁVILLA**
Revisão: **BÁRBARA PARENTE**
Capa: **RENATO KLISMAN | SAAVEDRA EDIÇÕES**
Projeto gráfico e diagramação: **CRISTIANE | SAAVEDRA EDIÇÕES**

Dados Internacionais de Catalogação na Publicação (CIP)
Angélica Ilacqua CRB-8/7057

Massie, Allan 1938-

Nero e seus herdeiros / Allan Massie; tradução de Flavia Samuda. — São Paulo: Faro Editorial, 2021.

240 p. (Os Senhores de Roma)

ISBN: 978-65-5957-007-2
Título original: Nero's heirs

1. Ficção inglesa 2. Nero, Imperador de Roma, 37 D.C. - 68 D. C. 3. Cleópatra, Rainha do Egito, 30 A.C. - Ficção I. Título II. Samuda, Flavia. III. Série

21-1856 CDD 823.914

Índice para catálogo sistemático:
1. Ficção inglesa

2ª edição brasileira: 2021
Direitos de edição em língua portuguesa, para o Brasil, adquiridos por FARO EDITORIAL

Avenida Andrômeda, 885 - Sala 310
Alphaville - Barueri - SP - Brasil
CEP: 06473-000
WWW.FAROEDITORIAL.COM.BR

Para a Alison, como sempre

Para Cornélio Tácito, Senador:

Confesso não saber se estou mais honrado ou mais encantado pelo fato de você, emérito autor de *Diálogo sobre a Oratória* e da nunca assaz admirada biografia de seu sogro, o imperador Cneu Júlio Agrícola, pedir minha ajuda para obter material e elaborar a história dos nossos tempos terríveis, tema no qual afirma ter mergulhado corajosamente.

O que devo dizer? Não posso recusar porque tenho certeza de que sua história será imortal, o que me deixa ainda mais ansioso, e que meu nome ficaria, mesmo que vagamente, associado a ela. Apesar disso, fico sem coragem de cumprir a tarefa que me incumbiu, por estar consciente de não ser a pessoa ideal para a tarefa e por medo, pressentimentos e insegurança de me aventurar na sombria caverna da memória. Como todas as pessoas da nossa geração, pisei em muito sangue inocente. Os gritos e a morte daqueles que foram arrastados para a prisão ainda ecoam nas minhas noites assustadas e perturbadas. Não sei se terei forças para relembrar os fatos para você (e menos ainda aqueles dos quais sou culpado) da época do terror.

Você mesmo se reconhece, como recordo-me, como um homem de imaginação fértil e compassiva, fonte da qual se alimenta seu gênio. Mas o que você me pede, e é tamanho o respeito que lhe devoto, que, como já disse, não posso me negar, embora cada fibra do meu nervoso ser implore por isso.

Até o motivo particular para você buscar minha ajuda me faz estremecer. Você não diz, mas sei que tem consciência dele.

Fui realmente colega de escola e, durante alguns anos, o melhor e talvez único amigo do tirano Domiciano. Conheci como ninguém os pensamentos mais recônditos daquele homem soturno e misterioso. Fomos criados juntos, meu (dito) pai foi morto ao lado do pai dele, Vespasiano, num tumulto com bárbaros na campanha britânica. Vespasiano sempre se referiu com muito carinho ao meu pai, dava a entender até que lhe devia a vida. Talvez devesse mesmo, senão por que diria isto? E estive com Domiciano naquele terrível ano em que Roma se perdeu e parecia prestes a ser tragada numa calamidade civil.

Ah, sim, sei muito bem. Sei demais. Aprendi, quando ainda era muito jovem que os deuses não querem saber da nossa felicidade, só do castigo.

Você garante que agora posso voltar com segurança para Roma. O tirano não está mais lá. Eu já sabia. Mas não é por medo que permaneço aqui, nesta distante cidade na fronteira das terras bárbaras, longe de onde florescem os limoeiros. É mais por uma espécie de cansaço. Por que sair daqui? De certa forma, eu me adaptei. O vinho é ralo, às vezes azedo, mas não falta. Confesso que costumo ir para a cama bêbado, a embriaguez afasta os pesadelos. E tenho uma mulher, meio grega, meio cita, que me ama, ou diz que me ama, e faz tudo para se comportar como se assim fosse. Temos filhos também, quatro pirralhos de cabelos encaracolados. O que eles poderiam fazer em Roma? O que Roma poderia fazer por eles? Aqui, crescerão para serem fazendeiros ou comerciantes, criaturas úteis.

Você, Tácito, que sobreviveu e continuou morando no Grande Mundo, ligado aos afazeres públicos, certamente desdenhará de mim e do meu modo de vida. Mas você sobreviveu graças a qualidades que não tenho, talvez graças à bondade também (embora, em nosso tempo, a bondade tenha levado muitas vezes ao castigo) e a um toque da Fortuna. Creio que você é um favorito dos deuses, se isto é possível. Mas eu me culpo de muitas coisas. Aceitei matar e, durante certo tempo, tirei vantagem da minha fraqueza. Eu era ambicioso e, para aumentar minha ambição, coloquei-me ao lado do mal.

Você me pede para relembrar as cenas de carnificina, para entrar outra vez no mundo de traição e maldade, enfrentar a matéria que forma os pesadelos. Não sabe que está me pedindo para explorar a lembrança e destruir a paz de que hoje desfruto.

Mesmo assim, farei o que me pede. Haverá pelo menos um ex-amigo a quem servi muito bem.

Você me pede, meu caro Cornélio Tácito, para eu relembrar as primeiras imagens que tenho de Domiciano. Não é impossível, pela seguinte razão: não consigo pensar em nenhuma época da minha vida da qual Domiciano não faça parte.

Como você sabe, Domiciano era filho do imperador Vespasiano, que hoje goza de gloriosa memória, mas não tinha berço nem fama. Nasceu quando o Divino Augusto ainda era *Princeps*, em Reiti, nas colinas sabinas, e foi criado pela avó, que tinha uma pequena fazenda em Cosa. Creio que o pai de Vespasiano era um cobrador de impostos na Ásia, mas posso estar enganado. Claro que, quando Domiciano ou até seu irmão Tito ainda eram vivos, seria pouco propício comentar a humilde origem de Vespasiano, embora ele mesmo nunca tivesse se preocupado em escondê-la. Mas, como você está escrevendo uma história verídica, é preciso deixar claro: sua família não tinha qualquer destaque.

Posso afirmar isso porque, como você sabe, minha história era diferente. Ou melhor, como você pensa que sabe. Tive uma origem mais excelsa. Minha mãe pertencia à família Cláudia, como prima, e portanto era ligada à família imperial. Meu pai poderia se vangloriar de ter inúmeros cônsules entre seus antepassados Emilianos. Por nascimento, eu pertencia à mais alta aristocracia romana, fato que agora, na minha atual situação, me parece engraçado.

Mas como nada mais me importa, posso confessar a você o que o orgulho me fez ocultar a vida inteira: que Marco Emílio Escauro, filho daquele Escauro que foi cônsul durante o governo de Tibério, era meu pai apenas legalmente. Um efeminado rabugento, cujo desejo de opulência e atenção suplantava sua habilidade, que teve a desprezível complacência de permitir que sua esposa (minha nobre genitora) fosse seduzida por Narciso. Não preciso lembrar-me de que Narciso era o liberto que influenciou o julgamento do fraco imperador Cláudio, dizem até que ele controlava o imperador. Ele também comandou a divisão da guarda pretoriana, que prendeu e assassinou a terceira esposa do imperador, Messalina, famosa (como você deve saber) pela sua imoralidade.

Não tenho qualquer dúvida de que você, meu amigo, com suas ideias firmes, embora conservadoras, a respeito da probidade republicana, lastime e despreze Narciso e tudo o que ele representava. Não vou discutir com você; direi apenas que ele era um homem de certa capacidade. Agora que estou no exílio, não dou qualquer importância à estirpe, e com isso posso dizer o que antes me envergonharia: fico mais feliz de pensar que sou filho do eficiente, embora cruel e corrupto Narciso, de que do fraco Escauro, cujo nome ostento e de cujos antepassados eu costumava me vangloriar.

Claro que durante anos desconheci minha verdadeira paternidade. Minha mãe, uma mulher de forte personalidade, confessou, chorando, numa de nossas discussões. Tenho certeza de que ela disse a verdade, no mínimo porque Narciso tinha morrido há muito tempo e comentários sobre esta ligação poderiam levá-la à desgraça. Recebi a notícia como uma bomba, que depois não tive escrúpulos de usar contra ela, uma mulher forte e severa. Mas eu a adorava quando jovem, e sua beleza parecia competir com a da própria Vênus!

Você há de compreender que a minha confissão é pertinente para a sua pesquisa, pois deve saber que foi graças ao apoio de Narciso que Vespasiano surgiu do nada, conseguindo, primeiro, o comando de uma legião, depois a glória de conquistar a Bretanha, onde subjugou toda a Ilha de Wight, sendo depois recompensado com os louros da vitória e um consulado. Sem Narciso, Vespasiano, com seus quarenta e poucos anos, teria sido um oficial aposentado sem qualquer importância, sobrevivendo a meio soldo e cultivando uma desprezível lavourazinha. Na verdade, não é apenas por mérito que os homens ascendem no nosso mundo degradado!

Uma das consequências do apoio do meu pai foi que Tito, filho mais velho de Vespasiano, foi educado nas rodas da Corte, onde se tornou companhia e maior amigo de Tibério Cláudio, mais tarde conhecido como Britânico, filho do imperador com a dissoluta Messalina. Britânico e Tito eram cinco ou seis anos mais velhos do que eu, que tinha seis meses a mais do que Domiciano. Posso dizer que, embora indicassem Domiciano para meu companheiro de brincadeiras, ele era um menino muito franzino, tímido, carrancudo e avesso a qualquer companhia. Tito e Britânico eram encantadores e alegres, mas logo foram desprezados por Nero, quando este se tornou imperador sucedendo ao padrasto (assassinado?).

A posteridade há de se lembrar de Nero como um monstro de depravação e um imperador que desonrou o título que usava. A História o julgará com rigor. Você, meu caro Tácito, garantirá que isso ocorra. Não o condeno, sequer penso em condená-lo. Afinal, eu mesmo sofri nas garras da fera. Ele não somente matou o meu pai natural, Narciso, mas, quando eu tinha onze anos, me perseguia no ginásio, gritando:

— O lobo vai te pegar!

Antes de ser destituído, Narciso indicou Vespasiano como governador da África, onde não teve muito sucesso, e uma vez os provincianos rebelados chegaram a atirar-lhe abóboras! Mas, pelo menos, Vespasiano estava a uma distância segura de Nero! Na verdade, o imperador não tinha nada contra ele, já que não o temia nem o invejava. Nero tinha nele um motivo de zombaria, e o cinismo de Vespasiano motivou todo tipo de infantilidades e chistes de mau gosto. Por isso, Vespasiano teve mais sorte do que aqueles que foram invejados por Nero.

Apesar de tudo, Nero era uma pessoa interessante. Espero que você deixe isto bem claro, pois esta característica foi confirmada até por Petrônio, a quem Nero chamava de *árbitro da elegância* e por quem era menosprezado como só um homem inteligente e infeliz é capaz de desprezar um palhaço turbulento. Petrônio era amigo da minha mãe. Quando eu tinha catorze anos, ele tentou fazer de mim seu efebo*, mas recusei. Indiquei Domiciano, mas Petrônio estremeceu e disse:

— Aquele rapaz doentio? Você está brincando comigo!

* Na Grécia antiga, rapaz que atingiu a puberdade, submetido a educação especial. (N. do C.)

Respondi:

— Pois tenho tanta certeza de que ele aceitaria quanto de que eu não!

Ele riu. Eu admirava Petrônio, mas ele tinha cheiro de maçã podre. Acho que era alguma doença... Ele gostava de ler para mim o seu romance, o *Satíricon*. Com certeza esperava que a obscenidade do texto me excitasse para satisfazer seus desejos. Mas na época eu era muito casto. Um menino de catorze anos pode ser bem pretensioso.

Não é isto o que você quer saber. Você quer saber da infância de Domiciano, mas estou um tanto bêbado, como sempre estou pela manhã.

Vou lacrar esta carta e prosseguirei amanhã.

III

MEU PAI SE DIVORCIOU DA MINHA MÃE ASSIM QUE NARCISO CAIU EM desgraça. Antes, não ousou fazer isto. Retirou-se, então, para se entediar em suas propriedades nas colinas além de Veletri e escrever má poesia (a *Tristia*), numa fraca imitação de Ovídio. Nunca mais o vi.

Minha linda mãe era órfã de pais; seu irmão mais velho se recusou durante anos a recebê-la ou mesmo a ajudá-la, como era sua obrigação; ela ficou pobre e quase sem amigos. Fomos então morar num cômodo no terceiro andar de uma *ínsula**, na Décima Quarta região da cidade, do outro lado do Rio Tibre. Era só o que ela podia ter, um lugar miserável, úmido e frio no inverno, e com o teto baixo e a janela abrindo para um pátio fechado, de um calor insuportável no verão, do qual não podíamos escapar como faziam as pessoas da nossa classe social, que se retiravam para as colinas ou para o litoral. Nossos vizinhos eram pessoas da mais baixa estirpe; algumas, nas noites de inverno, usavam a escada do prédio para se aliviar, em vez de se aventurarem nas geladas latrinas públicas. Minha cama era um mero armário sem ventilação; nas noites insones, eu ficava deitado planejando o futuro e a minha vingança do mundo pelo infortúnio que tão cedo me atingira.

Minha mãe suportava estoicamente sua desdita, maior ainda que a minha. Passava dias inteiros lustrando suas joias e polindo suas lembranças. Aos poucos foi vendendo suas joias, uma a uma, para pagar meus

---

* Imóvel de aluguel, abrangendo diversos andares. (N. do C.)

estudos. Hoje vejo que ela vivia apenas para mim e não se concedia qualquer luxo, que às vezes podiam ser necessidades, para que eu pudesse brilhar no mundo. Na época, eu não entendia essa abnegação e reclamava das suas exigências e de me proibir de brincar com os meninos andrajosos, às vezes marginais, do nosso bairro miserável.

Assim, tínhamos poucos amigos, e por isso passei grande parte da minha infância com Domiciano. A situação dele era parecida com a minha. Foi criado por uma tia paterna na Rua das Romãzeiras, na Sexta Região, local um pouco mais saudável ou respeitável que o nosso. Você talvez pense que a distância entre as nossas casas dificultasse nossa amizade, já que ficávamos em lados opostos da cidade, mas a explicação é simples: sua tia adorava a minha mãe, que tinha sido muito boa para ela (ela sempre dizia) quando os tempos eram prósperos. Esta tia era dentuça, gaga e tinha medo de estranhos. Por isso, levava o pequeno Domiciano até o Trastevere para visitar minha mãe que, por sua vez, achava-a útil. Minha mãe tinha poucas prendas domésticas (como poderia ter?), não gostava de sair de casa, ignorava os nossos vizinhos, ou pelo menos mantinha distância deles, o que eventualmente aumentou o respeito que eles tinham por ela. Duas mulheres solitárias, sentindo mágoa do mundo: a tia, por medo, e minha mãe, por desprezo, formavam uma aliança adequada.

A criança, dizem, é o pai do homem. Suponho que seja verdade, embora tenha conhecido gente, inclusive eu, que reagiu tanto contra as dificuldades da infância que é difícil imaginar que o adulto venha da criança.

Eu ainda poderia falar mais sobre o assunto. Mas você não quer minha autobiografia e, na verdade, no amargo exílio, não tenho vontade de escrever sobre isto.

Pois vamos a Domiciano: ele era uma criança quieta, pensativa, amuada. Você sabe que, quando imperador, dizem que ele se divertia furando moscas com a pena de escrever, por isso dizia-se também que *ninguém gostava de ficar com o* Princeps, *nem uma mosca*. O chiste tinha motivo, ele era o tipo do menino que se divertia arrancando asas de insetos, pernas de aranhas e assim por diante. Lembro-me de que uma vez ele trouxera um sapo para a nossa casa e começou a arrancar seus membros. Quando implorei para ele não torturar o animal, ou pelo menos para matá-lo antes de dissecá-lo, ele resmungou, sem levantar a cabeça (você se lembra de que ele nunca olhava ninguém nos olhos?), que aprenderia mais anatomia se o animal estivesse vivo. E disse que se interessava muito pelo sistema nervoso. Acho que nesta época ele tinha dez anos.

Às vezes, os seus cabelos desgrenhados ficavam cheios de piolhos, porque sua tia era míope e, de qualquer jeito, não se incomodava com essas coisas. Como você sabe, ele ficou careca muito cedo, o que foi outro motivo de mágoa.

Naquela época, ele não se importava comigo. Ou, para ser mais correto, ele não gostava de mim. O motivo era simples: meu brilho revelava sua incapacidade. Eu aprendia rápido o que ele se esforçava para entender. Durante alguns anos tivemos o mesmo mestre: um gramático grego chamado Demócrito. Era um homem rude, violento, orgulhoso da vara que usava para castigar seus pupilos. Acho que o seu maior prazer era o de bater nos seus infelizes alunos, e Domiciano, por ser lento e sem qualquer destaque social, era sua vítima preferida! Muitas vezes vi suas pernas marcadas com fios de sangue. E o medo que demonstrava quando era condenado a apanhar, só aumentava o ímpeto do nosso mestre. Quanto mais Domiciano pedia misericórdia, mais fortes eram os golpes. Pelo menos uma vez, o desventurado menino urinou de medo, o que causou a zombaria dos seus colegas. Você não ficará surpreso se souber que, depois que se tornou imperador, Domiciano mandou seus agentes procurarem o já idoso Demócrito. Arrastaram-no do sombrio cômodo em que sobrevivia e trouxeram-no à presença do ex-aluno, que lhe deu um pontapé e ordenou que fosse espancado até a morte! E justificou:

— Este homem gosta tanto de bater com sua vara que merece que seja esta a última coisa que veja na vida!

Curiosamente, este infeliz mestre brutamontes despertou em Domiciano um sentimento afetuoso por mim. Um dia, quando Demócrito foi mais que cruel com ele, excedendo sua quantidade habitual de golpes e mandando que dois colegas nossos segurassem o menino para ele poder apanhar mais, alguma coisa dentro de mim se revoltou contra a barbárie. Talvez (quem sabe?) eu há muito me repreendesse pela timidez com que suportava aquele animal. Assim, levantei-me da minha carteira, fui até a frente da sala, arranquei a vara dele (que estava no auge do espancamento) e passei a bater no pescoço e nos ombros do nosso mestre.

— Experimente o remédio que você receita! — gritei. — Tome isto, seu bruto, e mais isto, e aprenda a respeitar romanos livres, você, grego nascido escravo.

Foi uma alegria como jamais vi. Mas não podia durar muito, claro. O bruto era mais forte do que eu e, virando-se, derrubou-me com um soco. Chamou seu assistente e um dos nossos colegas para ajudá-lo, pegou a vara e, quando viu que eu estava acuado, bateu em mim com toda a sua força enfurecida. Apanhei até desmaiar. Quando recobrei os sentidos, estava sozinho com Domiciano, que passava uma esponja no meu rosto e murmurava gratidão eterna pela minha intervenção. Combinamos de contar tudo para minha mãe e a tia dele, e a partir daquele dia não voltamos a enfrentar os tormentos de Demócrito. A partir daquele dia, também, durante dois anos ou mais, Domiciano demonstrou por todos os meios sua dedicação a mim. Cito isso porque você deve ter percebido que nada é mais comum do que o ressentimento de um homem pelo seu benfeitor. No nosso caso não foi assim. Modestamente, posso dizer que Domiciano me considerava seu herói.

Mas a harmonia da nossa relação se romperia. Tito voltou a Roma, vindo da África, onde esteve servindo como embaixador do seu pai. Por gentileza, ele pediu para ver minha mãe, e disse:

— Vespasiano, meu pai, envia à senhora, isto é, pede que eu lhe transmita a certeza de sua alta estima. Ele tem perfeita noção da dívida que tem para com a senhora. E pediu-me para dizer-lhe que está ansioso por fazer o possível para, ah...

Ele interrompeu a frase e, com um sorriso repentino, que pareceu iluminar nosso modesto cômodo, estendeu a mão num gesto vagamente indefeso e, deixando de lado o tom informal, prosseguiu:

— Não sei dizer direito estas coisas, senhora, embora tenha praticado retórica! Por isso, permita que eu coloque em minhas próprias palavras, por mais incorretas e informais que sejam. Meu pai ficou aborrecido ao saber como a senhora está sendo obrigada a viver, o que confirmo agora com meus próprios olhos. Estou horrorizado que uma senhora da sua origem, que foi tão gentil conosco e comigo quando criança, esteja vivendo assim! Lembro-me quando o pobre Britânico, meu querido amigo, foi cruelmente assassinado! Acho que nesta casa posso chamar de assassinato, embora me custaria a vida dizer isto em outros lugares da cidade. Então, lembro-me que quando chorei a morte do meu amigo, a senhora secou minhas lágrimas e consolou-me, e nos dias terríveis que se seguiram, quando virei criança outra vez, foi graças à sua ajuda, ao seu afeto e às suas palavras sábias que eu pude me recuperar e continuar a viver! Então fico triste por ver a senhora confinada neste miserável cubículo. Mais do que isto, fico desgostoso! Então, se há alguma coisa que eu e o meu pai possamos fazer, diga-me! Não que ele possa fazer muita coisa, pois acho que tem pouco apego ao trabalho, ao seu cargo e até mesmo à vida, mas...

Tito falou com muita beleza, embora com certa incoerência, o que parecia provar sua sinceridade. Eu tinha certeza de que suas palavras vinham aos trambolhões, espontâneas, diretas do coração. Claro que a minha mãe as recebeu com graciosa discrição, como deveria. Apesar da nossa situação, ela era uma grande dama, uma verdadeira Cláudia, enquanto Vespasiano e a família eram recém-chegados que não tinham conseguido nem chegar direito. Mas ela ficou encantada com Tito. Quem não ficaria na época?

Basta fechar os olhos para vê-lo: alto, com pernas compridas, louro, de cabelos ondulados e meio longos, a pele clara, apesar do sol africano; nariz pequeno e reto, olhos azuis, lábios lassos, o superior um pouquinho sobre o inferior, como se tivesse sido picado por uma abelha. E sou capaz também de ouvir sua voz agora: linda, clara, quase feminina quando ficava mais aguda, mas sem chegar a ser efeminada graças a algumas vogais longas, como pronunciavam os sabinos, o que ele deve ter assimilado do pai ou talvez de uma ama na infância. E da mesma forma que a sua voz foi salva da afetação por esta firmeza essencial, seu jeito também, que poderia parecer o de um homem elegante e seguro, era salvo por certo desalinho: tinha pés grandes demais e costumava fazer gestos bruscos.

Ao dizer isto, eu me traí, não? Sim, quando o ouvi falar e depois servi o vinho, não conseguindo impedir que minha mão tremesse. Eu me apaixonei perdidamente, como só um rapaz de catorze anos pode se apaixonar, com uma admiração tão intensa que ia muito além do desejo físico. Eu só queria estar ao lado dele, o tempo todo, a partir daquele momento, ser notado por ele, agradado por ele e poder servi-lo.

Não me desapontei. Embora naturalmente ignorasse isso, Tito já merecia a reputação que teve anos depois de grande sedutor, tanto de homens quanto de mulheres. E, se me permite, posso dizer que naquela época eu era um dos que valiam a pena seduzir, estava acostumado a ser olhado com atenção e ser cobiçado, a receber propostas nas termas. Tinha um corpo atlético e esguio, o rosto emoldurado por caracóis negros e revoltos, a pele suave, os olhos grandes e bem escuros, o nariz reto; minha boca era, como diria Tito: *feita para a loucura dos beijos*. Em resumo, embora seja escrito por mim e sabendo que este trecho provocará sua forte desaprovação moral, eu era o que os pederastas que lotavam as termas costumavam chamar de *um pêssego*. Nunca permiti que a admiração deles fosse além da troca de olhares, atividade em que, como tantos rapazes bonitos, eu me esmerava, tendo grande prazer em atiçar um desejo que não pretendia satisfazer. Mas com Tito era diferente, embora cuidasse para não lhe conceder uma vitória fácil, que eu já previa com gosto.

Trato deste assunto porque a visita que Tito fez à minha mãe determinaria o rumo da minha vida. Faria com que eu participasse da ação das tropas na Judeia, a ser famoso como militar, a ter alegrias e sofrimentos e, hoje, penso que também despertaria o ciúme de Domiciano, embora devesse haver motivos mais concretos para isto.

Mas, naquele dia, quando Tito sorriu para mim e disse:

— Estive fora da cidade durante tanto tempo, sou quase um estranho. Pode me servir de guia, menino?

Eu não poderia deixar de concordar, corando de prazer e esperando que a minha mãe e Tito não entendessem por que as maçãs do meu rosto ficaram rosadas.

Primeiro amor... não, é muito doloroso pensar nisso hoje! Além do mais, meu velho amigo, não é sobre isso que você "quer saber". Você está interessado é na história política.

Tito foi quem despertou o meu interesse nisto, também. Para ele o galanteio, o flerte, o amor eram meros passatempos. A política é que consumia todo o seu interesse, e pouco depois ele iniciou minha educação política, acrescida de algumas observações depreciativas sobre seu irmãozinho Domiciano, que jamais seria alguém (segundo Tito), e que portanto não valia a pena instruir, nem mesmo sobre os perigos que ameaçavam sua família.

— Tenho de admitir que a posição que o meu pai ocupa é precária — ele dissera. — Meu pai se dedica ao trabalho apenas porque não se distinguiu em coisa alguma, por isso não ameaça o bufão que está no Palatino.

Bufão era o tratamento que ele costumava dar ao imperador.

Ele me contou que Nero detestava soldados. Não somente tinha ciúme de qualquer um que conquistasse renome militar, mas os temia e odiava.

— Nero não durará... — Tito avisou. — Roma tem o melhor e o mais importante exército, e é impossível que o Império seja governado por um homem que as legiões se acostumaram a desprezar.

Ele sorriu, passou sua mão nos meus cabelos cacheados e acarinhou meu rosto; depois deixou seus dedos dançarem pelo contorno dos meus lábios.

— Você não comentará isto, vai? Poria em risco a minha vida! Quando conto estas coisas, coloco minha vida em suas mãos! Mas em que outro lugar ela poderia estar melhor?

Mordi de leve o seu dedo como um cãozinho de estimação.

Naquele verão, um dia, Tito pediu licença à minha mãe, a quem dedicava enorme atenção, para passar alguns dias comigo numa *villa* perto de Laurento, que pertencia ao seu tio, Flávio Sabino, então prefeito da cidade. Claro que a minha mãe consentiu, pois tinha conhecimento e aprovava nossa amizade apaixonada. Mas declinou ao convite para nos acompanhar.

— Não, esta visita faria eu me lembrar de dias mais felizes e atrapalhar o acordo que fiz com a desdita.

Minha adorada mãe, com todas as suas virtudes, estava disposta a sentir prazer na desgraça.

— Não acha que devia convidar Domiciano também? — perguntei. — Ele se sentirá muito desprezado se não for convidado!

— Não! Meu irmãozinho já aceitou o convite do seu admirador, Cláudio Pólio, para passar alguns dias caçando nos Montes Albanos. Parece que ele prefere matar animais selvagens a desfrutar das belezas do litoral e dos prazeres que ele pode oferecer-lhe!

A *villa* era realmente linda! Não preciso descrevê-la, porque você a conhece bem, meu caro Tácito, já que mais tarde foi comprada pelo nosso amigo Plínio e você esteve lá muitas vezes como hóspede.

Então, há de se lembrar (embora com menos prazer do que eu) do pórtico depois do jardim que abre para o mar lá embaixo, separado por uma praia e uma colina rochosa coberta de zimbro e timo. Estávamos uma tarde no terraço que havia antes do pórtico, depois de tomarmos banho de mar, sentindo o ar perfumado pelas violetas. Tínhamos almoçado camarões graúdos, pescados naquela manhã, queijo, azeitonas e os primeiros pêssegos da estação; tínhamos também bebido vinho de Falerno. Tito estava muito carinhoso e dormimos um pouco.

Quando acordamos, o sol tinha mudado de posição e soprava uma brisa fresca vinda do mar.

— Eu não trouxe você aqui apenas por prazer — disse Tito —, mas porque não há outro lugar que me faça pensar com mais clareza do que neste agradável sítio. Quero compartilhar minhas ideias. Você é apenas um rapaz, mas logo será um homem e entrará no mundo que estou apenas começando a entender — disse. — Já lhe disse que o governo de Nero não durará, como o de Calígula não durou. Um ano? Dois? Cinco? Não mais do que isto, por certo! Ele é detestado não somente pelos seus soldados como pela aristocracia. Ocupa seu tempo com atividades que poderiam ser toleráveis se fossem praticadas por um cidadão, mas são completamente ridículas num imperador: participar de encenações, cantar, fazer corridas de biga. Você entende porque eu o considero um bufão — completou. — Mas é um bufão sanguinário! Um covarde. E todos os covardes são perigosos! Você, rapaz, pertence por nascimento à mais alta e antiga aristocracia, mas eu não! Praticamente todos os homens que têm a sua origem desprezam Nero. Eles sabem como se livrar de imperadores: quantos dos que governaram o Estado tiveram morte natural? — perguntou.

— Augusto. E, talvez, Tibério — respondi.

— Exatamente! Pompeu foi assassinado, Júlio César também, Calígula, e, na minha opinião, Cláudio. E nenhum deles era tão odiado quanto Nero. Então, ele não durará!

Olhei para o mar, que estava calmo, azul-escuro, sem ondas. Se estivesse sozinho, podia imaginar ouvir as sereias cantando! Mordisquei um tufo de grama. Tito mexeu nos meus cabelos.

— Na semana passada — ele disse — participei de uma conspiração... Ou pelo menos acho que era. Fizeram-se muitas conjecturas, apresentaram-se muitas hipóteses, pediram muitas opiniões. Eu não disse nada. Por que acha que fiz isto, rapaz?

— Quer uma resposta? Ou está perguntando a si mesmo? E por que está me contando? Não é perigoso? Perigoso falar nestas coisas, quero dizer

— Nero matou meu amigo Britânico — ele disse. — Nero não tem filhos, irmãos, nem sobrinhos. Entende o que isso significa? Significa que quando ele for... deposto, como o será de certa forma, o Império será colocado a prêmio! O segredo do Império será revelado: os imperadores podem ser feitos fora de Roma. As legiões elegerão imperadores. Por isso não participei de uma conspiração da aristocracia. É a forma errada de fazer as coisas, se quisermos estabilidade. E você não faça esta cara, nada do que estou dizendo está acima do seu entendimento!

Vi um lagarto deslizando pela parede do terraço.

— Meu avô paterno era primo do imperador Tibério — respondi. — E minha mãe sempre diz que ele gostaria de restaurar a República.

— Se eu matasse aquele lagarto com uma pedra, você poderia revivê-lo? — perguntou Tito.

— Acho que não: só se fosse por mágica, se existisse esse tipo de mágica!

— Até Tibério concluiu que a República estava tão morta quanto esse lagarto estaria.

— Se o imperador for eleito em outro lugar que não Roma — eu disse — então, quem comandar as melhores legiões vestirá o manto púrpura. Quantas legiões seu pai tem, Tito?

— Poucas, no momento.

— Então não há muita possibilidade de ele se tornar imperador, nem de você vir a sucedê-lo. Que pena, você seria um ótimo imperador! — lastimei.

— Fico satisfeito com a sua opinião.

— Claro, e se você fosse imperador, ou mesmo herdeiro do Império, então eu poderia pensar em recuperar a fortuna da minha família, não?

— Seria minha primeira preocupação! — garantiu Tito. — Acho que podemos sonhar juntos com essa ideia...

— Sonhar juntos?

Tácito, você pode achar que esta conversa não merece crédito, é apenas uma espécie de amor físico posto em palavras para excitar a Tito e a mim. E, aliás, teve mesmo esse resultado, para meu grande prazer. Entendo por que você pensaria assim. Eu era apenas um rapazinho, e Tito pouco mais do que isso, embora, como ele me disse, fosse mais velho que Otávio César quando embarcou na grande aventura que veio a torná-lo Augusto e Senhor do Mundo. Mas você se engana a respeito desta conversa. Ah, admito que

Tito estava se exibindo para me impressionar. Mas havia mais... Ele sondou os ares de Roma quando esteve lá; conversou muito com o tio, prefeito da cidade, contatou pelo menos as fímbrias da nobreza descontente e vislumbrou seu futuro. Ele viu (e na época não acreditei) que o pai, Vespasiano, embora de origem humilde e numa posição política igualmente humilde, não podia ser excluído da luta pelo Império. Vespasiano era, afinal, um general em quem os soldados confiavam, e restavam poucos generais assim. Antes de sair de Roma para reencontrar o pai, Tito fez três coisas: sondou a situação, avaliou a força e as metas dos opositores de Nero e me encarregou de mandar relatórios dos comentários que ouvisse na cidade. Quando reclamei que era jovem demais e portanto não podia saber de grandes fatos além dos boatos que circulavam no mercado, ele sorriu e disse:

— Acho que você é mais capaz do que isto!

E até me ensinou um código simples para escrever as cartas. Portanto, você concluirá que a conversa era séria.

IV

HÁ COISAS QUE PREFIRO NÃO CONTAR PARA O MEU AMIGO TÁCITO. Por exemplo, não mandei toda aquela última carta, mas uma versão resumida da primeira parte. E também não podia revelar como foi a reunião que tive com Tito, que continua surgindo em meus sonhos, nos quais ultrapasso o portal do clímax de todos os deleites físicos, depois tudo fica nublado e se perde na memória.

Há pelo menos um detalhe na minha relação com Domiciano que eu não sei se ouso contar, embora seja pertinente. Reluto em revelar o incidente que tanto me compromete. Provavelmente depois o mencionarei com mais detalhes nestas anotações. Trata-se de Domícia, irmã de Tito e Domiciano, que era um ano mais jovem que este. Sei que bastaria eu pronunciar seu nome numa conversa para Tácito farejar como um cão adestrado ao sentir o cheiro da caça. Por que os puritanos como Tácito, e também Domiciano, ficam tão excitados com a ameaça de escândalo sexual e sentem tanta lascívia e curiosidade pelas atividades sexuais dos outros, principalmente quando são práticas chamadas *diferentes*? No caso de Tácito, sem dúvida porque desfrutava de muito pouco sexo, mas será que Domiciano também? Ele comentava muito sobre a "batalha na cama" e eu nunca soube até onde isso não passava de intenção. Mas Tácito não acredita que Domiciano seja puro como ele, este meu amigo que, embora mestre da linguagem, nada conhecia dos homens, nada entendia do que os gregos chamavam de psicologia.

HOJE TENHO MUITO POUCA COISA COM QUE ME OCUPAR; POR ISSO, AO olhar o mar sombrio e açoitado pelos ventos, as cenas do passado se avivam no cenário das minhas lembranças.

Obedecendo à recomendação de Tito, comecei a frequentar a nova terma no Campo de Marte, que tinha recebido o nome de Nero, embora todos soubessem que fora autorizada pelo seu ministro, Burro, depois assassinado por ordem do próprio imperador. Fui à terma no horário em que era frequentada pela nobreza jovem, classe à qual eu pertencia por nascimento, embora não por riqueza. Claro que logo chamei a atenção...

(Aliás, em minha última carta gostei de lembrar a Tácito de como fui belo quando jovem, pois ele parecia um corvo esquelético!)

Eu tinha entre os meus admiradores o poeta Lucano. Numa tarde, quando eu estava reclinado num banco na palaestra após o banho, ele se aproximou de mim e começou um longo discurso do qual não lembro nada, pois ele era muito falante. E os seus olhos foram ainda mais eloquentes, pois ele achou que, pelo jeito em que eu me reclinava, era claro que estava procurando um admirador.

— Você é dançarino, não? Acho que já o vi no teatro — ele sondou.

Deixei que ele prosseguisse nesta fantasia, sem confirmar nem negar o que dizia e dando um sorriso mais amistoso do que convidativo.

Finalmente, quando Lucano esgotou seu estoque de elogios (foi apenas uma pausa, pois nunca vi alguém tão verborrágico) e deixou claro o que queria de mim, declinei meu nome e, como esperava, fui premiado com um grande constrangimento. Confundir um membro da família Cláudia com um pederasta profissional era, pelo menos na época, um erro calamitoso!

Mas Lucano era desenvolto e se recompôs rapidamente, mudando os termos, embora mantendo o mesmo tom. Fiquei impressionado! Pensar em Tito foi a única solução para impedir que eu correspondesse ao ardor que o meu novo amigo buscava tão ansiosamente.

Reagi ao seu ataque, sabendo que nada é tão desejável quanto um rapaz que resguarda sua castidade mas que não se ofende com tentativas feitas para acabar com ela.

Acostumado às conquistas fáceis, graças à sua boa aparência, segurança e fama literária, Lucano ficou enfeitiçado pela minha resistência e redobrou seus esforços para me seduzir.

Vendo que os seus atrativos físicos não eram suficientes para conseguir o que queria e que nem sua sublime eloquência poderia me convencer a compartilhar de sua cama, ele tentou audaciosamente me conquistar, incluindo-me em seu mundo secreto para me excitar com sua importância.

Então deu a entender que estava envolvido numa grande e perigosa empreitada. Sorri e disse-lhe que seria mais sensato se ele não me contasse. Lembrei-lhe que eu era apenas um rapaz, sem qualquer interesse por aqueles assuntos. Não seria melhor se ele recitasse um trecho do grande poema que estava compondo? Seria mais agradável, pois eu me interessava mais por literatura (declarei, batendo os cílios) do que por política. Além do mais, a política pertencia à República, que ele invocava tão maravilhosamente em seus versos. Não poderia haver política num momento em que vivíamos sob o despotismo do Império.

Minha indiferença o incitou a uma imprudência maior. Eu podia elogiá-lo como poeta, mas não era o que ele queria. Ou melhor, não bastava. Ouso dizer até que, se tivesse me entregado a ele, também não bastaria. Hoje sei que ele pertencia àquele tipo de infeliz para quem cada sucesso só aguça a insatisfação interior. Há mais homens assim do que você pode imaginar! Eu devia saber, pois também sou, ou fui, esse tipo de homem.

Lucano sentia um enorme orgulho pela sua ascendência, embora fosse mais conhecido pela importância de parentes próximos, como seu tio Sêneca, do que por antepassados mais distantes. Afinal, ele não era um verdadeiro romano, já que nascera na Espanha, descendia de um filho caçula que tinha se instalado em Córdoba, acho, procurando obter nas províncias o que não conseguiu em Roma. Talvez por Lucano ser o que eu chamava na época, com desprezo, de colono, estivesse ansioso em me impressionar com a sua família.

Sorri, e ele retirou sua mão da minha perna.

— Mas a sua poesia o tornará imortal! E então, para que servirão seus antepassados? — perguntei.

Ele não se interessou em me responder, o que talvez indicasse que ele não era um verdadeiro poeta, já que todos os que conheci (e na época fui perseguido por magotes destas criaturas) vibravam com a ideia da imortalidade e estavam prontos a jurar que o gosto das futuras gerações seria muito superior ao da atual.

Mas por não conhecer direito a si mesmo, Lucano se considerava um grande aristocrata que se livrava da poesia com alívio negligente. Ele tinha estilo, mas isto não lhe importava, a menos que seus versos lhe dessem fama. Talvez seja desnecessário dizer que ele não se preocupava em impressionar outros poetas e críticos, pois desprezava com alguma razão o que chamava de "rodas literárias". A plateia que ele almejava era a dos inquietos e insatisfeitos politicamente, das grandes damas, das belas mulheres, e pelo menos de um rapaz muito bonito...

Quando percebeu que eu estava pronto a admirar os seus versos, e mesmo assim repelir seus avanços, ficou audacioso. E aumentou as insinuações que já tinha feito sobre seu envolvimento num assunto de grande importância. Disse, entediado, que era um dos que conspiravam contra o imperador, mais exatamente um dos seus maiores instigadores. E perguntou o que eu achava disso.

— Acho imprudente você me contar — respondi.

— Conto-lhe para demonstrar que o meu amor é tanto, que estou pronto a colocar minha vida em suas mãos!

— A sua vida e a dos outros... — acrescentei.

Mas eu não me renderia. Reparei que ele tinha olhos bem pequenos e grudadinhos no nariz.

Mesmo assim fiquei muito tocado pela sua franqueza, mas claro que conversaria com Tito para preveni-lo contra o meu admirador.

Perguntei, então, quais foram as medidas que ele e os seus amigos tinham tomado para apoiar as legiões.

— O exército obedecerá à República, que se manifestará por meio do Senado — ele informou.

Então, apesar de eu ser muito jovem, percebi que ele estava sonhando.

Claro que transmiti estas conversas a Tito, usando, como tinha prometido, o código que ele me ensinara.

Lucano não era, como vim a saber bem depois, o mais importante membro da conspiração. O que ele me deu a entender somente provou mais um exemplo da vaidade característica dos literatos. O líder da conspiração era um homem de origem muito mais importante, Cneu Calpúrnio

Pisão, cujo sobrinho estava sempre com Lucano nas termas, talvez tenha se envolvido através dele. E Pisão também poderia ser apenas o líder nominal, pois certamente não era talhado para aquele tipo de coisa. Quando, por exemplo, propuseram que Nero fosse convidado para ir a um banquete na villa de Pisão perto de Veletri, e assassinado lá, Pisão foi contra. Disse que manchar sua hospitalidade com uma morte causaria má impressão. Até Lucano, que tinha uma absurda admiração por aquela virtude republicana e pertencia a um tempo que acabara, achou a desculpa ridícula.

— Se estamos assassinando um imperador, é excesso de delicadeza nos preocuparmos com o mau uso da hospitalidade — reclamou Lucano.

Excesso de delicadeza passou a ser uma espécie de bordão, como, por exemplo, na frase "seria um 'excesso de delicadeza' não sodomizar aquele rapaz".

Mas, por mais estranho que seja, acho que estes escrúpulos do líder aumentaram a admiração de Lucano por Pisão em vez de diminuírem. Um dia eu o ouvi comparar Pisão a Marco Bruto, seu herói republicano. Não que Bruto tivesse algum excesso de delicadeza quando matou Júlio César nos idos de março.

O segundo plano era o de atacar Nero em sua tribuna durante os jogos. Um dos conspiradores se aproximaria e se atiraria aos seus pés, como se fosse implorar alguma coisa. Depois seguraria os pés de Nero e o derrubaria, enquanto os outros conspiradores o apunhalariam. Claro que depois todos gritariam que a liberdade tinha voltado a Roma.

Mesmo sendo tão jovem, eu percebia que esta imitação do assassinato de Júlio César era grotesca! Eu podia imaginar Tito rindo alto quando lesse o meu relato da proposta, depois de maldizer a loucura dos tempos. Lucano, por outro lado, ficou ofendido quando eu disse que o plano era ridículo e que jamais daria certo.

Em resumo, o plano era muito amador. Teria sido descoberto, mesmo se Lucano jamais tivesse me dito e se eu não tivesse contado tudo nas minhas cartas a Tito. Com efeito, nunca soube se minhas informações foram usadas por Tito.

Não me lembro mais quantas pessoas foram executadas quando o plano foi finalmente descoberto. Circulou um boato de que a conspiração fora delatada por um liberto a serviço de Flávio Escavino, que tinha se oferecido (como outros, inclusive por espontânea vontade) para dar a primeira punhalada. Conta-se que, nervoso, ele tinha relatado isso à mesa de jantar. Pode ter sido. Mas era bem adequado acusar um liberto.

O certo é que as investigações ordenadas pelo imperador foram feitas primeiramente por Fênio Rufo, que dividia o comando da guarda pretoriana com Tigelino, a mais desprezível pessoa a serviço de Nero, e um coronel da guarda chamado Subírio Flavo. Os dois faziam parte da conspiração. Mas, no seu pânico corrompido, não hesitaram em ser cúmplices da tortura e na posterior execução dos seus companheiros. Não sei se Tácito sabe disto: Fênio Rufo, que tinha alguma ligação com Agrícola, o adorado sogro do meu amigo, era quase um herói para ele. Então pode não querer admitir sua depravação em participar do fato. Até os eventos mais escrupulosos da História são deformados por afetos e preconceitos pessoais.

Comentou-se que Nero perguntou a Subírio Flavo, quando sua participação na conspiração foi finalmente descoberta, por que ele tinha quebrado o juramento de lealdade ao imperador. Ele, então, teria respondido:

— Porque odeio você! Permaneci mais leal que ninguém até o momento em que mereceu. Mas fiquei contra quando você assassinou sua mulher e sua mãe e se transformou num corredor de biga, num ator e incendiário!

Domiciano ficou muito impressionado com a nobreza dessa resposta.

— Parece uma resposta inventada pelos amigos dele... — cogitei.

Lucano foi obrigado a se suicidar e obedeceu. Ele teria descrito seu ato como um exemplo de virtude republicana. Mesmo na época, achei aquilo desprezível!

Agora? Sim, continua parecendo desprezível, uma encenação! Mas desprezo menos do que antes, porque abandonar a esperança e render-se ao que parece ser necessidade torna-se muito fácil de entender.

MEU CARO CORNÉLIO TÁCITO:

Você reclama da minha demora e também do tipo de informação que lhe enviei. Não compreende como sofro, abandonado nesta região longínqua, ao fazer com que minha cabeça volte aos tempos da juventude! Passo horas distraído, ao ver a tarde caindo nos Jardins de Lúculo e o sol poente fazendo os pinheiros do Palatino ficarem de um suave e fosco azul-avermelhado. Se a minha memória auditiva me traz o falatório das ruas e os gritos roucos dos barraqueiros chamando os fregueses, sou tomado por uma onda tão forte de nostalgia que me desmancho em lágrimas ou afogo a tristeza num vinho acre. Há outras coisas que me distraem aqui, embora eu não vá aborrecê-lo contando-lhe.

Você diz (depois de perguntar minhas lembranças da infância de Domiciano) que isto não lhe interessa agora; que quer saber o que ele fez e como ele se comportou nos terríveis meses após a revolta das legiões contra Nero.

Mas como posso contar-lhe uma história sem fazer um preâmbulo? E mesmo considerando que você só quer notas para elaborar sua história, quais as garantias de que usará corretamente minhas informações se não faço ao menos um esboço do cenário, por mais familiar que ele seja para você?

Para isso tenho uma observação, embora possa irritá-lo: não acredito que exista ou que algum dia venha a existir uma história totalmente fiel aos fatos. A impressão que um homem tem de um acontecimento é diferente da de outro. Certamente o seu casamento também lhe mostrou isso.

Mas estou muito satisfeito em atender ao seu pedido e em lembrar-me dos anos da minha adolescência. Vou poupá-lo das lembranças do Grande Incêndio que assolou a cidade durante seis dias e que deixou tantas ruínas fumegantes.

Poderia escrever um depoimento emocionado, pois subi ao Janículo para ver melhor aquela tragédia, junto com muitas outras pessoas que moravam do lado *errado* do rio. Nos dias seguintes, caminhei sobre as brasas, impressionado com a destruição, e ao mesmo tempo (confesso, um tanto envergonhado) encantado. Mas você há de ter muitas outras fontes para testemunhar sobre este desastre.

Fico imaginando se responsabilizará Nero, como tantos fizeram na época, não apenas por ter aproveitado a devastação para criar sua paisagem rural ideal dentro da cidade e começar a construir o que seria sua obra-prima, a Casa Dourada. As pessoas já o consideravam culpado antes de estes projetos serem conhecidos, e conta-se que ele declamava versos comemorando Troia em chamas enquanto assistia ao incêndio.

Bem, você decide se ele é culpado! Pode até concluir, como ele gostava de fingir, que os verdadeiros incendiários foram os infelizes escravos e libertos chamados cristãos, marginais judeus a quem ele castigou cruelmente.

Mas não vou entediá-lo com essas especulações. Você quer que eu escreva sobre Domiciano.

Ele sempre foi um amigo difícil, sobretudo depois que crescemos e ficamos quase adultos. No último ano do governo de Nero, ou talvez um pouco antes, Domiciano se tornou mais retraído, mais amargo, mais ressentido. Sua irmã, Domícia, temia pela sua sanidade, ou pelo menos era o que dizia. O caso de Domiciano com o senador Cláudio Pólio tinha terminado, se é que fora um caso, e não apenas uma amizade, como jurou Domiciano, ruborizando. Eles se separaram, segundo o mesmo Domiciano, porque Pólio tentou ultrapassar os limites da amizade, chegando a atacar sua castidade! Pode ter sido, mas, anos depois, Pólio gabava-se com uma carta em que o jovem Domiciano mostrava desejo de ir para a cama com ele. Bêbado, um dia ele prometeu mostrar-me a carta, o que nunca fez. Então, quem sabe? Se os dois mentem, onde está a verdade? Só se pode supor.

De qualquer jeito havia outros motivos para a instabilidade emocional de Domiciano. Motivos bem próximos: ele tinha ciúme da minha amizade com sua irmã que, por sua vez, reclamava ser completamente dominada por ele. (Eu também achava que Domiciano me dominava.)

— É obcecado com a minha segurança; se pudesse, me aprisionava — ela me contou.

Era isto mesmo, e ele também ficava mal-humorado se eu preferisse sair com outra pessoa e perguntava tudo o que ele tinha feito quando não estávamos juntos.

Domícia gostava dele e se afligia com a sua tristeza. Tinha pena, porque Domiciano não era charmoso como Tito e, como ela dizia, parecia precisar da proteção dela.

— É difícil — disse ela. — Procuro protegê-lo e, ao mesmo tempo, divertir-me, e ele impede qualquer diversão que não seja ao seu lado. Não é fácil! .

Domiciano também se ressentia por não ter qualquer participação na crescente ventura da família. Vespasiano tinha sido indicado governador da província da Judeia, onde judeus extremistas tinham se revoltado contra o nosso Império. As causas da revolta eram obscuras, como quase tudo o que diz respeito aos judeus, este povo turbulento e desagradável. Começou, pelo que consta, com uma briga entre judeus e gregos na cidade de Cesareia. Os gregos atacaram o bairro judeu, para expulsar seus moradores da cidade, numa típica violência étnica que ocorre quando comunidades diferentes vivem juntas. A boa investida dos gregos provocou uma reação, embora os membros mais respeitáveis da comunidade judia (os bem-nascidos e os líderes religiosos) tentassem conter os fanáticos. Não conseguiram. Nossas tropas em Jerusalém foram massacradas. Quando Céstio Galo, procônsul na Síria, marchou rumo à cidade, ficou assustado com a forte resistência judia, se descontrolou e ordenou uma retirada, que se transformou numa vergonhosa debandada.

Foi nesta época que Vespasiano subiu ao comando, saindo da obscuridade; Nero o escolheu por três motivos. Primeiro, por sua origem humilde: o imperador supôs que nenhuma vitória de Vespasiano conseguiria torná-lo um rival, já que ele não era apoiado pela nobreza, não podia imaginar que os nobres algum dia fossem obedecer a um homem tão humilde. O segundo motivo, como eu já disse, é o de que Vespasiano sempre foi o alvo preferido dos chistes impertinentes e até pueris de Nero, que gostava muito dele por isso. Finalmente, porque não havia muita escolha: poucos meses antes, Nero havia ordenado que o maior general de nosso tempo, Córbulo, se suicidasse.

Tito ficou muito animado com a nomeação do pai, pois tinha certeza de que ajudaria a sua própria carreira. Escreveu-me com grande entusiasmo e observou que Domiciano estaria ansioso para encontrar o pai na Judeia, mas essa ideia não devia ser incentivada. Escreveu:

> Não sei por que, Domiciano perturba o meu pai. Você deve saber de algo, pois conhece meu irmãozinho melhor do que eu e respeito a sua opinião. Faça o possível para acalmá-lo. Talvez possa sugerir que o meu pai o encarregue de enviar relatos da situação na cidade. Você perceberá que esta sugestão é ridícula. Meu pai depende da informação que o seu irmão Flávio Sabino manda, mas se você puder colocar isso na cabeça de Domiciano, prestará a mim um serviço, o que, aliás, é seu maior prazer, não? O fato é que Domiciano não está preparado para a vida militar. Na verdade, jamais será capaz de comandar nada!

Claro que fiz o que Tito pediu, mas não consegui convencer Domiciano. Ele achou que as garantias oferecidas eram um grande absurdo e adivinhou que eu estava servindo de porta-voz do irmão.

— Você está repetindo o que Tito disse; ele quer manter-me as sombras, mas não conseguirá! — disse Domiciano.

Mas apesar da sua arrogância, ele continuou nas sombras. Foi ficando mais genioso e desagradável, e, às vezes, passava dias sem falar nada.

— Acho que ele se esqueceu de como se sorri — disse Domícia.

Apenas minha mãe parecia entendê-lo: dizia que ele era como um pássaro de asa quebrada; ela sentia pena de qualquer pessoa que quisesse algo que não pudesse alcançar. Quando Domiciano nos visitava, costumava ficar à vontade com a minha mãe, e pode até ser que sentisse um afeto desinteressado por ela.

Estou cansado, terminarei esta carta depois. Mas o mensageiro acaba de chegar, dizendo que o barco se apronta para zarpar. Então, eu a envio agora, como prova da minha disposição em ajudá-lo, embora tema que ache esta carta inadequada.

VI

TÁCITO SE IRRITARÁ POR EU TER ENVIADO APENAS UM RESUMO DA carta de Tito. Havia frases muito íntimas para eu oferecer à sua desaprovadora avaliação. É estranho eu querer que Tácito tenha mais consideração por mim do que eu tenho por ele, principalmente se nunca mais nos veremos. Mas assim é.

Ele está muito desconfiado, pode até pensar que eu forjei aquela carta. Mas sempre guardei cartas, e embora algumas tenham se perdido, ainda tenho muitas. Quando fui condenado ao exílio, consegui que várias caixas de documentos fossem despachadas através de meus banqueiros.

Não sei quanto da vida pessoal das pessoas posso revelar a Tácito.

Apesar de não haver qualquer motivo para eu proteger a memória de Domiciano, tenho receio se digo tudo o que sei sobre o falecido imperador. Como, por exemplo, que pelo menos uma vez ele tentou ir para a cama com a irmã Domícia, fato que ocorreu mais tarde, quando ela já era casada. Não soube disto na época, pois estava servindo como soldado no Leste. Mas assim que voltei ela me contou, na cama dela, aliás. Não duvidei, pois a confissão fora feita *post-coitum*, ou seja, após nosso ato de adultério, com os cabelos dela espalhados em meu ombro e seu corpo colado ao meu. Não duvidei também que ela o tivesse repelido, mas o ciúme foi se esgueirando como um caranguejo e passei meses atormentado pela suspeita de que ela não tinha recusado Domiciano, mas mentido para mim, mesmo deitada ao meu lado. Esta suspeita aumentou quando me veio a forte lembrança de um sonho (ou pesadelo) que tive no ano de terror e que Tácito me pediu para lembrar.

Será que o sonho foi um presságio? A ideia me atormentava, ou melhor, eu me atormentava com a ideia.

Mas assim que Domícia (com os macios lábios roçando minha orelha) me contou do ataque criminoso do irmão, tive mais pena do que raiva de Domiciano: lastimei que sentisse tal lascívia incestuosa, perdendo o que eu tinha acabado de desfrutar!

Será que Tácito acreditará nisto, ou melhor, acreditaria, já que não contarei para ele? Não creio... A natureza humana é complicada demais para caber nos planos esquemáticos dos historiadores!

A verdade é que Tácito apresentará em seu livro homens e mulheres como se eles pudessem ser entendidos. Talvez não haja outra forma de escrever história, pois o historiador quer dar sentido ao que acontece. Mas será que o sentido que ele dá pode corresponder à realidade? Acho que não... Será que algum homem entende até sobre si mesmo? E se isto está além da nossa capacidade, como é que alguém pode fingir que entende outras pessoas a quem conhece apenas por observar e, às vezes, encontrar?

Claro que eu não pensava assim quando era jovem. Naquela época, eu tinha poucas dúvidas, estava certo de que conquistaria o mundo e teria o amor de quem quisesse. Tinha certeza de que Tito me amava. Aos dezessete anos, quando vesti a *toga virilis* e entrei na vida adulta, o amor realmente se reduziu, ou melhor, se transformou numa amizade entre dois iguais, feita de respeito e afeto, que os nobres romanos sempre valorizaram como base da vida política e social. Ou pelo menos era o que eu achava enquanto Tito estava longe, no Leste.

Além do mais, eu estava na fase em que o espírito em desenvolvimento tem seus mais ardentes e imperiosos desejos, das paixões imaturas da infância sempre motivadas por seres do mesmo sexo para o interesse pelo sexo oposto, mais misterioso. Assim, enquanto observava Domícia puxar os cabelos para trás com um movimento leve e um tremor natural de seus longos e pálidos dedos, vi Tito naquele gesto, e senti que ele tinha sido o precursor: era Domícia o amor da minha vida, a outra metade perfeita, que me traria aquela harmoniosa união de almas que Platão diz ser a experiência suprema e a meta da vida.

Pelo menos eram estes os meus sonhos no início daquele último verão antes de Roma se despedaçar e eu ser obrigado a conhecer tão prematuramente algo que corrompe o moral: a vileza dos homens. Meu caráter ficou tão deformado pelo que eu soube que fiquei incapaz de grandeza de espírito, incapaz de amar, só conseguia sentir lascívia. Aquele ano (hoje sei) aniquilou quase tudo de bom que existia em mim, como em muitas outras pessoas. Quanto a Domícia, o que posso dizer? Até hoje é doloroso pensar nela! Aguça meus sentidos; depois, lembro como, finalmente, ela se separou de mim porque (ela disse) eu queria tudo, a posse total, e ela não era de pertencer a ninguém. Dizia que o marido só lhe exigia uma aparência de virtude.

— Quando éramos jovens, eu te amava, mas agora... — ela disse, apertando o meu rosto com seus dedos macios e palpitantes — não, agora não.

Posso entender uma coisa destas? Posso entender as barreiras que se colocaram entre nós? Não posso!

Então questiono a possibilidade de entender o outro. Mas Tácito tem certeza de que entende Nero, até Nero! Bem, eu era mais próximo (próximo demais na época a que me referi) do tirano do que Tácito, que não sabia nada de pessoal a respeito dele e tinha apenas catorze ou quinze anos quando Nero caiu. Mas não tenho a pretensão de saber como ou por que o jovem que a minha mãe lembrava (antes do assassinato de Britânico) como "atraente, criativo, um tanto ingênuo, tímido e inseguro" pôde se transformar num monstro perverso e depravado.

Tácito acha que o caráter das pessoas é inerente; assim, o que surge a certa altura da vida é só o que já existia atrás da fachada. Com isto, Tácito pôde concluir que o jovem Nero não passava de um hipócrita ocultando sua verdadeira natureza. Cheguei a ouvi-lo dizer isto, repetindo a mesma opinião do imperador Tibério.

Assim, acompanhando a degradação de Nero, Tácito sem dúvida culpará as influências gregas. Nas nossas conversas, tarde da noite, tomando mais vinho (Tácito aos trinta e poucos anos bebia muito, como eu, e dizem que Tibério também), lembro-me que ele sempre amaldiçoava os gostos estrangeiros que estavam, segundo ele, *fazendo com que os nossos jovens não passem de um bando de ginastas, vadios e depravados. A culpa é do imperador e do Senado!* E continuava:

— Eles não só permitem esses vícios e os praticam, mas obrigam os nobres romanos a se aviltarem subindo em palcos para cantar, declamar e dançar. Aceitam praticar os esportes gregos, tiram a roupa, colocam luvas de boxe e lutam em vez de se fortalecerem servindo ao exército!

Na verdade, Tácito se orgulhava de ser antiquado, considerava Catão um herói e sempre teve uma preferência vulgar por sangue e matança. Valorizava a crueldade, embora também sentisse repulsa. Era uma pessoa complicada, e eu, muito educado para dizer isso, costumava me restringir a espicaçá-lo.

— Não acredito — eu dizia — que você tenha sido convidado a se despir e a exibir seus dotes. Se alguém me sugerisse isso, teria de se ver comigo!

Ah, eu não resistia à tentação de irritá-lo. Até hoje. Fico realmente surpreso que o meu velho amigo tenha se tornado um grande homem, ou seja, que um mero historiador possa ser considerado grande. Ele fala em grandeza, escreve muito sobre esse tema. Mas o que ele fez para ser considerado grande?

Nada o repugnava tanto quanto a história de Nero e de seu efebo, Esporo, apesar de estar sempre falando nisso nas nossas conversas.

Esporo, um rapaz grego, era escravo da casa da minha tia materna quando Nero o conheceu. Tinha apenas doze anos mas, segundo minha mãe, já era muito bonito. O jovem imperador se sentiu atraído por ele no mesmo instante e exigiu que ele lhe fosse presenteado. O que minha tia poderia fazer senão entregar o menino? Nero mandou castrá-lo para, segundo disse, *manter a pureza daquela voz*, que fingia ser o que mais o atraiu no menino. Dois anos depois, realizou uma espécie de casamento, com a *noiva* usando uma coroa de rosas vermelhas nos cabelos. Após a cerimônia, um simulacro, os dois se retiraram para a câmara nupcial e o pobre Esporo teve de gritar como se fosse uma virgem violada. Acho que Nero chegou a ferir o rapaz para que os lençóis ficassem manchados. Tudo isto era totalmente repugnante, porém o mais desagradável e irracional era Tácito falar com tanto desprezo do rapaz. O que Esporo poderia fazer? Minha mãe, sendo mais compreensiva do que o futuro historiador, sempre se referiu com simpatia, e até com carinho, ao pobre Esporo. Cito esses fatos devido à participação que o rapaz teria depois nos acontecimentos.

Os excessos de Nero não são tema para mim. Tácito se derramará sobre eles descrevendo-os. Deixemos que o faça. Minhas lembranças do último ano da vida de Nero são bem diferentes, e deliciosas! Que me importava se ele, na sua louca extravagância, aproveitasse a destruição causada quatro anos antes pelo Grande Incêndio para criar seu novo palácio e uma paisagem bucólica, com bosques, pastos, rebanhos, animais selvagens e grutas onde antes as simples casas dos cidadãos se empilhavam umas nas outras? Que me importavam os comentários amargos de que Roma estava se transformando numa *villa* de Nero e se os satíricos avisavam os cidadãos para fugirem para Veios antes que *a villa* chegasse até lá? E o que me importava se toda semana havia uma notícia de golpe contra o tirano, seguida do triste comunicado do suicídio de mais um conspirador, após ser exibido ao povo, apavorado?

Para mim aquele ano foi dominado pelo amor. Mas hoje, no meu frio e triste exílio, a tarde está luminosa; estival, mas com a frescura da primavera.

Domícia... basta pronunciar o seu nome para eu chegar quase às lágrimas.

Houve um momento naquele verão em que ela se transformou, da menina que sempre conheci, gostei e agradei, numa... como dizer? Não numa deusa, deixo esta insensatez para os poetas. Não, mas da mesma forma que a Casa Dourada do imperador se espalhava em delícias inimagináveis sobre a cidade insípida, assim também minha vida ficou dourada graças a esta moça que até então eu mal enxergava. Talvez o amor intenso não seja mais do que uma projeção da fantasia que fazemos do outro.

Foi numa tarde à beira-mar, se eu fosse contar o que aconteceu, pareceria muito banal. Domícia estava com amigos e nós nos divertíamos num jogo com bola. De repente, Domiciano se irritou e gritou com a irmã, acusando-a de desrespeitar uma regra do jogo. Ela baixou os olhos e respondeu de modo suave, tentando apaziguá-lo, mas ele, com aquele gênio que eu conhecia bem, se recusou a ouvir e afastou-se na direção dos bosques. Ela o chamou, suplicante, e então, quando não foi atendida, seu lábio superior tremeu. Domícia deu de ombros, arrastou os pés na areia e sugeriu que terminássemos o jogo, no qual, aliás, ninguém mais estava interessado.

— Culpa dele — acusou, reconhecendo e lastimando a habilidade do irmão para impor sua vontade, nem que fosse para sair do jogo.

Não houve nada, como você vê, nada. Mas foi naquele instante em que ela chamou pelo irmão e arrastou os pés na areia que Domícia deixou de ser a menina que eu tinha conhecido a vida inteira e passou a ser uma pessoa completamente nova para mim, pessoa essa que eu tinha vontade de conhecer bem e profundamente.

Fui até a sua casa, onde a encontrei bebendo suco de limão.

— Ele é tão bobo... — ela reclamou.

E uma lágrima lhe escapou, escorrendo pelo seu rosto, que estava corado, fosse pelo jogo ou pela emoção. Tive vontade de pegá-la nos braços e lamber as lágrimas que jorravam em profusão, junto com soluços. Eu não entendia por que ela estava tão perturbada, e nada fiz. Não sabia o que dizer para consolá-la. Mas senti muito.

VII

Tácito, você me repreende por eu ser delator, como diz. Vou lembrá-lo de que o historiador é você, e não eu, e que estou fazendo ou esforçando-me para fazer-lhe um favor, desencavando lembranças dolorosas.

Mas fico satisfeito porque você agora faz perguntas objetivas. Mais exatamente, quer saber como era Roma quando Galba entrou na cidade sendo aclamado imperador pelas legiões na Espanha. Você diz que não estava lá. Realmente não estava, mas eu sim. Se esta parte da sua história é para ser verdadeira, você precisa confiar em mim. Não se esqueça disto. Claro que você tem outros informantes e consultará documentos. Porém, se quer um testemunho ocular de alguém que entende ou já entendeu de política, então precisa confiar em mim. Razão pela qual deve lembrar-se das suas boas maneiras.

Não tenho a pretensão de saber tudo, mas prometo não fazer de conta que sei mais do que sei. O que você consegue de mim é verídico, *vem da boca do cavalo*, como dizemos aqui nestas terras bárbaras, onde o cavalo é muito respeitado. E deve permitir que eu aborde os temas do meu jeito. Com os anos e com as amargas experiências que vivi, eu perdi os dotes literários que um dia tanto me orgulharam.

Fico pensando: o que você realmente sabe da morte de Nero? Circularam mais de uma dúzia de histórias, inclusive, claro, as que garantiam que ele não tinha morrido, mas fugido. Você deve lembrar-se de que nos anos seguintes à morte dele, pelo menos meia dúzia de falsos Neros apareceram! E o que fará com este fato se o incluir no livro? Talvez não mencione, porque levará a uma constatação que você admitirá com muita dificuldade. Sempre que surgiam estes falsos Neros, todos eles recebiam o apoio das pessoas comuns. Por quê? Porque fora da classe senatorial, à qual nós dois pertencemos (você, sem muita certeza, se me permite dizer), Nero era uma figura popular. E não só com o povinho... Provincianos respeitáveis tinham alta consideração por ele, que não os incomodou, deixou que prosperassem durante o seu governo; os gregos, principalmente, admiravam e até gostavam do imperador, que tanto valorizou sua cultura.

Nero estava numa *villa* na Baía de Nápoles quando soube da revolta na Gália. Como era do seu feitio, não tomou qualquer providência. Os soldados o entediavam e ele fez de conta que era um motim que poderia conter prometendo uma boa doação. Autorizou, então, Caio Júlio Víndice, governador da Gália Lugdunense, a oferecer o donativo. Isso mostra como ele pouco se incomodava com os acontecimentos, pois, se tivesse dado ouvido ao relatório, ficaria sabendo que Víndice era o líder da rebelião. Mas estava ocupado em conversar com seu arquiteto quando o mensageiro chegou com a notícia, que ouviu só com meia orelha, quando muito.

Somente vários dias depois ele soube que a rebelião não se restringia à Gália, onde o assunto estava sendo avaliado, pois Lúcio Virgínio Rufo, governador da Germânia Superior, era contra Víndice. Esta notícia o animou um pouco, já que não estava claro se Rufo continuava leal ou se agia por conta própria.

As rebeliões são como epidemias. Quando começam, atingem todas as partes e alastram-se rapidamente. As legiões espanholas não seriam sobrepujadas por suas similares na Gália e na Germânia. Elas também estavam prontas para rejeitar Nero.

O governador da Espanha era Sérvio Sulpício Galba, um general experiente, com cerca de setenta anos, considerado muito hábil e que demonstrou merecer essa fama em várias fases da sua longa carreira. Naquele momento, ele estava decidindo se ouvia as tropas ou se acabava com o motim. Escolheu a primeira possibilidade e proclamou-se representante do Senado e do povo romano, embora nem o Senado nem o povo romano o tivessem proclamado a nada.

Enquanto isto, na Gália, Víndice e Rufo tinham chegado a um acordo, mas que teria pouca duração. Os dois exércitos debandaram e Víndice se suicidou. Galba tirou proveito da situação indefinida.

Nero, então, perdeu o poder na Espanha, e a princípio pouco se incomodou.

— A Espanha fica longe demais, e a guarda pretoriana, da qual sempre cuidei com tanto carinho, não me abandonará — ele se consolou.

A guarda poderia não desertar, caso ele tivesse voltado imediatamente para Roma, ido ao acampamento apelar por lealdade e, naturalmente, pela ganância dos soldados. O irmão de Vespasiano, Flávio Sabino, prefeito da cidade, temia que ele fizesse exatamente isso e já havia ordenado a deposição de Nero. Então mandou uma mensagem para o imperador dizendo que Roma estava calma e não havia motivo para preocupação, e que os rumores eram de que as rebeliões na Gália e na Espanha já estavam sendo dominadas. Flávio Sabino conseguiu mais: que o prefeito pretoriano, Ninfídio Sabino, mandasse uma mensagem parecida, eles eram primos, e creio que Ninfídio gostaria de ganhar o cargo de imperador, embora Flávio estivesse disposto a impedi-lo.

Era exatamente o que Nero queria ouvir. Por isso deixou de lado qualquer plano de voltar para Roma e entregou-se à orgia. Mas, para impressionar o povo com a sua força, nomeou-se único cônsul.

Tudo isto deu tempo para o Senado agir. Assim que receberam a confirmação de que Galba estava controlando seu exército e se encaminhando para Roma, e certos de que Flávio e Ninfídio garantiriam que os pretorianos estariam prontos a abandonar Nero (desde que recebessem uma recompensa à altura), os senadores se reuniram e, com muita ousadia, declararam Nero *inimigo público*, devendo ser castigado à *moda antiga*.

— O que quer dizer à moda antiga? — perguntou Domícia.

— Não sei direito, mas deve ser alguma coisa ruim. Nossos antepassados sabiam ser cruéis, não é? — respondi.

— Eu sei, sei muito bem como é — adiantou-se Domiciano.

Ele sorriu, e você, certamente, se lembra deste sorriso, parecido com o de uma serpente.

— Os algozes despem o condenado, colocam sua cabeça numa forquilha de madeira e o chicoteiam até a morte. Podem ter certeza de que Nero não gostará; os gritos dele chegariam até Óstia.

— Horrível, pobre Nero! — lastimou Domícia. — Pobre de quem tem de sofrer assim. Como os nossos antepassados eram brutos! Eles não o tratarão assim, não é?

— Não, afinal, ele é o imperador — garanti. — O povo perderia todo o respeito por nós se um imperador fosse morto de forma tão bárbara. Acho que esperam que só a ameaça de morte baste para convencê-lo a se suicidar. Qualquer pessoa prefere morrer dignamente pelas próprias mãos a sofrer tal desonra!

(Como eu era jovem... quão ingênuo... Hoje sei que existem aqueles que aguentam qualquer coisa, qualquer humilhação, qualquer sofrimento para não perderem a vida. Às vezes chego a admirar essa força.)

— Dizem que ele desmaiou quando soube da revolta de Galba... — contou Domiciano.

— Dizem muita coisa — reclamei. — Hoje à tarde, quando eu estava na terma, soube que Nero pretendia convidar todos os membros do Senado para um banquete e envenená-los! Depois, que atearia fogo à cidade outra vez, mas só depois de soltar nas ruas animais selvagens (leões, tigres e outros) para impedir os que quisessem apagar o incêndio. E, por último, soube que ele pretendia subornar as legiões gaulesas, permitindo que saqueassem a cidade que quisessem. É tudo bobagem! Apesar de Nero ser tão mentiroso e cheio de fantasias, não fará nada disso. As pessoas também estão dizendo que ele está apavorado.

— Eu soube de outra coisa: que ele estava querendo ir à Gália para enfrentar as legiões rebeldes — anunciou Domiciano. — Mas em vez de dirigir-se aos soldados de uma forma à altura de seus antepassados, cairia de joelhos e choraria convulsivamente! Isto, segundo ele, para comover os soldados, que ficariam tão emocionados ao ver o imperador pedindo misericórdia, que o acolheriam. Até onde pode chegar a baixeza de uma pessoa? Na verdade, não acredito que os soldados teriam essa reação, mas que algum centurião avançaria e cortaria o pescoço dele, acertando bem na goela!

— Não sei, mas, segundo disseram-me, os soldados podem ser muito sentimentais. Esta pode ser a única salvação de Nero, e ele é tão ator que até poderia conseguir! Não acredito que tenha alguma possibilidade de chegar à Gália.

— Pobre Nero! — repetiu Domícia. — Tenho pena dele, sei que ele fez coisas horríveis, mas, ao mesmo tempo, detesto ver pessoas serem humilhadas.

Acho que foi nesta noite que, andando pela cidade, passei por uma das estátuas de Nero e vi um bilhete afixado, dizendo, em grego: *Agora a luta é pra valer, Nero, você não pode subornar e vai perder!*

Ninguém sabia o que estava acontecendo. Alguns senadores começaram a lastimar a imprudência de Nero, que estava instigando o povo a sublevar-se e a armar-se para defendê-lo. Até que um dia, na terma, um dos meus admiradores (não me lembro agora quem) me garantiu que aquilo era bobagem ou estava perto de ser, já que nenhum voluntário tinha se apresentado.

— Ninguém tem a menor vontade de morrer por Nero, é o que diz o povo — ele contou. — Na verdade, sei que Nero estava ontem se preparando para ir à Gália, mas sua maior preocupação era encontrar carroças para transportar seu equipamento de cena, conseguir que cortassem os cabelos das suas concubinas bem curtos, como o de rapazes, e dessem a elas lanças e escudos como os das amazonas. O homem perdeu o pouco de sensatez que ainda lhe restava, está vivendo num mundo irreal!

Não havia a menor dúvida, mas aquilo ainda podia se transformar num pesadelo para nós; corri para casa para ver se tudo estava bem por lá, se a minha mãe estava segura. Eu já tinha pedido para ela não sair antes que tudo se acalmasse. Embora não acreditasse que alguém fosse querer atacá-la, acidentes acontecem, principalmente quando uma pessoa como Nero está no limite da razão e a multidão está mais do que agitada, como poderia ficar a qualquer instante.

Não sei se foi naquela noite ou alguns dias depois que, logo que me deitei, fiquei ouvindo os sons sempre mutantes da cidade à noite, que se recusava a silenciar-se, quando alguém bateu à porta da nossa casa. Foi um toque leve, imagino que de propósito para não assustar ninguém, mas era insistente, mostrando que a pessoa estava nervosa ou até amedrontada. Levantei, vesti uma túnica e, pegando um porrete que ficava ao lado da porta, ouvi a batida incessante.

— Por favor, ajude-me, deixa-me entrar — pedia uma voz fina.

Ao abrir a porta não reconheci o jovem que entrou dando um encontrão em mim. Empurrei-o, ele balançou e teria desmaiado (foi o que imaginei) se eu não o tivesse amparado pelo ombro e levado até um banco na mesa. Ele se sentou encostado na parede, com as pernas tremendo. Seu rosto sujo tinha marcas de lágrimas escorridas e do que devia ser sangue; sua túnica estava rasgada. Ele deu um grande soluço e escondeu o rosto com as mãos para que eu não visse de quem era, só o emaranhado de cabelos negros e encaracolados.

Minha mãe despertou com o barulho e veio até a sala. Olhou o rapaz, que tinha levantado o rosto, mostrando uma expressão de horror.

— Esporo? — ela perguntou. — O imperador está morto?

— Na minha frente — ele disse. — Talvez. De certa forma, não sei. Espero que não! Foi horrível — balbuciou.

Minha mãe mandou que eu fosse buscar vinho enquanto ela esquentava a sobra da sopa que tomamos no jantar. Esporo deu o primeiro gole no vinho de Marino como um viajante sedento que bebe água numa fonte e mostrou a taça pedindo mais. Bebi meu vinho e fiquei observando-o. Suas mãos ainda tremiam de vez em quando e, embora sabendo que estava enfim seguro, lançava olhares preocupados para a porta.

— Alguém seguiu você até aqui? — perguntei.

Ele balançou a cabeça, mas sem demonstrar certeza, só desejando que não.

— Deixe o menino em paz, ele está atarantado — disse minha mãe. — Falará depois que tiver comido e bebido um pouco —acrescentou.

Minha mãe colocou pão na mesa e serviu a sopa. Esporo ficou indeciso, como se a ideia de comer não o agradasse.

— Coma e depois tome mais vinho — minha mãe sugeriu.

Até que, finalmente, ele melhorou.

A seguir, envio o seu relato, que garanto ser autêntico. Escrevi tudo quando ele terminou de falar e adormeceu. Guardei o documento, que me acompanhou por todos os transtornos da vida. Você, Tácito, sabe que sempre fui um homem organizado e que valorizo muito a prova documental.

Ele contou aos poucos, mal sabendo como começar, e passando de um assunto a outro. Tentei captar a forma que ele nos transmitiu, mas admito que arrumei um pouco o texto. Afinal, fiquei escrevendo até que os dedos róseos da aurora começassem a tocar o céu.

Eis o que ele disse:

Nero estava perdido. Acho que vinha se perdendo há muito tempo e acabou perdendo o mundo! Ele sabia disso, mas não queria encarar a realidade. Então seus planos mudavam o tempo todo e ele não conseguia concentrar-se neles porque lhe faltava cabeça. Uma vez chegou a interromper uma reunião com os conselheiros ainda leais porque uma das jovens escravas de Faon, virgem de dez ou onze anos, chamou a sua atenção e ele precisava possuí-la imediatamente. Ele não era capaz de ver como as coisas estavam. Numa outra ocasião, quando ditava uma carta para enviar ao Senado, usando termos elevados e sérios, ele me possuiu. Desculpe, senhora, mas tenho de contar como foi, para minha própria salvação, embora não saiba por que preciso. Ele então me obrigou a masturbá-lo enquanto ditava a carta. Quando ele ficou duro, não, desculpe, não vou continuar, vejo que lhe causa repugnância. Mas era esta a vida que fui obrigado a levar durante anos, desde que, digamos assim, ele me viu pela primeira vez. Apesar disso, os senhores não vão acreditar, eu gostava dele, pode ter certeza, ele também era capaz de ser interessante e não, esqueçam...

Isso aconteceu quando estávamos na villa de Faon, a uns quinze quilômetros da cidade, entre a Nomentana e a Salária. Faon era um de seus libertos, vocês não o conhecem. Tínhamos chegado a Roma um dia antes, ninguém sabia, pois escapamos durante a noite e ele não foi reconhecido quando corremos para o palácio, usou um capuz para esconder o rosto. Acho que foi aí que percebi que estava tudo acabado e as últimas perguntas que ainda faltavam responder eram como e quando. Pois o fato de o imperador não ousar mostrar seu rosto em Roma era algo inimaginável!

Naquela noite, ele criou um novo plano: apareceria na tribuna e imploraria misericórdia ao povo, pediria perdão por tudo o que lhes desagradou. Esta ideia poderia dar certo, pelo menos foi o que eu pensei na hora. O povo pode falar o que quiser, mas Nero era um bom ator, ninguém sabia fingir como ele! Nunca vi uma pessoa parecer tão sincera quando queria, era preciso conhecê-lo como eu para perceber que, se estava muito humilde e contrito, por dentro ria dos bobos a quem estava enganando. Ouvi dizer que ele era capaz de convencer até Sêneca, e todos dizem que este foi um dos homens mais sábios! Nero estava tão animado com a ideia de ir à tribuna que chegou a ditar o discurso que faria. À noite, pouco antes de dormirmos, ele disse:

— Nunca se sabe. Pode ser que me nomeiem prefeito do Egito, se não quiserem que eu continue como imperador. Podíamos passar um período maravilhoso no Egito, é um lugar interessante!

Acho que esta foi sua última esperança. Andava bebendo muito, claro. Todos nós. Quando você vê a destruição pela frente, é natural lançar mão do vinho, não?

Mas quando chegou de manhã, foi diferente. Ele acordou antes do amanhecer e descobriu que os seus guarda-costas tinham sumido. Simplesmente sumiram. E também a maioria dos seus amigos. Restavam umas seis pessoas. Imaginem, meia dúzia de pessoas naquele enorme palácio, com os corredores e todos os dormitórios vazios. E ainda estava escuro. Foi aí que ele falou pela primeira vez em suicídio. Foi aí que também pela primeira vez fiquei muito assustado. Ele chamou Espículo para despachar. Era um de seus libertos, um gladiador por quem ele tinha se interessado, um brutamontes germânico. Mas Espículo tinha fugido. Faon então sugeriu que fôssemos para a villa dele, e Nero aceitou:

— Preciso de um lugar tranquilo onde possa organizar as ideias — disse.

Conseguimos alguns cavalos e fomos: os galos estavam cantando nos subúrbios da cidade e havia muita neblina mostrando que o dia seria bonito. Naquele instante, pensei uma coisa estranha... Passamos bem perto do acampamento da guarda, o que fez o imperador estremecer. Quando seu cavalo se assustou com um morto na estrada e caiu o lenço que ele tinha colocado no rosto para se disfarçar, Nero foi reconhecido por um soldado veterano que, surpreso, ainda o cumprimentou. Nero não respondeu, talvez para o soldado achar que se enganara. Quando nos aproximamos da villa, Faon batia os dentes, não sei se pelo frio da manhã ou por medo, e sugeriu que nos escondêssemos numa mina de cascalho enquanto alguém ia na frente para ver se a villa continuava tranquila. Nero não aceitou:

— Não vou ficar enterrado até morrer! — disse, e ficou repetindo a frase como se fosse o estribilho de uma canção.

Chegamos à villa, mas ela também estava deserta, só havia a mulher e as filhas de Faon. Nero nem tomou conhecimento delas: afundou-se num sofá e desabafou:

— É o fim, não há saída para o pobre Nero. Eles realmente me declararam inimigo público? Pobre Nero, pobre Nero. Eu tinha planos tão maravilhosos.

Faon manteve a calma, sugerindo que fôssemos para o litoral, onde certamente encontraríamos um barco.

— Não desista — disse.

E todos nós repetimos para Nero não desistir, não sei por quê.

Então alguém chegou dizendo que tinha visto uma tropa montada se aproximando. Nero pegou duas adagas e testou uma das lâminas.

— Como minha vida ficou feia e vulgar…

Mas não tinha coragem de se...

— Sou tão covarde! Faon, sirva de exemplo para mim — ele mandou.

Mas Faon não aceitou suicidar-se, não via motivo para se matar e encorajar Nero. À esta altura eu estava chorando, o que agradou o imperador. E a escrava Acta também, única das mulheres dele que realmente o amava.

— Está bem, pelo menos alguém vai chorar a minha morte. Pelo menos alguém está triste por me ver assim. Apesar disso, eu não consigo... vamos, Nero — ele disse, como se não estivéssemos lá. — Seja homem, interprete o homem!

Colocou uma das adagas na altura da garganta e começou a soluçar; seu secretário, Epafrodito, adiantou-se, segurou a adaga e enfiou-a no pescoço dele. Nero engrolou e ainda tentou falar, levantou a cabeça e conseguiu dizer

— Que artista... que grande artista para morrer assim!

Epafrodito pegou a outra adaga e enfiou na garganta dele.

Foi só então, quando ainda estava vivo, que o comandante da tropa de cavalaria nos encontrou. Olhou para Nero e disse:

— Tenho ordem de pegá-lo vivo, mas é melhor assim!

Acta se jogou aos pés do comandante, chorando. Segurou suas pernas e disse que Nero tinha pedido para não deixar que cortassem a cabeça dele, queria ser enterrado inteiro. Não sei quando ele fez esse pedido, não ouvi. Seus olhos estavam saltando das órbitas e eu queria fechá-los, parecia que me olhavam, eu não aguentava. Acta, então, implorou para cuidar do corpo. O oficial disse que aquilo não lhe dizia respeito, pois tinham mandado trazer Nero vivo, mas, se estava morto, não lhe interessava.

— Eu mesmo vou jogá-lo numa cova — disse.

E saiu rápido, acho que queria ser o primeiro a dar a notícia e ganhar algum tipo de recompensa. Quanto a mim, não podia ficar lá, era tudo horrível! Mas passei o dia todo com medo de que alguém me reconhecesse como o rapaz de Nero, e foi por isso que vim aqui, a senhora era a única pessoa a quem eu podia pedir ajuda. Não deixará que façam algo comigo, vai?

— Claro que não... — minha mãe garantiu.

Ela estava com muita pena de Esporo e depois me contou que, quando o colocou na cama, ele parecia uma pobre criança violentada. (Embora fosse mais velho do que eu.)

Minha mãe o escondeu alguns dias na nossa casa até que, certa noite, cheguei em casa e ele tinha ido embora. Durante muito tempo ela não me disse para onde. Mas descobri que o mandou para a casa de uma das suas primas, na Calábria. Mais tarde acho que ele abriu um bordel em Corinto, não se podia esperar que fizesse outra coisa. Minha mãe não sabia, mas acho que Esporo tinha escondido algumas joias que recebeu de Nero, conseguiu recuperá-las e assim financiou seu negócio. Na minha opinião, ele merecia as joias.

VIII

CONFESSO TER ESCRITO MINHA ÚLTIMA CARTA COM A INTENÇÃO DE irritar Tácito. A simpatia que demonstrei por Esporo o deixará furioso! Ele detesta tudo que cheira a degradação e às vezes fala como se os coitados iguais a Esporo fossem culpados pela sua infeliz situação. É ridículo demais. Na verdade, apesar de todos os méritos, a história que ele está escrevendo sofrerá pela sua falta de imaginação. Ele é incapaz de colocar-se no lugar dos outros.

Mas basta de falar em Nero, um escandaloso desprezível sobre o qual já se disse tudo! Cumpre fazer um último comentário, que preciso lembrar de transmitir a Tácito na próxima carta: Nero foi mentiroso até o fim, quando disse que com ele morria um artista. O problema é que ele nunca foi um artista, foi apenas artístico.

Agora, quanto a Galba...

O que direi?

Muitas coisas, pois Galba sempre foi um herói, por ser herói de meu amigo Tácito. Mais tarde, quando estávamos no Senado, ele comentou sobre a nobreza de Galba e do grande serviço que ele prestou ao Estado antes de receber a coroa imperial. Chegou a dizer que, com oportunidade e mais sorte, Galba teria sido um grande imperador; no fundo era um republicano e um respeitador do Senado. Tácito ficou muito irritado quando disse que todo mundo achava que Galba poderia ser imperador, se nunca tivesse sido.

Embora ele não tenha gostado do que eu disse, Tácito não poderia negar que fosse verdade. Cheguei a vê-lo anotar as minhas palavras. Será engraçado citá-las em sua história.

Claro que eu não estou muito preocupado se ele roubará a minha frase. Quanto mais roubar melhor ficará sua história, e eu não almejo a fama literária! O que eu faria com ela aqui neste lugar?

Vamos então a Galba: ele era o tipo de simplório que Tácito tanto admirava. Ele se orgulhava tanto da sua ascendência que a melhorou, colocando-a numa inscrição pública e fazendo-a remontar a Júpiter, pelo lado paterno, e a Pasífae, mulher do rei Minos, de Creta, pelo lado materno. Nunca me interessei por esta bobagem! Seu bisavô foi um dos assassinos de Júlio César e participou da conspiração por ter sido preterido para um consulado. O avô do futuro imperador escreveu uma enorme e ilegível história, mas não me lembro do tema. E o pai dele era corcunda. Conta-se que a primeira vez que ele ficou a sós com sua esposa, ele se despiu até a cintura, mostrou a sua corcunda e disse que jamais esconderia nada dela. Se cumpriu a promessa, deve ter sido o único marido a não esconder nada.

O futuro imperador nasceu uns dez anos antes da morte de Augusto. Tinha um irmão mais velho que, falido, se degolou, porque Tibério não quis dar-lhe um comando provincial que ele não merecia, mas esperava usá-lo para consertar suas finanças, explorando os provincianos no melhor estilo da velha República, como fez o arqui-hipócrita Marco Bruto. Galba gostava de dizer que quando era criança o imperador Augusto previu um grande futuro para ele, podendo até chegar a imperador. Estranho, pois todos sabem que Augusto estava decidido a manter a sucessão em família e, de todo jeito, sempre se disse *Princeps* e não imperador, título que, segundo ele, tinha conotação meramente militar.

Mesmo assim havia sinais de que Galba estava destinado a grandes feitos. Um dia, quando o avô historiador estava sacrificando um animal aos deuses, uma águia voou baixo, arrancou as vísceras do animal das mãos dele e levou-as para um carvalho. O corcunda disse que isto vaticinava uma grande honra para a sua família. O historiador foi mais cético e consta que ele concluiu dizendo:

— Grande honra, pode ser, no dia em que um mulo parir!

Mais tarde, Galba espalhou a notícia de que um mulo tinha parido no dia em que ele ouviu falar na rebelião dos gauleses chefiados por Víndice, concluindo que era sua oportunidade de aspirar a imperador.

Muita gente acreditava nesta história, para você ver até onde vai a ingenuidade das pessoas!

Alguém também disse a Tibério que Galba seria imperador quando ficasse velho.

— Não estou preocupado — respondeu o verdadeiro imperador.

Tudo isto são histórias; tenho certeza de que Tácito as conhece e as repetirá se lhe convier.

Um dos motivos para o meu amigo admirar tanto Galba é por considerá-lo como exemplo da antiquada honradez republicana. Ele gostava, por exemplo, de saber que Galba seguia o velho costume de chamar todos os seus escravos domésticos pela manhã e à tarde para desejarem-lhe bom-dia e boa-noite. Uma prática perfeitamente inútil, se você quer saber minha opinião.

Quando jovem, Galba bajulava Lívia, da família Augusta, e acredito que ela lhe deixou alguma herança. Alguns dizem que quando ele era edil dos Jogos criou para agradá-la a novidade de elefantes andando na corda. Esta história é ridícula, Lívia Augusta jamais se interessou por essas bobagens!

Galba teve uma longa carreira de serviços públicos e teve um bom desempenho, mas nunca o bastante para provocar ciúme nos imperadores. Considero o fato de ele ter sobrevivido a Calígula e a Nero uma prova da sua mediocridade. Mas ele gostava de posar como seguidor da velha escola. Quando foi governador da Espanha, por exemplo, crucificou um cidadão romano que diziam ter envenenado o próprio guarda-costas, embora a prova fosse dada por pessoas que queriam se livrar do cidadão. Galba ignorou os argumentos de que era errado crucificar um homem, a menos que a cruz fosse maior do que as outras e pintada de branco para chamar ainda mais atenção!

Galba só se casou uma vez. Não gostava da sua esposa, que também se chamava Lívia, segundo eu me lembro, e não ligava para os filhos, não demonstrando qualquer emoção quando morreram ainda pequenos. Mas hipócrita como era, disse que não se casou mais porque deu todo o amor que tinha à falecida esposa. Na verdade, ele não se interessava muito por mulheres, e nem por rapazes, só por homens maduros. Como todo mundo despreza o homem que, já adulto, faz o papel de mulher na cama, ele escondeu sua preferência como pôde, até se tornar imperador. Então ficou tão nervoso quando soube da morte de Nero que agarrou seu liberto Ícelo, um belo e forte moreno, encheu-o de beijos molhados, mandou que ele tirasse a roupa e lhe desse prazer. Fico pensando o que Tácito fará com esta história... Nada, acho.

NÃO SEI O QUE VOCÊ, MEU CARO TÁCITO, PENSARÁ, MAS FOI COM receio que aguardamos a chegada de Galba na capital. Disseram que ele e as suas tropas avançavam lentamente, causando muitas mortes pelo caminho e, segundo constava, *eliminavam* aqueles que não estavam muito animados com a sua ascensão. O cônsul eleito, Varro, e Petrônio Turpiliano, membro do consulado, foram mortos sem serem julgados. Pelo menos foi o que se comentou.

E os pretorianos estavam agitados, já lastimando a morte de Nero, que os tratou com tanta indulgência. O prefeito deles, Ninfídio, viu na disposição das tropas a oportunidade para atacar o Império, pois os soldados souberam da reação de Galba quando lhe fizeram o habitual pedido de donativos:

— Eu escolho meus soldados, não os compro — foi o que disse.

Domiciano comentou que:

— O velho deve ser bobo, pois desde o tempo de Pompeu os generais compram suas tropas. Conheço muito de história para saber disso, mesmo sem enfiar o nariz neste assunto como você faz. Só Tibério poderia dizer uma coisa destas e se manter no posto. Mas Tibério era um grande general (Galba, não), além de ser um homem de indiscutível autoridade.

Esta não foi a primeira vez que ouvi Domiciano falar sobre o imperador, a quem, como você sabe, dispensaria muito tempo e muita atenção nos próximos anos. Os republicanos à moda antiga (do seu tipo, meu caro) ficavam ronronando o que chamavam de *sentimentos mais nobres de Galba.* Foram esses sentimentos que certamente inspiraram Ninfídio a provocar um motim e, durante dois dias, ser chefe da cidade. Flávio Sabino disse ao sobrinho Domiciano que nestes dois dias teve medo de morrer, embora Ninfídio fosse primo dele.

Correu a notícia de que as tropas de Galba estavam a um dia de Roma. Os pretorianos que tinham dado ouvidos a seu prefeito agora estavam em pânico. Apesar da fama que desfrutavam, poucos tinham alguma experiência de guerra e ninguém estava interessado em enfrentar sua iminente realidade. Quando Ninfídio entrou no acampamento para discursar, mandaram que ele se calasse. Ele recuou assustado, foi xingado e os soldados atiraram coisas nele. Eu o vi amedrontado e tremendo, empurrado pela multidão ao sair do Fórum e ir para sua casa, onde pretendia se refugiar. Não conseguiu. Uma tropa da cavalaria (da vanguarda de Galba ou de um grupo especialmente autorizado pelos senadores republicanos, ninguém soube, nem na época e nem depois) penetrou na multidão e, um horror, atingiu Ninfídio com a lança. Arrastaram seu corpo até a Rocha Tarpeiana e jogaram-no de lá, fazendo uma encenação simbólica do antigo castigo dado aos traidores. O corpo ficou aos pés da rocha até o anoitecer, sem ninguém ousar tirá-lo de lá.

À tarde, o Fórum estava vazio. Era um dia cinzento de inverno e o medo era tão forte quanto o frio. Eu não podia voltar para casa, que ficava do outro lado do rio. Destacamentos de soldados, comandados ninguém sabe por quem (se é que eram comandados por alguém), postavam-se nas esquinas e nas pontes. Os pobres coitados estavam tão confusos quanto os cidadãos. Mas nesta confusão os soldados eram perigosos. Ninguém sabia o que poderiam fazer, a quem poderiam atacar, já que eles mesmos sentiam medo. Voltei, esperando que minha mãe não tivesse saído da nossa casa e, percorrendo caminhos estreitos e dando uma longa volta, cheguei à casa da Rua das Romãzeiras, onde Domiciano e Domícia estavam escondidos na casa da tia. Tive sorte de encontrar todos bem. Domícia me olhava carinhosamente, mas não ousávamos nos abraçar na frente de outras pessoas; era difícil, na agitação em que eu me encontrava, estar com ela e não poder tocar sua pele, segurá-la nos braços, sentir seus lábios nos meus, recuperar-me no refúgio do nosso amor. Domiciano se sentou à janela para ver o que se passava lá fora, achando que não poderia ser avistado da rua. Bebia vinho e roía as unhas. Contei a eles o que tinha visto nas ruas, onde a luz de inverno sumia rapidamente. Domiciano disse para a tia não acender as lamparinas: era mais seguro ficarem no escuro.

— Por que correríamos perigo? — perguntou a tia.

Não houve resposta, pois não havia motivo para temermos alguma coisa, éramos pessoas sem qualquer destaque na época, três jovens e uma senhora que se dedicava às boas obras e à religião. Mesmo assim, tivemos medo.

Quando estava bem escuro, ouvimos passos na escada e uma batida na porta que Domiciano tinha fechado com três trancas depois que eu entrei. Ele fez sinais no escuro para ficarmos quietos, depois ouvimos alguém que se identificou como sendo o tio deles, Flávio Sabino.

Sabino tinha vindo sozinho, sem os escravos nem qualquer soldado do seu comando. Mas não confessaria que procurava refúgio (já na época eu tinha certeza disto) na casa da irmã. Não devia estar correndo perigo. Porém, como homem público, ocupando um cargo de responsabilidade, tinha medo de ser visado e preferia sair de circulação até a situação se resolver para algum lado.

Flávio Sabino ficou constrangido por não poder nos contar o que estava acontecendo. Ele apenas disse:

— Avisei a Ninfídio que os pretorianos iriam abandoná-lo. Alguma vez foram fiéis a alguém?

Ficamos de vigília a noite toda. Eu também estava sentindo-me confuso, perturbado. Num momento sentia o mesmo medo de Flávio; em outro, vendo o perfil de Domícia ou sentindo a leve pressão dos seus seios ao se inclinar por cima de mim para olhar na janela, era tomado por um desejo quase intolerável! Pergunto a você: existe alguma coisa que, no outono da vida, desperte tanto os sentidos quanto lembrar do desejo na juventude? Lembrar não é a palavra adequada, pois as lembranças surgem espontâneas como sonhos inoportunos. Como dizem os gregos, *quantas lembranças, quantos arrependimentos!*

Galba entrou na cidade no dia seguinte. Imediatamente ele se vingou das tropas que não tinham se subjugado a ele de forma imediata e aberta. Quando alguns marinheiros que tinham sido armados por Nero hesitaram em obedecer a ordem de voltar às galés, Galba mandou sua cavalaria espanhola atacar os revoltosos. Foram cercados, enfileirados e cada décimo homem foi morto. Segundo disseram os partidários de Galba, isso mostrava sua conhecida honradez.

— O dízimo é uma antiga medida republicana — explicaram.

Quando parecia que a paz e a ordem tinham voltado, e ficou claro que Galba estava comandando a cidade, Flávio Sabino foi apresentar seus cumprimentos e, surpreso, viu-se confirmado no cargo.

— Mesmo assim — disse Domiciano — ele não está se sentindo à vontade. Diz que o poder de Galba é incerto e que o velho é totalmente controlado por três integrantes de sua equipe que o meu tio chama de a*mas-secas do imperador*.

— É perigoso chamá-los assim, seja lá quem forem! E, aliás, quem são? — perguntei.

— Não sei muito sobre eles. Como poderia saber? Fiquei neste maldito olvido. Um deles se chama Tito Vínio, acho que também foi general na Espanha. Outro é Cornélio Laco.

— Ah, este você deve saber quem é — interrompi. — Foi funcionário do Tesouro, você certamente o viu na terma, onde estava sempre de olho nos lutadores romanos. É bem alto, meio gordo, careca, narigudo e anda como uma mulher. Aliás, tem jeito de mulher também.

— Ele então poderá agradar muito os lutadores romanos, pois foi indicado prefeito pretoriano no lugar de Ninfídio — informou Domiciano. — Pode comandar qualquer soldado musculoso que queira levar para a cama. E, pelo que os homens dizem dos pretorianos, terá uma boa acolhida. É um nojo — acrescentou Domiciano, torcendo o nariz. — Claro que a terceira "ama-seca" é o liberto Ícelo, notório novo companheiro de cama do nosso novo imperador. Aliás, foi nomeado cavaleiro e usa tantas joias e pulseiras de ouro que parece estar num palco. Tenho a impressão de que o novo regime não é mais íntegro que o de Nero. Quanto tempo durará?

Era esta a pergunta que todos se faziam. Já circulavam boatos no Fórum e nas termas de que as legiões germânicas não estavam aceitando Galba e queriam escolher um imperador deles.

— Isto é ruim para nós! — disse o tio de Domiciano.

Na hora, não entendi o que ele quis dizer.

— Não depende de quem eles vão escolher? — perguntei.

Ele me olhou como se eu fosse um idiota.

Esta carta também precisa receber uns cortes. Há muito assunto pessoal, muita coisa dita bem às claras.

X

TÁCITO TAMBÉM PODE ACHAR QUE EU FUI UM IDIOTA. ELE TEM A vantagem de saber das coisas que ocorreram depois. Os historiadores, sabendo o que veio a acontecer, podem facilmente julgar com dureza. Mas até hoje não sei se foi burrice minha não perceber logo no início do curto governo de Galba que os meus amigos flavianos já estavam ambicionando o Império. Por que não percebi? Sempre achei que Vespasiano não passava de um medíocre malcriado! Embora Tito tivesse comentado quais eram suas ambições, nunca imaginei que almejasse o cargo supremo! E embora tivesse sempre falado no *talento do velho para ir além do que se espera e para fazer um trabalho melhor do que o necessário*, não podia imaginar que um homem em quem os provincianos atiraram legumes podres pudesse querer assumir o poder.

Por falar nisto, eu achava que, pelas conversas, indícios e especulações que abundavam naqueles tempos agitados, se os exércitos ocidentais seguissem a moda e elegessem um imperador próprio, escolheriam Lúcio Muciano e não Vespasiano. Como governador da Síria, Muciano estava num posto superior ao de Vespasiano. E era superior também em berço e nos feitos. Sugeri isto a Flávio Sabino, dizendo que, se Galba não conseguisse se impor, seu sucessor poderia ser Muciano e não alguém escolhido pelas legiões germânicas. Sua resposta foi brusca:

— Você não sabe nada do que se passa, rapaz. Por enquanto as legiões estacionadas no Leste não farão qualquer manobra. Aguardarão o desenrolar dos fatos em Roma e além dos Alpes. Mas Muciano não serviria. Já basta deste tipo de imperador! Os soldados querem um homem de verdade e, de preferência, com filhos que sejam dele. — Após dizer isso, ele sorriu e deu um tapinha no meu ombro. — Desculpe por eu ter cortado a sua ideia, mas é melhor você não ficar por aí falando sobre Muciano. É mais seguro também!

Flávio Sabino era assim. Podia ser hostil, mas, gentil por natureza, tentava sempre abrandar sua crítica. Era uma pessoa cortês e educada, qualidades que o seu irmão Vespasiano não tinha. Viveu a maior parte de sua vida em acampamentos; foi comandado por Córbulo, na Armênia, e, além de se distinguir nas batalhas, sobreviveu à queda de Córbulo e manteve a confiança de Nero. Até Nero reconhecia que aquele homem forte, de cabelos rentes e boca caída, desprovido de qualquer ilusão, era confiável e honrado. Nero sequer fazia graça à custa dele. Nos meses seguintes, entendi a abnegada determinação com que Flávio Sabino defendeu os interesses da sua família. Digo abnegada porque nunca pensou nele em primeiro lugar. Da mesma forma, nunca duvidei que ele se orientasse pelo que sabia ser melhor para Roma e para o Império.

Quando falou sobre a necessidade de esperar o desenrolar dos acontecimentos em Roma foi porque (depois eu entendi) planejava garantir o Império para a sua família sem provocar uma guerra civil.

E Domiciano veio me contar.

— Não é justo! — ele reclamou. — Sabe o que o meu tio está tentando fazer? Convencer Galba a adotar meu irmão como herdeiro. Por que Tito? Por que sempre Tito é escolhido? Por que sou deixado de lado, ignorado, como se eu não valesse nada?

— Você tem a desdita de ser o caçula. É sina dos caçulas ficar em segundo plano — eu o consolei.

— Não é justo, não é justo! — ele repetiu.

Eu estava cansado de ouvir sempre aquilo...

Domícia disse que ele estava infeliz e não havia solução. Ninguém podia culpá-lo por estar triste.

Recebi uma carta de Tito, escrita no código que combinamos. Está aqui na minha frente, mas não vou mandá-la para Tácito, é muito pessoal! Fico até constrangido ao lê-la. Mas há um parágrafo que ele poderia ver:

(...) Confio em você para me manter a par de uma situação que deve estar se alterando com uma rapidez quase inacreditável! Você é suficientemente arguto para penetrar na superfície dos fatos e entender o que os outros veem apenas por cima. O que, afinal, está acontecendo? Sei que o meu tio quer convencer Galba a me designar herdeiro e devo dizer que esta ideia é compartilhada pelo meu estimado pai. Mas não acontecerá. Discuti esta possibilidade com Lúcio Muciano que, você se surpreenderá, criou um interesse especial por mim, embora eu seja um pouco mais velho que os Ganimedes imberbes que o cercam e ocupam suas tantas horas de lazer. (Este Muciano tem muitas qualidades, entre as quais não está a de trabalhar duro e muito.) Seja como for, admiro sua sagacidade e perspicácia. Ele sabe que não me interessa ser designado herdeiro de Galba: diz que o Império não é mais presente para um só homem. O Império é carregado na ponta da lança dos soldados. Ser nomeado por Galba é ser condenado ao fracasso e a uma morte prematura. César e Augusto conquistaram seus cargos máximos pela força das armas e por exercerem suas habilidades políticas. Estamos mais uma vez na posição em que eles um dia estiveram: a República ruindo e tudo por fazer. Mas creia, meu caro rapaz, a estabilidade só voltará depois que muito sangue for derramado e muitas batalhas forem travadas. É interessante notar que um homem que gosta de deitar-se num mar de rosas venha falar com a dureza dos espinhos. Mas não tento fazer com que você convença o meu tio dos seus sonhos, no mínimo porque você não conseguiria, ele acharia estranho e até desconfiaria. Isto, entretanto, não prejudicará nossa causa se citarem meu nome neste contexto. E, por enquanto, o problema aqui é o de conter esta ridícula revolta judia para que possamos marchar rumo à Itália quando chegar a hora(...).

TÁCITO RECLAMA QUE OS MEUS RELATOS SÃO DESCONEXOS, QUE DESVIO o assunto para lembranças pessoais, irrelevantes para o grande tema da história que ele conta. E tem razão. Enquanto estou aqui sentado, sinto mais prazer e o meu sangue corre mais rápido nas veias ao lembrar como me ocupava de Domícia e dos assuntos que diziam respeito a ela do que em relembrar a funesta e brutal série de crimes e desgraças que chamam de história. Além do mais, o passado só me parece real quando me perco nas lembranças de momentos eróticos. Mas vamos ao trabalho.

Tácito, você me repreendeu, e o fez, com toda razão. Tentarei não fugir do assunto.

Eu estava no Fórum no dia em que se confirmou a notícia da revolta das legiões germânicas. Fazia muito frio, era a primeira semana de janeiro e as colinas acima dos Montes Albanos estavam nevadas. A notícia foi dada pelo procurador da Bélgica, num despacho feito para o Senado. Creio que ele se chamava Pompeu Propínquo, mas desconheço seu parentesco com o grande Pompeu. Relatou que as tropas na fronteira germânica tinham se recusado a aceitar Galba como imperador. Por prudência, não citou o motivo. Alguns dizem que a recusa das tropas era devido à idade de Galba, outros por sua fama de mesquinho. Mas a maioria achava que era apenas por não ser general dos germânicos que, portanto, não podiam esperar muito dele. Mas eles ainda não tinham elegido um imperador, pediam ao Senado e ao povo romano que indicassem um que fosse do agrado de todos:

— Esta é a versão oficial, mas eu sei melhor o que se passa... — disse Domiciano, puxando a manga da minha túnica. — Tenho certeza de que, enquanto juram lealdade ao Senado e ao povo romano, eles têm outros planos!

— Bem, devem ter — repliquei. — Todo mundo sabe que, do jeito que as coisas estão, um juramento destes não faz sentido. Será que querem que a guarda pretoriana escolha o imperador?

— Meu tio acha que não é isso. Ele diz que os germânicos não sabem o que querem, só sabem que não querem Galba.

— Quem mais poderia ser indicado? — perguntei.

Domiciano riu e respondeu:

— Pensei que você soubesse; você sempre se vangloria de estar à frente dos acontecimentos. Desta vez está bem atrás de mim.

E continuou se gabando.

A verdade é que eu, muito jovem e um ignorante confesso, fizera uma boa pergunta. O novo comandante das legiões na Germânia era Aulo Vitélio, e eu achava impossível que os soldados vissem nele capacidade de governar. É verdade que eu não conhecia Vitélio, mas sempre ouvira minha veneranda mãe falar sobre ele com desdém. Segundo ela, Vitélio tinha sucedido a Calígula, Cláudio e Nero:

— O que prova ele ser um homem de caráter mesquinho e vil.

Ele costumava cafetinar virgens para Calígula e Nero e, como tinha todos os tipos de vício, isso garantia-lhe os favores de Nero, que conseguia perdoar tudo, menos a probidade. Dizia-se que Vitélio herdara três fortunas, sendo a última da sua esposa mais recente e que precisou penhorar as joias dela para financiar a viagem para comandar os germânicos.

No ambiente agitado do Fórum tudo era possível. Os homens diziam que Vitélio seria uma marionete, mas os seus dois representantes, Fábio Valente e Cecina Alieno, eram homens preparados e populares entre os soldados.

Os boatos iam de um extremo a outro e cada um pensava para que lado pularia quando fosse a hora.

Foi nestes dias de irrealidade e medo que Tito chegou de repente a Roma, quando o seu pai tinha cedido à insistência do tio e havia grande possibilidade de Galba simpatizar com o jovem e indicá-lo para herdeiro. A chegada de Tito me impressionou, por causa da última carta que tinha enviado.

Dois dias depois, Tito veio visitar-me na casa da minha mãe, onde eu estava de cama com uma forte gripe. Minha mãe o recebeu, trouxe vinho para nós e saiu do aposento.

Pela primeira vez senti uma distância entre nós. Nos trinta meses em que não nos vimos, Tito tornara-se um homem musculoso e estava cultivando uma barba. Era impossível sentir o que tínhamos sentido antes.

Por acordo implícito não comentamos o que tinha havido entre nós, mas Tito agradeceu as cartas que enviei: segundo ele, foram mais úteis do que todos os relatos que recebeu.

— Meu pai também aprecia suas cartas... — acrescentou.

— Claro que você não... — calei-me, lembrando alguns trechos das primeiras cartas, quando Domícia ainda não tinha substituído o irmão nos meus afetos.

— Meu pai não se interessa por esses assuntos — ele tranquilizou-me, puxando a ponta da minha orelha. — Não fui fiel a você — continuou, leviano. — Há muitos rapazes gregos na Antioquia, são atraentes e receptivos. Aliás, as garotas também. Cachos lustrosos e pele luzidia. Lindas! Você devia ir ao Leste comigo. Eu o levaria comigo agora, não fosse esta confusão aqui em Roma e confiar tanto nos seus relatos e avaliações. Espero que consiga impedir que o meu irmãozinho faça muita bobagem.

— Você continua não querendo ser herdeiro de Galba e parceiro no Império? — perguntei.

— Parceiro nas minhas labutas: era assim que Tibério chamava Sejano, como você, meu caro, há de lembrar. Até ele fazer o que fez. Não, não quero ser indicado; Galba é um velho idiota que não consegue nada.

— Tem razão — concordei. — Galba acabou antes de começar.

É incrível como eu estava certo. Você concordará, meu caro Tácito, que até o dia em que me enganei com uma pessoa (fato que hoje acho compreensível e até perdoável), tive uma rara capacidade de avaliação dos homens. O próprio Galba se mostrou aquém, provando não entender o mundo onde vivia: aquela pretensão de comandar os soldados sem comprar a lealdade deles era prova suficiente. E ele se cercou de homens de terceira classe. Galba realmente não tinha futuro, era um ator aguardando ser expulso do palco.

— O problema é... — continuou Tito, acariciando meu rosto, distraído, como se tocar naquela pele um dia desejada pudesse estimular seus pensamentos. — O problema é... — repetiu ele, e riu. — Por enquanto, meu caro, o problema que realmente preocupa-me é se devemos tomar mais vinho.

Mais tarde ele comentou sobre a revolta judia. O assunto o fascinava, enquanto a luta pela sucessão em Roma parecia só entediá-lo.

— Homenzinhos que não têm ideia do significado do Império — ele resumiu.

— Não consigo entender — disse. — Quer dizer, parece que nós tropeçamos no Império por acaso, o assumimos sem perceber direito, sem outra finalidade que a gratificação imediata e talvez a possibilidade de ficar com as sobras da Ásia!

— É isto mesmo e mais um pouco — ele apartou. — Por isso desprezo tanto as escolhas de Galba e Vitélio! Sei que, se aguentarmos com calma, eles não nos incomodarão por muito tempo.

Ouvi isso e senti algo que ainda não tinha percebido nele: uma força de vontade que vinha somar-se à sua argúcia e sua sedução. Fiquei até assustado em pensar no que se passou entre nós, pois se lhe causasse algum constrangimento lembrar daquilo, ele se livraria de mim sem qualquer remorso.

Tito continuou:

— Corremos o risco de voltarmos à velha política de quando os homens competiam pela glória e, ao mesmo tempo, pelo cargo. Augusto destruiu a probidade republicana, como os homens gostam de chamar esta disputa. Tibério acabou com isto. A fraqueza dos seus sucessores permitiu que ela voltasse, como uma erva daninha. Não posso reclamar, já que vou lucrar com esta nova, ou melhor, renovada luta para chegar ao topo da opulência e do poder. Tenho certeza disto! Mas quando chegar ao topo, vou fazer como Augusto. Não farei por egoísmo, mas porque Roma exige. Vi nossa grandeza no Leste e sei que quando os deuses prometeram a Virgílio que Eneias teria um *Império ilimitado*, prometeram o que era bom para o mundo. Mas agora, aqui, voltamos à briga estéril de facções, indiferente à missão civilizatória de Roma!

Depois falou sobre a revolta judia e os judeus. Eram, segundo ele, um povo incrível, tanto pela força quanto pela visão tacanha. Disse que os judeus se consideravam o povo escolhido pelo único e verdadeiro deus. Claro que aquilo era bobagem! Todo mundo sabia que havia muitos deuses (ou nenhum) que se aliavam a diferentes raças e indivíduos brigando entre si, a se acreditar no que diziam os poetas. Tito sorriu para mostrar que só crianças acreditavam naquilo. Mesmo assim não conseguia deixar de admirar aqueles judeus fanáticos.

— Há uma coisa esplêndida na sua estupidez obstinada: eles mantêm adversários dignos. Naturalmente Roma os arrasaria — disse, e garantiu: — Eu mesmo vou destruir o templo deles, mas só porque não vejo lugar no nosso Império para o monoteísmo e a intolerância deles! Mas tenho de admirá-los, pois eles sabem morrer!

E ficamos conversando noite adentro. Os ruídos da cidade transformaram-se em murmúrio. Tito, que bebia duas taças de vinho para cada uma que eu bebia, mostrou seus pensamentos e ambições mais profundos. Mas com a noite acabando e as primeiras luzes da manhã despertando o céu matinal, senti que ele se afastava de mim. Ele viveu coisas que eu apenas imaginei. Era um homem duro e estranho para mim. Gostei quando, um ou dois dias depois, saiu de Roma e voltou para sua guerra contra os judeus. A última coisa que ele me disse foi:

— Não deixo mais o meu tio se intrometer na minha carreira. Foi por isso que vim a Roma. Lembre-se: confio em você para manter-me informado; e deixe meu irmãozinho longe das travessuras!

TÁCITO, VOCÊ TERÁ SUA PRÓPRIA VERSÃO DOS ACONTECIMENTOS daquele mês de janeiro e tenho certeza de que será mais favorável a Galba do que às minhas lembranças. Mais um motivo para eu mandar o que não lhe agradará. Um historiador não deveria apoiar um membro do Estado.

Fico me perguntando o que você dirá de Otão... Não creio que encontrará muito o que elogiar nele.

Mas Otão não era totalmente desprezível. Sei disso pela minha mãe, que o conheceu quando jovem, e costumava dizer que não havia maldade no seu jeito turbulento, que era uma boa pessoa e tinha ótimo humor.

Otão pertencia a uma família distinta e se gabava de descender da antiga casa real etrusca. Claro, sei que quanto mais longe se vai na ascendência, melhor ela fica. Mas parece que os Otão foram aceitos pelo que diziam ser, embora Lúcio, pai do nosso Otão, fosse tido como filho bastardo do imperador Tibério, com quem se parecia fisicamente. O nosso Otão (Marco Sálvio) nasceu quando Tibério ainda vivia, no ano em que Camilo Arúntio e Domício Enobarbo eram cônsules. O pai estava sempre criticando a agitação de Otão, que costumava se esgueirar pela cidade à noite com amigos e mexer com qualquer bêbado ou aleijado que encontrasse coberto com um pano, só para se divertir. O pai morreu, deixando-o endividado, pois perdia tanto dinheiro quanto o filho, embora mais por maus negócios do que por extravagâncias. O jovem então fingiu se apaixonar por uma das libertas da imperatriz, que era feia como o pecado e vinte anos mais velha do que ele. Claro que isso fez com que ele se tornasse motivo de mofa, o que não o incomodou. O caso lhe garantiu a entrada nos círculos mais íntimos da imperatriz Agripina, e assim ele ficou grande amigo do filho dela, Nero. É difícil dizer qual dos dois tinha mais talento para a libertinagem. Mas minha mãe sempre disse que Otão no fundo tinha um bom coração e o seu julgamento merece respeito.

No dia marcado por Nero para assassinar Agripina, Otão providenciou um divertimento, fazendo um banquete na hora do almoço. Isto não significa que ele soubesse do crime que Nero pretendia cometer, pode ter sido uma coincidência. Certamente Agripina nunca deixou de demonstrar seu afeto por Otão.

Mais tarde, ele fez uma espécie de casamento com Popeia Sabina, que já era amante de Nero. Conto desta forma porque era assim que as pessoas contavam. Mas, na minha opinião, Otão e Popeia realmente se amavam, só que não podiam escapar de Nero. Ouvi dizer que desde a primeira noite em que Otão levou Popeia para a cama, passou a ter ódio e ciúme violentos do imperador. Popeia era linda como não sei o quê e não era mulher para um homem sensível aceitar dividir com outro, principalmente com alguém como Nero.

Otão até tentou afastá-la de Nero, e por isso foi acusado de adultério, sendo a adúltera sua própria esposa. Não é um absurdo? Tácito, se eu considerar a sua visão das coisas, sei que achará essa situação engraçada.

Nero não mandou matar Otão, fosse por ainda ter algum afeto por ele ou por temer as consequências. Mas o nomeou governador da Lusitânia e proibiu que levasse a esposa. Otão não teve outra saída senão obedecer, e embora possa ter se abalado por se separar de Popeia, ficou bem satisfeito por deixar os credores longe. Lusitânia não era um mau posto, mesmo para um cavalheiro como Otão, e todos são unânimes em relatar que ele governou a província com contenção e sensatez.

Otão foi um dos primeiros a apoiar a revolta de Galba, talvez por nunca ter perdoado Nero por espancar Popeia até matá-la. (Na época, ela estava grávida, mas tenho certeza de que o filho não era de Otão. Nem de Nero, que já estava estéril, dizem que por maldição dos deuses a quem ele teria irritado.)

Certamente outro motivo para Otão apoiar Galba foi um astrólogo lhe garantir que ele seria imperador; ele então achou que, como Galba estava idoso, poderia querer adotá-lo como sucessor. Mas não tinha imaginado que, em primeiro lugar, assim que voltasse a Roma seus credores viriam cobrá-lo as contas que tinham aumentado por falta de pagamento e, em segundo, que Ícelo e Laco não concordavam com a sua ambição.

Não sei quais foram as restrições que os dois fizeram, só posso dizer que não gostavam de Otão ou que o consideravam muito decidido para ser controlado.

Era essa a situação quando, na primeira semana de janeiro, chegou a notícia de que as legiões germânicas tinham se recusado a aceitar Galba e pediram à guarda pretoriana para escolher um imperador.

Soube-se então que Galba pretendia se fortalecer no poder ligando-se a um colega mais jovem, pois acreditava que os homens não aderiam à causa apenas por sua idade, mas se a sucessão ficasse garantida, eles naturalmente aceitariam. Laco e Ícelo o convenceram disto; o poder ininterrupto que os dois desfrutavam estava condicionado ao de Galba; o imperador recebeu o mesmo conselho do cônsul Tito Vínio, homem de enorme ambição, com fama de fazer jogo duplo. A pergunta era: quem o velho escolheria?

Todos discutiam isto. Domiciano ficou tão entusiasmado com a situação que, incrível, chegou a se postar no caminho do idoso imperador, dedicando-lhe um elogioso poema (escrito, infelizmente, em maus hexâmetros, pois nunca teve um mestre de retórica como eu e era incapaz de compor um verso elegante). Com muito jeito, disse-lhe, usando aquela delicadeza de praxe, que as suas pretensões eram ridículas, pois, em primeiro lugar, Galba não tinha motivos para escolhê-lo e, em segundo lugar, mesmo que por milagre o escolhesse, Vespasiano não deixaria o filho assumir um cargo tão perigoso. Domiciano mordeu os lábios até sangrar e lambeu o sangue com a língua.

Cito este incidente, por mais banal que seja, só para lembrar a você, Tácito, que naqueles dias de janeiro muitas pessoas achavam que até as coisas mais absurdas e incríveis poderiam acontecer.

Se Galba estivesse atento em relação a Otão, ou mesmo se os seus súditos tivessem permitido que ele exercesse esse privilégio que ainda lhe restava, teria escolhido Otão que, sem o apoio e a ajuda do imperador, jamais teria chegado ao poder. Mas, como eu já disse, Laco e Ícelo não gostavam de Otão. Alguns dizem que não queriam que um homem tão efeminado nos trejeitos e hábitos (você deve lembrar-se que Otão costumava rapar todos os pelos do corpo e andava perfumado como um coríntio de bordel) pudesse ficar indiferente aos charmes de ambos. Mas acho isso um absurdo. O verdadeiro motivo foi que eles resolveram escolher um sucessor que pudessem dominar, como faziam com Galba e sabiam que Otão não permitiria coisa parecida. O cônsul Tito Vínio preferia Otão, mas vendo que havia oposição ao nome, nada disse, um ato de prudência que lhe custaria caro. Mesmo assim, iniciou negociações secretas com Otão.

A origem desta informação é, ou melhor, era, Flávio Sabino; mais tarde, Tito confirmou o que o tio disse.

Otão tinha certeza de que Galba o escolheria e tinha motivos para acreditar nisso. Assim, garantiu aos credores que logo estaria em condições de saldar suas dívidas, promessa que acabou sendo mais um motivo de aflição.

Laco e Ícelo tinham encontrado um candidato: Cneu Liciano Pisão, de quem você conhece toda a distinta ascendência, portanto não preciso me deter nisso. Claro que ele teria sido uma boa escolha: lembro-me de que você uma vez disse que Pisão era *um jovem que, na aparência e nas maneiras, parecia pertencer à antiga escola*. Mas teria sido uma boa escolha, repito, se alguém ainda se interessasse pela antiga escola, ou se alguém soubesse quem era este Pisão. Poucos sabiam, embora ele fosse sobrinho do outro Pisão, líder da conspiração contra Nero.

Eu era uma exceção: sabia que Pisão, antes de se exilar por medo de Nero, foi amigo de Lucano, com quem costumava se encontrar nas termas. Lá ele tinha muitos admiradores: era alto, de boa compleição, cabelos curtos, negros e encaracolados, maçãs do rosto salientes, sem barriga e de pernas longas e torneadas. Só a boca pequena e arrebitada impedia que a sua beleza fosse perfeita. Lucano costumava dizer que a boca era a melhor indicação da personalidade de Pisão, que era reservado e frio.

— Pelo que sei, jamais amou alguém, exceto ele mesmo — disse uma vez.

— Mas é seu amigo, não? — perguntei.

— Há amigos e amigos — esquivou-se Lucano, sorrindo. — Conheço-o há tanto tempo que não posso deixar de gostar dele; além disto, nossas mães são muito amigas, por isso temos muito em comum. Mas…

Era assim, portanto, o jovem (ainda jovem, pois tinha apenas trinta ou 31 anos) que o idoso Galba escolheu para seu companheiro no poder. Muitas pessoas, notando a semelhança física entre Ícelo e Pisão, achavam que Galba também o levaria para a cama. Bobagem! Pisão era muito orgulhoso e seguro para aceitar satisfazer o prazer senil de Galba. Assim, tudo se realizou com grande formalidade, como era do estilo do imperador, e ele decidiu adotar o jovem.

Galba segurou a mão de Pisão e disse:

— Se eu fosse um cidadão comum e estivesse neste momento adotando você conforme a Lei da Cúria diante dos pontífices, seria uma grande honra trazer para a minha família um descendente do grande Pompeu e do não menos honrado Marco Crasso.

(Esta foi a primeira vez que ouvi alguém dizer que Marco Crasso merecia alguma deferência especial. Ao lado de César e Pompeu, ele forjou o Estado, em Luca. Marco Antônio, que era meu tio-bisavô por afinidade, chamava-o de *gordo bobo*. Mas deixemos isto de lado.)

— Da mesma forma, seria uma honra para você acrescentar a nobreza da nossa família à fama das casas sulpiciana e lutaciana — concluiu Galba.

O discurso provocou bocejos nos presentes. Meu caro Tácito, sei que você tem um carinho (que acho tocante) pela velha nobreza, mas sendo eu de origem muito mais nobre que a sua, não preciso da indiferença demonstrada pela plateia de Galba para me convencer de que os dias daquele tipo de aristocracia estavam findos. Sinceramente, na nova Roma ninguém se incomoda em saber quem são seus ancestrais. Se somos melhores ou piores conforme a ascendência, não sei. Mas é isto o que se passa aqui, e se você colocar de outra forma na sua História, mentirá para os seus leitores.

Galba então passou a explicar que, ao adotar Pisão, estava seguindo o precedente aberto pelo Divino Augusto, que colocou num eminente posto, logo abaixo dele, o sobrinho Marcelo, seguido de seu genro Agripa, de seus netos Caio e Lúcio e, finalmente, do seu enteado Tibério Nero. Se eu fosse Pisão não me consolaria com esta sequência de herdeiros, dos quais apenas um chegou ao poder. Mas Pisão parecia considerar sua promoção (que nada fez por merecer) como uma obrigação e, provavelmente, nunca se deteve para pensar nisto.

A seguir, Galba preveniu seu novo filho das provações que enfrentaria em seu novo cargo.

— Até aqui você foi testado pela adversidade; agora enfrentará as tentações mais sutis trazidas pela prosperidade. Você será açulado pela lisonja, por este veneno ainda pior do coração, a bajulação, e pelos interesses egoístas das pessoas.

Não há dúvida de que tudo isto era ou poderia ser verdade. Pisão concordou, abaixando a cabeça, sério e muito respeitoso.

Galba levantou as mãos e falou mais alto, para que a multidão que se acercou pudesse ouvi-lo:

— Pudesse a estrutura deste vasto e poderoso Império manter e preservar seu equilíbrio sem a direção de um só espírito controlador, então eu, respeitando minha estirpe e meus feitos, poderia considerar necessário restaurar a República em seu esplendor primeiro. Mas eis que isto não pode ser. Portanto, estamos há algum tempo presos a uma situação na qual minha idade não pode conceder nenhum outro bem ao povo romano senão um sucessor digno, sendo por sua vez a idade dele igual à de um bom imperador. Sob o governo de Tibério, Calígula e Cláudio tivemos a linhagem de uma única família. Agora fazemos um novo começo, uma renovação de Roma, e a escolha que hoje se inicia conosco será uma substituição para a liberdade republicana!

Explicou, então, que as legiões não se revoltaram contra Nero, mas o próprio Nero se mostrou indigno do cargo, por sua devassidão, crueldade, indulgência e descumprimento do dever.

Resumindo: Nero traiu a si mesmo e os que tinham se rebelado contra ele não mereciam qualquer perfídia. Esta foi uma sugestão inteligente, que tinha por meta responder a qualquer avaliação da legitimidade do ato de Galba, sendo ele um cidadão honrado, ao contrário de Nero. Estou certo de que isto foi sugerido por Tito Vínio.

Finalmente, para dirimir qualquer dúvida, Galba declarou com toda pompa que Pisão não deveria temer se, após essa mudança que havia estremecido o mundo inteiro, duas distantes legiões ainda não tivessem cumprido seu dever e reconhecido sua autoridade.

Mas Pisão não demonstrou qualquer sinal de susto (nem de alegria, diga-se). Fico pensando agora se passou por aquela cabeça embotada que, ao aceitar o prêmio do poder supremo entregue pelas mãos do idoso Galba, ele estava entrando num bosque escuro do qual poderia nunca mais sair.

Após estas formalidades, Galba decidiu que deveria levar seu novo filho para o acampamento dos pretorianos para que eles soubessem, antes mesmo de o Senado ser comunicado, como o imperador tinha resolvido a sucessão. Esta decisão foi sensata, sem dúvida, dando a entender que os pretorianos, e não os senadores (também chamados Pais Conscritos), tinham o poder para fazer e desfazer imperadores. Mesmo assim, esta iniciativa causou uma irônica sombra sobre o pomposo pronunciamento que pode ter sido tudo, menos republicano.

Domiciano e eu resolvemos acompanhar a comitiva.

Era apenas uma hora da tarde, mas parecia quase noite. Nuvens escuras cobriam a cidade, sopradas por um vento tempestuoso e sombrio que trazia outras nuvens mais escuras e pesadas. Já durante o discurso que Galba dirigiu a Pisão, o palácio ficou iluminado por raios; os trovões soavam como se houvesse uma batalha do outro lado das colinas. Uma chuva forte atrasou, em pelo menos meia hora, a saída para o acampamento. Algumas pessoas viram maus presságios nos raios e trovões, achando que Galba devia deixar o pronunciamento aos soldados para a manhã seguinte. Outros lembraram-se da lenda de que a noite anterior ao assassinato do grande Júlio César tinha sido cheia de tormentas, mas não tão fortes quanto as daquela tarde. Quais seriam, então, os augúrios?

Finalmente, a chuva cessou. Ajudaram Galba a subir numa liteira, pois um ataque de gota fazia com que ele gritasse de dor quando precisava andar muito, o que prejudicava sua dignidade. Pisão seguiu ao lado da liteira, alto, impassível, imerso em pensamentos; uma multidão animada, da qual participavam Domiciano e eu, acompanhava a liteira.

Os soldados se reuniram. Como eu ainda não tinha experiência da vida militar, não pude avaliar o ânimo. O silêncio com que receberam a notícia da adoção de Pisão, seguindo o precedente do Divino Augusto e o costume de um soldado escolher seu companheiro, só podia ser prova de uma disciplina rigorosa. Mas não achei que fosse isto. Olhei para um centurião, um veterano de cabelos grisalhos, com uma cicatriz que ia do olho direito à garganta, e embora seu olhar fosse inexpressivo, néscio como o de um animal, não vi nele ceticismo ou indiferença.

Galba, então se dirigiu à guarda:

— Soldados, vocês sabem que eu sou um homem franco. Por isso não vou esconder a notícia de que duas legiões, a Quarta e a Décima Oitava, lideradas por alguns oficiais sediciosos, estão se recusando a acatar minha autoridade. A palavra motim é muito forte para ser usada. De qualquer forma, ainda é cedo para uma avaliação. Mas estes soldados são culpados por insubordinação. Não tenho dúvidas, porém, de que quando souberem dos meus ajustes para a sucessão, aprovados por vocês, os melhores soldados, estas legiões retomarão logo seu juízo e cumprirão o que é dever delas. Pois o dever, soldados, é a palavra-chave de Roma.

Domiciano estava propenso a admirar estes sentimentos. Tácito, você pode não acreditar, pois julga Galba pelo imperador que foi e já me disse que os homens são sempre os mesmos, têm a personalidade inerente, só mudam a aparência e a forma. Mas discordo e digo por quê: tenho certeza de que não sou hoje o que fui um dia. Então você deve acreditar que Domiciano estava realmente tocado pelos sentimentos expressos por Galba.

Mas Domiciano era também arguto, exceto quando os seus interesses alteravam o seu julgamento. Assim, observou os soldados conversando depois que o desfile terminou e eles se juntaram em grupos, comentando o que tinha sido dito naquela tarde em vez de correr para suas barracas e depois para as tabernas. Depois, Domiciano disse:

— Mas os soldados não estão satisfeitos. Galba devia ter dado dinheiro ou pelo menos prometido uma boa quantia!

— Acho que você tem razão; eles estão pensando naquela frase cheia de bazófia: *eu não compro meus soldados, eu os escolho.*

— Lembrarei disto quando chegar a minha vez! — disse Domiciano.

Novamente eu o considerei um imbecil. Por que ele achava que teria uma vez?

XIII

RECEBI UMA CARTA DE TÁCITO, CHEIA DE AMARGURA E DESPREZO; SE pelo menos houvesse sentido e estilo no que ele escreve!

Ele critica a descrição que faço de Galba e diz que o imperador pertencia a uma época mais honrada. No nosso tempo degenerado, Galba foi destruído mais pelas virtudes do que pelos vícios: sua antiquada inflexibilidade, sua dureza excessiva e assim por diante. A verdade é que Tácito tem uma visão de Roma que está ultrapassada há séculos! Como se ele fosse um Catão acusando o grande Cipião de traidor por ter trazido a cultura grega para Roma.

Mas tenho minha opinião sobre a probidade antiga: acredito que lhe faltava generosidade e humanidade, estava arraigado ao medo dos deuses que, na verdade, se preocupam tanto com o destino dos homens quanto com as folhas que um vento de outono derruba das árvores; era mesquinha e severa, chegando a ser bruta.

Além do mais, até Galba compreendeu que a ampla estrutura do Império tinha feito com que as instituições republicanas ficassem difíceis de ser governadas.

Mesmo assim, a carta de Tácito incomodou-me, embora eu só tivesse percebido isso após alguns dias.

Será por eu não ser mais um romano?

Gritei para a minha mulher, avisando que ia para uma taberna, e lá mergulhei na bebida meu espírito questionador. Era a primeira vez que eu via aquele rapaz germânico servindo as mesas. Teria sido por ele parecer humilde e tímido que reservei um cômodo e disse à mulher da hospedaria para mandá-lo me procurar? Ou seriam seus lábios tão rubros e seus soturnos olhos negros que me provocaram um desejo súbito? Tirei sua túnica, passei a mão pelo seu corpo magro, senti seu receio e obriguei-o a ceder. Deu um pequeno grito quando lhe paguei com ouro.

— Você não pode entender... — expliquei. — Estou procurando algo que perdi há muitos anos!

Ele se chamava Balto. Tinha os braços tão finos que eu poderia tê-los quebrado se quisesse. E tinha uma delicadeza de gestos que aumentava meu desejo a ponto de me deixar envergonhado.

Tácito nega que Galba tenha tomado Ícelo como amante. Diz que ele não era desse tipo. Será que não entende que todo mundo é, no fundo, mais complicado do que permite que o mundo saiba? Será que não percebe que, se conhecêssemos os pensamentos e desejos dos nossos companheiros, evitaríamos a sociedade inteira?

Balto não é nada parecido com Tito. Mas, sem Tito, será que eu iria querer tê-lo outra vez na semana seguinte? Ele nasceu escravo; eu, livre e nobre romano. Mas o que é a liberdade, o que é a escravidão quando surgem as paixões? Mesmo assim, fui quase arredio quando chegou a hora. Depois senti uma rara ternura por ter feito uma coisa errada com ele.

Na verdade senti a mesma coisa com Domícia ao ver que, sem querer, tínhamos nos enganado.

Não contei para Tácito tudo o que devia contar a respeito de Pisão. Devia, por exemplo, relatar que muita gente dizia que o jovem, exilado apenas pela sua participação na trama do tio contra Nero, foi um dos que falou mal dos conspiradores.

Não tenho provas disto. Apenas sei que Lucano desconfiava e tinha ciúme dele, e explicou que uma vez os dois brigaram por causa de uma mulher. Pode ser. Mas nunca se soube que Pisão se interessasse por mulheres. Aliás, nem por rapazes, o que posso confirmar, pois na primeira ou segunda vez que o encontrei na terma tentei um flertezinho (instigado apenas pela sua beleza e antes de notar sua boca mesquinha) e fui repelido com frieza. Quando contei para Tito (naquele tempo eu contava tudo ou quase tudo), ele achou muita graça e garantiu-me que todos sabiam que Pisão praticava a masturbação porque não conseguia amar ou confiar em ninguém, exceto nele mesmo. E Tito não quis acreditar na história contada por Lucano.

Vou me abster de relatar os acontecimentos do dia 15 de janeiro. O vinho é um consolo, o vinho e minha mulher greco-cita, Araminta. Confio nela, ela me satisfaz, não me provoca qualquer sentimento, o que é, no mínimo, uma espécie de satisfação.

XIV

ANTES DO AMANHECER DAQUELE DIA, FLÁVIO SABINO MANDOU AVISAR-nos para ficarmos em casa. Domícia e a tia fizeram o mesmo pedido, que era, sem dúvida, o mais sensato. Mas Domiciano e eu, jovens e ousados, estávamos ansiosos para mostrar coragem um para o outro. Não obedeceríamos à recomendação.

O estranho é que nunca nos perguntamos por que Flávio Sabino deu aquele aviso. Só muito mais tarde concluí que ele devia estar ciente da conspiração.

Claro que não sabíamos que havia alguma coisa sendo tramada ou como poderia ser. Tínhamos esta sensação principalmente devido aos boatos na cidade, que eram irresistivelmente perturbadores. A cada dia daquela semana o Fórum foi agitado por mais histórias sobre o motim das legiões germânicas. Embora fosse impossível terem avançado até o norte dos Alpes, falava-se como se as legiões fossem chegar à cidade a qualquer momento. O preço do pão, do vinho e do azeite subiu, os comerciantes aproveitaram a inquietação das pessoas.

Foi então que Flávio Sabino enviou um segundo recado dizendo que circularam boatos na tarde anterior de que estavam perseguindo Otão para matá-lo. E que Otão estava desesperado, que teria dito que podia ser morto por um inimigo na batalha ou pelos seus credores no Fórum. As ruas, escreveu Flávio na mensagem, não eram lugar para nós naquele dia.

Naturalmente não demos ouvido a estes temores, e saímos de casa. Devo dizer que Domiciano não demonstrou qualquer sinal de covardia naquele dia.

Soubemos no Fórum que o imperador estava fazendo um sacrifício no Templo de Apolo e que os presságios eram ruins. O sacerdote disse-lhe que as entranhas do animal tinham uma cor sinistra, que havia um inimigo e que ele devia ficar recolhido naquele dia. Todos os que estavam no Fórum pareciam saber disso.

— Então, prenderam Otão? — berrou um cavaleiro gordo.

— Ainda não, mas o Senado está prestes a se reunir para declará-lo inimigo público!

— Isto é errado! — gritou outra voz. — Que mal ele fez? Ele é um verdadeiro amigo do povo romano, garanto.

— Galba, Otão, Pisão, que diferença faz para gente como nós? — perguntou o dono da taberna onde nos refugiamos. — A única dúvida é saber quem impedirá que as legiões germânicas marchem sobre a cidade!

— Dizem que Pisão já foi negociar com eles, com carta branca para fazer um acordo.

— Pisão? Mas ele não passa de um mijo, se quer saber — disse outro homem. — Fazer um acordo? Ele? Desculpe se eu peidar!

Na verdade, como hoje sabemos, Otão tinha estado no Templo de Apolo, visto e ouvido o sacerdote falar. Lá, amigos se aproximaram dele e disseram que o seu arquiteto e os empreiteiros o aguardavam. Ele se desculpou, disse que queria comprar uma casa, mas, como sua situação era incerta, tinha pedido uma avaliação. Acho que isto foi uma brincadeira e um logro. Ele certamente não estava querendo comprar uma propriedade.

Não posso adivinhar por que Otão participou da cerimônia no Templo de Apolo, mas tenho certeza de que correu grande risco. Pode ser que sem saber se as tropas iriam mesmo apoiá-lo, tenha achado mais seguro comparecer, disfarçando sua deslealdade. Se não tivesse feito isso e se as tropas se recusassem a acatar as ordens dos seus enviados, sua ausência seria notada e vista como prova de deslealdade. Mas pode ser que comparecer ao templo fosse apenas parte de um jogo, que ele, com seu humor peculiar, apreciava; sempre foi um jogador.

Ao sair do templo, apoiado no braço de um liberto para mostrar que não estava com pressa, apesar de ter ficado pouco tempo, ele passou pelo palácio de Tibério, foi até o Velabro e de lá ao marco dourado que ficava perto do Templo de Saturno. Tudo isto soubemos depois.

Se tivesse chegado logo ao conhecimento de Galba que apenas duas dúzias dos pretorianos estavam lá para saudá-lo como imperador e levantá-lo numa cadeira dourada, o imperador poderia ter sentido o cheiro da conspiração antes que ela estivesse realmente a caminho. Mas os enviados de Otão eram rápidos; na mesma hora soube-se no Fórum que todos os pretorianos tinham se revoltado e estavam marchando para o palácio para acabar com seu idoso e menosprezado imperador.

As notícias chegaram distorcidas, Galba não sabia em qual delas acreditar. Foi decidido que a lealdade da legião romana aquartelada no palácio deveria ser comprovada na hora. Se a legião estivesse envolvida na revolta, então estava tudo perdido. As tropas ficaram na frente do palácio para ouvir o discurso de Pisão.

Tácito, tenho certeza de que, para favorecer Pisão e querendo honrar a sua memória, você inventará um nobre discurso que ele supostamente teria feito. Mas eu estava lá e a verdade é que ele gaguejou e confundiu-se como se tivesse sido surpreendido por acontecimentos incompreensíveis. Seu único gesto sensível foi prometer aos soldados um donativo por lealdade (antes tarde do que nunca), mas estragou a promessa acrescentando que seria um pagamento igual ao que receberiam por uma traição. Isso foi ruim, pois deu a ideia de deserção para quem ainda não tinha pensado nisso.

Foram enviados mensageiros para as tropas do exército da Ilíria, que estavam estacionadas no Arco de Vipsânio Agripa, no Campo de Marte, e para as legiões alistadas para servir na fronteira germânica, no momento acampadas no Portal da Liberdade, no Aventino. Mas hesitaram em mandar à legião soldados da esquadra, que odiavam Galba por ele ter matado companheiros deles que foram leais a Nero. Mas o breve governo de Galba tinha sido tão fraco que estes soldados não haviam sido desarmados. Na mesma hora chegou a notícia de que eles tinham se declarado a favor de Otão. Finalmente foram enviados tribunos para tentar chamar os pretorianos ao dever, o que foi uma empreitada inútil.

Não sei como surgiu a discussão entre os que rodeavam Galba. Mas é provável que alguns homens quisessem se entrincheirar no palácio e desafiar os conspiradores a atacá-los. Este plano tinha algo de positivo já que, para se aproximar do palácio, Otão teria de forçar passagem no meio da multidão que serpenteava pelas ruas, atraída pelos acontecimentos do dia como se fosse uma encenação no teatro. Domiciano e eu seguíamos no meio do povo que, naquele instante, ainda estava a favor de Galba. Um açougueiro perto de mim gritava sem parar, pedindo a cabeça de Otão, sempre apoiado pelos demais presentes. Mas mesmo naquela hora eu sabia que a multidão era volúvel.

No palácio, muitos eram a favor de um revide: Galba deveria juntar suas tropas como pudesse e marchar contra Otão.

O que resolveu o idoso imperador, ninguém soube. Alguns dizem que ele ficou mudo e chocado com a revolta; outros, que teve uma atitude ousada. Pelo que sei dele e pelo que soube depois, acredito que ficou indeciso.

Seja como for, Pisão foi visto liderando um destacamento de soldados palacianos. A multidão abriu caminho para eles passarem, e para apoiá-los gritavam palavras de lealdade.

— Este é o nosso rapaz! — gritou o açougueiro.

— Vá em frente e acabe com aqueles malditos!

A multidão jamais aplaudirá o que parece ser uma ação definida. Mas o rosto de Pisão era uma máscara congelada.

Ele passou (indo para o acampamento dos pretorianos ou para onde?) e pouco depois um homem gritou que Otão estava morto, que tinha visto com seus próprios olhos. Houve uma grande aclamação e muitos ficaram aliviados ao pensar que não haveria um grande derramamento de sangue.

Domiciano disse:

— Temos de entrar no palácio e demonstrar nosso apoio.

Outras pessoas já tinham pensado nisto. Diversos senadores e cavaleiros que tinham ficado indecisos no meio da multidão mandaram então seus escravos abrirem caminho para eles passarem (escancararam as portas do palácio, Domiciano e eu entramos junto) e cercaram Galba, dizendo, aos gritos, que tinham sido impedidos de demonstrar sua lealdade e também de vingarem-se do traidor Otão. Foi um ato desprezível!

Mas é preciso dizer que Galba não parecia emocionado com estas declarações. Foi minha primeira impressão. Depois, observando o vazio dos seus olhos, seu rosto enrugado e quase sem expressão, eu me perguntei se o velho estava entendendo o que se passava em volta. Não tive certeza.

Alguém, e não o imperador, deu a ordem, e um escravo começou a colocar o peitoral nele. Não foi fácil, pois Galba mal conseguia ficar de pé.

Quando ficou pronto, viu-se que poderia facilmente ser derrubado pela multidão turbulenta que continuava invadindo o palácio para demonstrar dedicação eterna. Assim, por ordem de Ícelo, Galba se sentou numa cadeira de braços que, colocada sobre os ombros de quatro escravos núbios, foi elevada acima das pessoas. O imperador estava nesta posição excelsa quando um dos guarda-costas se adiantou empunhando uma espada que pingava sangue. Ao ver aquilo, a multidão silenciou.

— De quem é esse sangue? — perguntou Ícelo.

— De Otão, eu o matei! — respondeu o soldado.

Se o soldado esperava uma recompensa (como devia), teve um desapontamento.

— Quem deu a ordem? — perguntou Galba.

— Que velho idiota — cochichei para Domiciano. — Vamos embora. Nós não devíamos estar aqui.

Ele me seguiu, relutante e intrigado.

— Não compreendo — disse, quando estávamos longe do palácio. (Tive de segurá-lo pelo braço e arrastá-lo.) — Por que não podemos ficar? Seria muito bom para mim poder demonstrar meu apoio a Galba. Você me tirou esta oportunidade.

— Um dia você me agradecerá — disse, e puxei-o pela escadaria que serve de atalho para o Fórum.

Só quando chegamos numa taberna e sentamo-nos na frente de uma garrafa de Marino, eu consegui explicar.

— Alguma coisa está errada. Não sei bem o que é, mas está. Primeiro, aquele soldado estava mentindo. Pode achar que matou Otão, não sei, mas pode também ter se enganado...

— Você está maluco! — disse Domiciano. — E eu perdi a chance de impressionar o imperador porque você desconfia de uma bobagem.

— Lembre-se de que o seu tio avisou para não sairmos de casa hoje. O dia ainda não acabou. Agora vamos tomar esse vinho e aguardar os acontecimentos.

Durante algum tempo houve uma calmaria. A multidão continuava circulando na frente do Fórum, em ondas agitadas. Confirmava-se a morte de Otão, depois desmentia-se. Não, os guardas pretorianos estavam naquele instante saindo do acampamento, prontos para fazer uma carnificina na cidade. Não era isso, eles estavam mesmo a caminho, mas para demonstrar apoio a Galba e prestar obediência a ele. Pisão tinha reunido uma tropa de cavalaria e estava caçando os últimos rebeldes. Viram Pisão fugindo da cidade disfarçado de mulher. Em resumo, dizia-se de tudo e durante algum tempo acreditava-se em tudo, até que uma notícia viesse desmentir a anterior. Assim, sem saber de nada, a multidão estava em constante apreensão.

Houve um grito de aclamação quando a liteira trazendo Galba surgiu do palácio e começou a descer para o Fórum, escoltada pela legião romana que tinha ficado de serviço no palácio naquela semana.

— Galba vem para agradecer aos deuses pela sua libertação! — gritavam alguns. — Viva o imperador.

Muitos tinham vindo até o palácio para ver Galba destruído, mas acharam prudente aplaudir sua libertação; e os que mais o odiavam eram os que mais aplaudiam. Domiciano também teria gritado apoio, mas tapei sua boca.

— É a cavalaria — foi o novo grito, e a multidão ficou apavorada.

Empurrei Domiciano até o pórtico de um templo, não me lembro de qual. Neste instante, vi o porta-estandarte da legião que vigiava o imperador pegar a imagem de Galba, levantá-la e depois jogá-la no chão. Foi um instante de terror que atingiu a todos. O populacho entrou no Fórum dominado por um pânico repentino como uma trovoada. E realmente começou a chover forte, as gotas vinham em rajadas de vento que fustigavam o rosto dos escravos que levavam a liteira. Os guarda-costas ficaram indecisos e acabaram gritando em coro:

— Otão para imperador!

Assustados, os condutores corriam de um lado para o outro e, ao se aproximarem do laguinho que leva o nome de Cúrcio, atiraram Galba fora da liteira. Ele ficou caído no chão, depois não pude mais vê-lo, fora cercado pelos soldados que tinham jurado protegê-lo e que batiam na cabeça e no corpo dele com suas lanças.

Eu já havia escutado histórias de assassinatos, assistido gladiadores sendo mortos nas arenas, mas nunca tinha visto ninguém importante ser massacrado. Um dos soldados cortou o pescoço de Galba e enfiou a lança nele.

Houve mais mortos. Vínio gritou que Otão não tinha ordenado sua morte. Ele tentou fugir. Um legionário rodou a espada e cortou a perna de Vínio na altura do joelho. Ele caiu e outro legionário prendeu seu corpo no chão. Isto ocorreu bem na frente do Templo do Divino Júlio. Acredito que Laco foi morto pouco depois do seu mestre, e Ícelo, por ser um liberto, foi condenado à execução pública.

Tudo terminou em menos tempo do que se leva para contar. Tínhamos um novo imperador, Otão, que mais tarde, naquele mesmo dia, quando já estava escuro, compareceu ao Senado, onde foi recebido com aplausos e aclamações.

— Como Galba — resmungou Domiciano.

Pisão sobreviveu até quase o anoitecer. Tinha se arrastado até o templo das virgens vestais, onde ficou escondido algumas horas, mas foi descoberto: um soldado da infantaria auxiliar britânica (e, portanto, indiferente ao crime de sacrilégio) entrou à força no local. Apesar dos protestos das sacerdotisas, arrastou para a rua aquele que até àquela manhã tinha sido representante do imperador e o degolou. Dizem que Otão recebeu a cabeça de Pisão com grande alegria.

A esta altura Domiciano e eu tínhamos voltado para a casa da tia dele. Flávio Sabino mais tarde me forneceu um relato completo e acurado destes atentados ou execuções, chame como quiser. Durante o dia ficamos em suspense, pelo nervosismo e pela incerteza daquela hora de mudança, por isso nem sentimos o frio tremor do medo. Mas depois, seguros na frente do braseiro, bebendo vinho morno e ouvindo a tia ralhar (com uma voz igual à de uma gaivota assustada), vi que eu não conseguia parar de tremer. Domiciano estava hirto como uma estátua, exceto por um nervo que fisgava no lado direito do rosto. Por duas vezes, ele colocou a mão no nervo como se quisesse segurar aquele tique. Mas quando tirava a mão, o tique voltava.

Uma batida na porta nos trouxe de volta à realidade. Minha mão procurou uma arma. Mas quem entrou foi Flávio Sabino. E ele estava sorrindo.

XV

A MALDIÇOEI TÁCITO POR ELE TER ME OBRIGADO A RELEMBRAR AQUELE dia. Ele julgará (depois que tiver alterado o meu relato) que os horrores daquele dia foram consequência da degradação a que chegamos com a perda da probidade e da liberdade republicanas. Há pouco recebi uma carta dele mandando que eu mergulhasse mais fundo no podre poço da memória, e concluindo:

— Está provado que os deuses não se importam com a nossa felicidade, só com o nosso castigo.

Eu não discutiria isto, apenas observaria que havia um excesso de licenciosidade nos tempos republicanos, da qual só nos livramos com os sensatos governos de Augusto e Tibério. Os horríveis tempos que vieram depois de Nero não foram causados por nenhum tipo de governo, como o meu velho amigo acreditava, tão cheio de criativa simpatia pelo distante passado. Aqueles horríveis anos foram a consequência inevitável do fracasso do governo.

Os filósofos refletiram muito sobre a natureza do homem, se somos movidos pela virtude ou pelo medo. Eu diria (baseado em minha amarga experiência, na reflexão e no estudo, nas minhas leituras de História e por observar os outros) que os homens nascem maus e só chegam à virtude com muito esforço, lutando contra um instinto natural. E qualquer homem que atinja algum poder (mesmo que seja sobre seu lar, sua família e seus escravos) fica impetuoso, ditatorial, destruidor e até autodestrutivo. Orgulho, inveja, raiva, desejo de vingança por coisas reais ou imaginadas são forças às quais poucas pessoas conseguem, ou desejam, resistir.

Veja Galba, por exemplo. Aos 73 anos, ele sempre teve uma vida próspera. Era rico e tinha merecido a estima, ou pelo menos o respeito, de seus pares. Por que arriscaria tudo isto só para ter o poder e ser saudado como imperador?

E o que dizer de Otão, um homem que pode ser definido como talhado exclusivamente para o prazer? Será que isto não bastava? A Lusitânia tem belos laranjais, ar fresco, moças lindas e meigas. Mas ele também queria ser chamado de imperador por homens que ninguém, sendo inteligente e tendo bom gosto, seria capaz de respeitar.

Não exatamente naquela tarde, mas poucos dias depois, lembro-me de ter questionado Domiciano se a condição humana não seria uma guerra de todos contra todos.

Eu não acreditava que fosse. Quer dizer, não acreditava que pudesse ser só assim. Ou acreditava? Poderia ser? O que faz com que algo possa ser?

Domiciano respondeu:

— Se você está certo e a vida for uma luta, então convém garantir a vitória!

Flávio Sabino riu e disse:

— Você fala como uma criança! Não são os mortais que comandam a vitória, portanto...

— Portanto, o quê? — perguntei. — Devemos confiar nos deuses? Eles são surdos. Esforçar-se por merecer? Até hoje nunca vi a virtude ser recompensada.

Flávio pegou um copo de dados e os jogou.

— Duplo seis... — anunciou.

— Isto não é vantagem — respondi.

— Quem disse que é?

Domiciano comentou:

— É errado falar mal dos deuses. Sou grande devoto de Minerva, deusa da sabedoria, e acredito que ela recompensa seus fiéis levando-os pelo bom caminho.

— A coruja, o pássaro de Minerva, voa apenas à noite... — observei.

— E o que isto significa?

— Não sei, ouvi uma vez um filósofo sofista grego dizer isto. Pode não significar nada, como a maioria das coisas que os filósofos dizem, mas ficou na minha cabeça e garanto que tem tanto sentido quanto você acreditar que Minerva cuida de você. Se cuida, por que você é tão idiota? — perguntei, jogando nele uma almofada.

Flávio Sabino misturou os dados outra vez e saiu mais uma dupla de seis.

— Jogue de novo e serei imperador! — gritou Domiciano.

— Bobo! — disse Domícia e, virando-se para mim, perguntou: — Você será o que, se o tio jogar outra vez e Domiciano assumir o poder?

— Acho que serei o bobo da corte dele — brinquei, sorrindo para ela enquanto os dados eram misturados e uma dupla de seis caía sobre a mesa.

Balto, o rapaz germânico, me disse que pertence à tribo dos Chatti e que o seu pai fora capturado na campanha que Domiciano fez contra eles. Lembro-me desta campanha, do suave vale do Necar e de uma germânica que tomei por concubina. Lembrar isto faz com que eu fique sentimental. Tomei vinho com o rapaz, passei a mão pelo seu rosto e dei-lhe dois beijos, nada mais. Ele reclamou, mas com delicadeza. Depois me olhou amedrontado, ciente da sua condição de escravo.

CARTA DE TITO, SEM DATA, MAS RECEBIDA (SUPONHO) NO INÍCIO DE fevereiro:

Caro rapaz, seu relato é envolvente. Que fieira de maluquices! Sou-lhe grato por controlar meu irmãozinho, mas gostaria que tivesse me mandado uma cópia do poema dele em louvor a Galba. Virei especialista em maus versos.

E em outras coisas também, pois tenho uma nova distração da qual você não deve se enciumar, pois, fique certo, ocupa um lugar especial no meu coração. A dita diversão é uma dama; na verdade, uma rainha, chamada Berenice. É filha de Herodes Agripa, criada na Corte de Tibério e protegida do imperador Calígula. Por isso Berenice conhece nosso estilo, não foi educada para respeitar todas as mesquinhas superstições dos judeus. Confesso que ela é um pouco mais velha do que eu e já foi casada duas ou três vezes; tem horas em que fala como se tivesse tido tantos maridos que já perdeu a conta. A primeira vez que ouvi falar nela foi por ter praticado incesto com o irmão, o rei Herodes Agripa II. Além do mais, ela é tão linda quanto a mais bela imagem de Vênus que você já viu e domina mais artes de amar do que as descritas por Ovídio naquele poema que você (lembra?) leu comigo, encantado, nas praias da Baía de Nápoles. Pois ela entende mais de amor do que qualquer cortesã grega que já encontrei, até as de Corinto, então você deve ter percebido que, para alguém como eu, ela é totalmente irresistível! Em resumo, se aquele seu grande tio-avô (existe alguém maior que ele?) Marco Antônio (parentesco por afinidade, eu sei, e a quem você tanto se refere com orgulho natural e indisfarçável) achava que trocaria o mundo pelo amor de Cleópatra, sua beleza oriental, eu também (o Marco Antônio do nosso tempo), pleno de paixão por Berenice, se fosse o caso, trocaria guerra, Império, glória e fama pelo amor dela.

Felizmente, não é o caso, pois a própria Berenice é política!

Portanto, cumprimente-me, e quando, afinal, eu puder trazê-lo para o Oriente (um jardim onde temos tudo o que jamais sonhamos), esteja certo de que arrumarei uma moça que lhe dará o que você desejar. Minha Berenice tem duas irmãs em flor, prontas para serem delicadamente colhidas.

Será que o amor não é melhor que o poder? Não é ele o verdadeiro Império do coração? Ah, meu caro, nas palavras de um poeta persa que minha Berenice me indicou:

— Deus plantou uma rosa, e nasceu uma mulher. (...)

Você pode julgar que "essa efusão de deleite é uma pobre resposta para crônica austera e terrível que mandei para Tito. Será que ele não admite que os acontecimentos em Roma pelo menos se igualam às suas acrobacias na cama?". Você vai me repreender, caro (de certa forma) amado.

(...) Vou, portanto, desistir da nossa seriedade, pois o amor é, ah, esqueça, não gosto desta linguagem. Permita que eu apenas diga que o amor é uma coisa enquanto a guerra e a política são outra e, por enquanto, você, caro rapaz, está preso nesta última.

Então, primeiro, como está a guerra por aqui? Estamos progredindo! Tomamos grande parte das cidades e fortalezas da Judeia: cercos difíceis, as tropas cavando muitas trincheiras. Mas sufocamos a revolta. A classe mais alta dos judeus voltou ao trabalho, inclusive o mais hábil general deles, um tal Flávio Josefo. Você ficaria impressionado com ele, como eu fiquei, pois ele não tem a amargura característica dos judeus, mas um vasto conhecimento, uma rara capacidade de avaliar o que é secundário e de julgar as vantagens e as desvantagens de uma situação. Ele concluiu que, como é impossível dominar nosso Império, vencemos por desígnio do deus judeu e portanto convém que ele colabore conosco, conclusão muito útil à nossa causa.

Além do mais, Flávio Josefo aprendeu na prática que a revolta (na qual ele participou no começo) visa não só à nossa lei, mas à destruição de tudo que o seu povo respeita. Pois, diz ele, os Zelotes (inimigos mais radicais e violentos de Roma), procuram se livrar do domínio romano e também fazer uma revolução social. Eles destruiriam a autoridade dos altos sacerdotes e elevariam ao poder os pobres e perniciosos. Portanto, se vamos defender o que o nosso povo determinou há muito tempo e a ordem natural da sociedade, devemos nos aliar aos romanos contra estes malucos, incapazes de construir algo e que só querem destruir o trabalho de séculos, aprovado por nosso Deus Todo-Poderoso.

Claro que você não entenderá o que seja este deus todo-poderoso, para o qual, aliás, os judeus não têm um nome, ou se têm não ousam dizê-lo. Você precisa entender que este povo estranho acredita na participação do deus deles em todas as partes da História. É estranho, mas tenho certeza de que faz algum sentido para eles, pois conversei muito com este Flávio Josefo e passei a respeitá-lo.

Há certos momentos, entretanto, em que ele acredita que já se foi o tempo das pequenas nações, ou pequenas nações-Estado. E que a exclusividade dos judeus ao seu deus não só os manteve seguros de si mesmos e de sua religião, mas impediu que pudessem adquirir uma cultura mais ampla e que prosperassem. (A religião deles, como já disse, é diferente de qualquer outra: não têm imagens do deus e chamam de idolatria o respeito que devotamos às nossas imagens.) Conversamos muito, e contei a minha teoria do novo imperialismo, que embora se origine em Roma, é mais que romana e ficaria reduzida se fosse apenas romana. Pense, meu caro: um imenso Império cresceu à nossa volta, cheio de problemas que a nossa experiência mal consegue resolver. Nossos motivos para conseguir este Império não foram dignos de admiração. Não posso fingir que foram. Nossa única motivação foi a cobiça e o desejo de poder. Nosso governo também não foi bom durante o Império Republicano, quando nossos procônsules só pensavam em explorar as províncias e enriquecer. Eram extorquistas. O nobre Marco Júnio Bruto fez empréstimos para seus provincianos em Chipre a oito por cento, o que é deplorável, e sob qualquer aspecto que você queira avaliar, sem ética. Pelo que aprendi em meus estudos, aquele maligno imperador Tibério conseguiu acabar com estas práticas, o que o próprio Augusto não tinha conseguido. Ele disse que os provincianos eram rebanho dele e deviam ser tosquiados, mas não esfolados.

Agora as coisas precisam mudar no estilo de Tibério. Nenhum Estado tem, em nenhum sentido, sua grandeza baseada na força material, mas nas ideias que defende. E no coração do nosso mundo romano está a crença na lei, não na lei imposta pelos tiranos, mas na verdadeira lei que normatiza as relações entre cidadãos livres e se baseia no compromisso.

Flávio Josefo concorda com isto e depois pergunta, provocador, por que nós, romanos, precisamos nos espalhar pelo mundo e acrescentar ao nosso Império Estados e reinos que eram livres e independentes. Eu podia ter lhe perguntado o que significa a liberdade para eles, sem aceitarem uma lei de compromisso. Preferi não dizer nada e concordar que, como já disse, nós não tivemos nenhum motivo nobre para formar um Império. Mas posso dizer-lhe que a extensão do nosso Império também foi necessária para curar o mal do Estado Romano. Éramos como um homem desfalecendo por falta de ar, reanimado pelos ventos celestiais. Vou dizer ao meu amigo Flávio Josefo uma coisa que acabei de pensar, e sugerir que ele aplique isto em sua própria nação, formada por monoteístas perniciosos e de mente tacanha que se consideram sempre certos, enquanto o resto do mundo está errado. Será que eles não irão, perguntarei, se expandir e prosperar se conseguirem libertar-se de seu mísero estado e espalharem-se pelas terras e estradas do mundo? É por isso que esta guerra judia, que detesto, deve chegar a bom termo: para que os judeus também possam participar do grande Império.

O Império é romano, mas não é apenas Roma; e se fosse seria desprezível! Como imperialista não estou propenso a demonstrar nenhuma complacência barata. Pelo contrário, vibro de entusiasmo quando considero a magnitude da nossa tarefa! Pois nos últimos tempos o Império está tranquilo: paz, justiça e aquela prosperidade na qual só a verdadeira liberdade, a das mentes filosóficas livres, pode florescer.

Quando começo a escrever coisas assim você sabe que é tarde da noite. Realmente é tão tarde que as colinas da Galileia já estão riscadas pelos dedos róseos da aurora.

Mas, entusiasmado pela minha retórica, e certo de que você, meu único ouvinte, entenderá os meus sentimentos e se solidarizará comigo, não consigo parar de escrever.

Portanto, a meta do imperialismo não é conquistar, embora a conquista fosse necessária para concretizá-lo. Mas a conquista foi uma preliminar para a grande tarefa da consolidação, do desenvolvimento e a tarefa ainda maior de trazer todos os temas do Império para a cidadania, para que os súditos possam compartilhar nas tradições, na fé e na liberdade que desfrutam em Roma.

Leia Virgílio; lá você encontrará uma definição de Império melhor do que a que eu sou capaz de dar-lhe.

Acredito que estou destinado a transformar em realidade o sonho do imperialismo para todos os que vivem dentro das fronteiras do mundo romano. Há um grande trabalho a ser realizado, seja por mim ou pelos meus sucessores. Por exemplo, um dos males que vejo é que há ricos demais e pobres demais! Há muito o que fazer para reorganizar o que chamo de economia mundial. A prosperidade deveria beneficiar a todos, e não apenas aos gordos e barrigudos banqueiros, aos especuladores e àqueles que coletam os impostos da lavoura.

Ah, estou cheio de ideias!

Mas você dirá que eu estou doido, indo à frente da realidade. Não sou imperador, sequer um governador provincial, sou apenas filho de Vespasiano (em quem os cidadãos atiraram nabos), enquanto Roma é como uma bela mulher ameaçada de estupro por dois pretendentes. Realmente a pobre dama vem sendo violentada diariamente; a cidade foi fundada graças à dedicação de uma loba, e está hoje à mercê de lobos que não sabem, ou que não se lembram mais, do que significa a palavra dedicação; esqueceram a humanidade e o dever, pensam que liberdade é licenciosidade!

Seu relato da queda e da morte de Galba foi lastimável, pois comprova que ele não entendia sua posição e por isso recorreu a estilos e modos antigos de pensar que hoje nada significam. Ele nasceu para ter um papel secundário, como mero funcionário, mas a sua ambição idiota o impeliu a participar de algo que não tinha sido escrito para ele. Você tinha razão em perguntar por que ele não recusou o convite para assumir o poder, já que não tinha competência para isso. E escolher aquele Pisão como filho, herdeiro e companheiro de poder mostra uma mente néscia e convencional.

Eu me pergunto como Pisão julgava-se capaz de dominar o Império, ele que nunca comandou um exército na vida, sequer uma legião, que não tinha imaginação e nunca teve um pensamento generoso.

Quanto a Otão: bem, ele será popular durante alguns meses, e depois? Depois se mostrará como é, um homem inteligente, arguto, atraente, amigo de todos, mas que ninguém respeita. É impossível governar sem ser respeitado.

Enquanto isso as legiões germânicas marcham como se estivéssemos de volta ao tempo da República e das guerras civis. E parece mesmo que estamos naquele tempo.

Mas não se iluda. Ou aparece um imperador forte (que não será Otão nem, note bem!, Vitélio) ou o Império se desintegrará, o que é impossível, já que o nosso destino, prometido a Eneias, ainda não se concretizou.

Daí minha confiança e serenidade.

Há três palavras que eu gostaria que você tivesse em mente, pois expressam a minha meta, que é a mesma de Roma. São elas: Humanidade, Liberdade e Felicidade de Roma. Se nos guiarmos pelos princípios imbuídos nessas palavras, Roma será realmente a Cidade Eterna.

Mas, apesar de estar seguro do meu destino, não sou tão bobo a ponto de acreditar que é prudente ou mesmo possível vencer sem dar atenção à tática ou mesmo às informações de base.

Embora você não seja uma pessoa que pertença às classes inferiores, peço que descubra as ambições mesquinhas e práticas usuais daqueles que competem pelo poder na nossa ferida Itália. Se você me ama, peço que faça isso (tenho prazer em acreditar que você nutre por mim esse sentimento).

Meu caro, continue escrevendo-me sobre tudo o que estiver acontecendo em Roma. E quando dias mais felizes voltarem, vou apresentar-lhe às irmãs de Berenice e permitir que você tome um gosto.

Envio a você todo o meu amor, ou receba todo o amor possível e ainda mais. Você é e sempre será um pedaço de mim e eu de você.

Tito

Guardei esta carta por todo canto onde andei e não a mandarei para Tácito.

XVII

TÁCITO, VOCÊ DIZ QUE NÃO QUER AS MINHAS OPINIÕES, APENAS AS minhas lembranças. Meu caro, você acredita que uma coisa pode ser isolada da outra? Foi estranho, pois durante algumas semanas o governo de Otão parecia um exercício de probidade. Ele deixou de lado os prazeres nos quais tanto se deleitava e se comportou com mais dignidade do que qualquer imperador depois de Tibério. Esta era a opinião da minha mãe, que você doravante respeitará como sempre respeitou a pessoa dela. Desde os tempos de Tibério, a rivalidade não era tão descaradamente acirrada, mesmo assim acredito que você dirá que Otão é um hipócrita e que os seus defeitos acabariam voltando com mais força ainda para compensar o tempo em que ficaram latentes.

Mas a probidade podia ser comprovada por atos: o tratamento que Otão dispensou a Mário Celso foi apenas um exemplo. Celso tinha sido amigo fiel de Galba, que conseguiu sua nomeação como cônsul eleito e por isso a multidão exigia que ele fosse para o túmulo junto com Galba. Otão ficou sem saber se o salvava e ordenou que fosse acorrentado e levado à Prisão Mamertina, câmara de execução da qual, durante toda a História de Roma, poucos saíram vivos. Mas Otão abriu uma exceção para Mário Celso. Assim que amainou a fúria instável da multidão, Otão o soltou e até o indicou para um comando militar. Foi um ato honrado!

O liberto Tigelino, favorito que Nero havia designado como comandante dos pretorianos (e que instigou Nero a todas as crueldades, fraquezas e loucuras), escapou de ser punido por Galba e foi protegido por Vínio. Isto porque, certa vez, em data não precisa, Tigelino se colocou como escudo para proteger a filha de Vínio, salvando-a, não me lembro se da desonra ou da morte. Claro que isso foi um ato político, pois Tigelino sabia que a sorte podia mudar e cuidou de cultivar algumas amizades que, se preciso, poderiam protegê-lo da justiça. Depois que o seu protetor morreu, Tigelino julgou que devia responder pelos crimes que tinha cometido. Otão mandou avisá-lo que ele já tinha causado muitos problemas e que a multidão estava pronta para arrancar suas pernas e braços. Tigelino recebeu esta desgraçada notícia com uma coragem surpreendente. Levou para sua cama a amante favorita (eram todas moças bem-nascidas, às quais seduziu quando eram menores), despediu-se dela e cortou a própria garganta.

Esta notícia aumentou a popularidade de Otão e muitos disseram que ele seria um bom imperador. Esqueceram-se até que ele tinha decidido poupar a vida de Gália Crispinila, uma das amantes de Nero, que (dizia-se) fomentou a rebelião na África e tentou impedir os navios carregados de milho de zarparem para Roma. Como disse minha mãe:

— Essa mulher é uma prostituta sem escrúpulos, além de ser inimiga de Otão. Mas concordar com a sua execução seria um ato bárbaro.

De diversas formas ele mostrava que poderia ser pelo menos um imperador aceitável, se não se cansasse do cargo, como previu minha mãe, tão indulgente com ele. Otão não alterou os compromissos públicos e agradou os senadores criando cargos honoríficos para os mais idosos. Os jovens nobres voltaram do exílio (ao qual foram condenados por Nero ou que tinham preferido por medo de morrer) e foram recebidos com afeto e cobertos de honras por seus pais e avós. Se a palavra-chave de César após a invasão da Itália tinha sido clemência, a de Otão parecia ser conciliação. Ele mandou, por exemplo, embaixadores procurarem Vitélio, que tinha marchado com as legiões germânicas no interior da Gália Transalpina, com a recomendação de ouvirem suas queixas e sugerirem soluções. Além disto os embaixadores garantiriam que, se Vitélio colaborasse na restauração da paz, teria um cargo de honra como segundo homem no poder.

Vitélio teria aceitado esta proposta e ficaria até satisfeito. Confesso que estou fazendo uma suposição, mas Vitélio (um homem de índole fraca, comodista e covarde) devia saber que, no fundo, nenhum homem era menos adequado do que ele para se envolver de corpo e alma numa luta renhida pelo poder. Mesmo se saísse vencedor, seria obrigado a assumir um peso maior do que era capaz de aguentar. Vitélio não era má pessoa, só era muito fraco; pelo menos é o que eu penso.

Mas Vitélio não era independente, embora as legiões tivessem concedido a ele o poder. Pelo contrário, era uma marionete dos legados Fábio Valente e Cecina Alieno. E também não tinha adquirido fama suficiente para compensar uma origem pouco distinta para ser um candidato ao poder que merecesse confiança. Valente e Cecina eram jovens, capazes e ambiciosos; Cecina, sobretudo, era o preferido das tropas por sua bela estatura, coragem, audácia e eloquência. Os dois foram protegidos de Galba, mas viraram seus opositores: Valente, não sei por que motivo, e Cecina porque Galba mandou processá-lo por desfalque de dinheiro público quando foi questor na Bética. Os dois sabiam que Vitélio, pelo cargo e pela generosidade que o popularizaram entre os soldados, era o único que poderia dar condições para eles chegarem ao poder. Ao mesmo tempo, Vitélio era um homem maleável e indolente: quando marchou pela Gália, na metade do dia já estava meio abatido, o que mostrava que poderia ser facilmente dominado pelos dois legados. Mas não se sabe como ele conseguiu manter o apreço de suas tropas que até o saudavam como *Germânico*, título ligado àquele homem adorado pelas legiões, o pai do imperador Calígula. Era um absurdo, mas era verdade.

Portanto, não se podia esperar que Valente e Cecina, animadores desta peça, vissem com bons olhos a chegada dos embaixadores de Otão, que prometeu honra e posição para o chefe deles e nada de concreto para os dois. Então, não sei se com ameaças ou persuasão, eles subornaram os embaixadores, que ficaram impressionados com a força e a determinação das legiões germânicas e assustados com a situação perigosa em que se encontravam.

Enquanto isto, em Roma, antes de sabermos destas alterações, Flávio Sabino tinha sido reconfirmado no cargo, mas estava inseguro. Sem dúvida um bom governo e paz eram coisas admiráveis e que se deveriam almejar, mas um bom governo e a pacificação no Império de Otão não combinavam com os planos e projetos que ele tinha para sua família. Sabino nos garantiu que aquilo não duraria e eu concordei, embora por motivos diferentes. Domiciano não tinha tanta certeza e resmungou:

— Será que serei sacrificado por causa da ambição do meu pai e mais ainda do meu irmão e do meu tio, ambições que os acontecimentos mostram ser inúteis?

Domiciano achou oportuno sugerir propostas para Otão e seus amigos, apesar de ele ser tão insignificante, tão jovem, com tão poucos feitos a contabilizar (não por culpa dele, admito), que suas tentativas passaram despercebidas ou não interessaram.

A calma da primeira quinzena de fevereiro foi ilusória. O tumulto que eclodiu no meio do mês contribuiu muito para recuperar o ânimo de Flávio Sabino.

Tudo começou por uma questão banal.

Otão tinha ordenado que a Décima Sétima Legião romana voltasse de Óstia e incumbiu um tribuno pretoriano chamado Crispino (talvez o nome seja Crispino, não tenho certeza) de fornecer as armas. Por algum motivo este funcionário preferiu que as tropas se deslocassem durante a noite, quando o acampamento estava calmo. Mas isso causou desconfiança, muitos acharam que alguma coisa mais grave estava para acontecer. Houve uma briga e, ao verem armas, a multidão bêbada se exaltou. Gritaram, isto é, alguém gritou que as armas estavam sendo levadas para a casa dos senadores que se opunham a Otão e estava se preparando para um golpe de Estado. Os soldados, entre eles alguns bêbados, concordaram com a acusação. Começou uma luta entre os que tentavam cumprir a simples ordem do imperador e os que estavam convictos de que as armas seriam usadas contra ele. O tribuno Crispino (ou Cráspito?), tentando cumprir a ordem que recebeu, foi cortado ao meio por uma lança e jogado ao chão; vários centuriões que estavam perto dele também foram mortos. Os soldados, então, certos de que tinham frustrado um golpe contra o imperador, montaram em seus cavalos, desembainharam suas espadas e galoparam para a cidade, rumo ao palácio.

Chegando lá, viram que Otão estava oferecendo uma recepção para alguns dos mais ilustres homens e mulheres da cidade. Graças à minha origem, eu estava entre estes ilustres; Domiciano ficou enciumado por não ser convidado. A confusão e o alarido dos soldados no pátio assustaram os convivas, pois ninguém sabia o que estava acontecendo. Alguns temiam ser um atentado contra o imperador; outros, que Otão tinha planejado um massacre de seus convivas ou, no mínimo, a prisão deles. Poucos se comportaram como deviam; a maioria agiu como covarde. Alguns fugiram e se perderam pelos corredores do palácio, encontraram portas trancadas ou com guardas a postos, pois os seguranças de Otão também não sabiam a causa do tumulto. Alguns convidados escaparam por portas laterais ou janelas, e correndo pelas trilhas do Palatino, que acharam mais escondidas, chegaram à cidade. Mas muitos (como eu soube depois) não ousaram ir para suas casas, ficaram andando pelas ruas e lamentando os maus tempos ou refugiaram-se nos alojamentos de seus mais humildes clientes.

Confesso que tive medo, embora a lógica (que não é de muita ajuda quando surgem as emoções do medo) me dissesse que eu não tinha o que temer. Mas o pânico é contagioso e não sei o que teria feito se a minha atenção não tivesse sido despertada e presa pelo espetáculo que o imperador ofereceu.

Otão ficou correndo pelo salão, atrás dos convidados que ainda restavam e falando apressadamente com eles. Poucos minutos antes ele estava simpático, jovial, cheio de dignidade, feliz no seu papel de anfitrião. Logo depois estava branco como os lençóis de uma virgem e a sua testa transpirava. Olhava para todos os lados, assustado, e senti que ele estava perplexo e amedrontado. Ou é o que eu penso agora, o que me lembro.

Um ajudante se aproximou dele, disse alguma coisa, e os dois saíram do salão de banquete para uma sala menor. Otão olhou para trás duas ou três vezes enquanto se afastava.

Ouviram-se uma batida, gritos, outros berros de terror e a sala se encheu de gente; dava a impressão de que eram soldados brandindo suas armas, algumas pingando sangue. O tribuno Júnio Marcial perguntou, destemidamente, o que aqueles homens queriam, e foi jogado de lado, não sem antes ser atingido na virilha e cair, gemendo e sangrando sobre o mármore, pisoteado pelos que ainda entravam.

Alguns convidados se esconderam nos cantos, cada homem e cada mulher tentando fazer do outro um escudo. Ninguém sabia o motivo da invasão e todos estavam com medo. Os soldados gritavam para que Otão se apresentasse e mais uma vez não sabíamos se estavam prestes a matá-lo ou se estavam apenas procurando garantir a sua segurança. Eu nunca soube o que foi discutido na salinha onde ele se escondeu, mas creio que o próprio

Otão resolveu se apresentar aos soldados e aceitar o que o destino tinha reservado a ele.

Ele então apareceu, com passos firmes, o rosto pálido, mas com uma estranha força juvenil. Senti uma onda de admiração, pois me lembrei do relato do pobre Esporo sobre o terror abjeto de Nero. Vi o mesmo olhar de Otão no rosto de gladiadores vencidos, estirados na areia, que aceitavam a morte.

Ninguém se mexeu. Otão avaliou aquela cena, depois olhou para Júnio Marcial, o tribuno ferido que se arrastava para perto dele, inclinou-se e levantou-o do chão colocando um braço em volta dele. Com dificuldade e esforço, Otão sentou Marcial num sofá e encostou-se para sustentá-lo, percorrendo lentamente com o olhar o aposento onde lamparinas ainda queimavam sobre as mesas que não tinham sido viradas, taças continuavam servidas de vinho e os pratos ainda tinham finas iguarias.

— Companheiros — ele começou, muito calmo —, o que houve? O que vocês fizeram? Que estranhas ideias provocaram isto? Se vieram para me matar, aqui estou. Nenhum outro sangue deve ser derramado. Se estão dominados pela ilusão de que minha vida corre perigo e vieram aqui com o nobre intuito de proteger-me, então respeito e agradeço sua dedicação, embora lastime a pressa de agir sem certeza e a insubordinação.

Os soldados então colocaram no chão, abaixaram ou embainharam suas espadas e rodearam o imperador, beijando as mãos dele, aproximando-se (tanto, que o pobre tribuno ferido corria risco de ser amassado) e demonstrando sua fidelidade.

No dia seguinte, a cidade estava quieta como uma casa enlutada. As venezianas continuaram abaixadas, as lojas fechadas, poucas pessoas andavam pelas ruas. Podia-se imaginar que havia uma epidemia ou que Roma (até Roma) estivesse ocupada, nas mãos de um inimigo horrendo.

XVIII

NA TARDE SEGUINTE, EU VOLTAVA DA TERMA (ONDE EU RECOLHIA NOTÍcias) para a casa da minha mãe. Ia ver se estava tudo bem com ela e mostrar que eu estava em segurança, quando um dos seus escravos veio correndo avisar-me que um destacamento de soldados tinha entrado no pátio e queria saber onde ficavam os meus aposentos. Se estivesse sozinho, acho que eu tentaria fugir. Mas era impossível largar minha mãe respondendo por mim ou, quando menos, mostrar medo na frente dela. Assim, falando com toda a calma que consegui, mandei o escravo procurar os soldados e assim garantir que nenhum de nossos vizinhos corresse qualquer um dos perigos que me ameaçasse; minha mãe era tão respeitada, apesar da sua pobreza e situação difícil, que alguns moradores do prédio podiam querer distrair os soldados para não prestarem atenção nela. Era provável que fizessem isso, pois eu tinha entrado em casa sem fazer barulho e poucas pessoas sabiam que eu estava lá.

O brilho de orgulho nos olhos da minha mãe foi um prêmio para o perigo que supostamente corri.

O centurião que entrou em nossa casa, liderando um destacamento de apenas quatro pretorianos, foi muito educado. Desculpou-se com minha mãe por ter invadido sua privacidade e observou que, se os tempos não fossem tão difíceis, ele não seria obrigado a entrar na casa de uma senhora tão respeitável. Minha mãe considerou o cumprimento merecido e perguntou calmamente por que estavam me procurando.

— Senhora, são ordens do imperador — disse o centurião. — Ele exige a presença desse jovem com tal urgência que me mandou acompanhado destes homens para garantir que ele chegará a salvo no palácio, pois as ruas estão agitadas e os guardas do palácio estão tão atazanados, se posso dizer assim, que parecem pisar em brasas. Por tudo isto, acharam que o jovem precisava de uma espécie de salvo-conduto, que somos nós. E o imperador me mandou, ou melhor, insistiu que eu garantisse à senhora que o jovem nada sofrerá, pelo contrário. E também mandou transmitir-lhe, cito agora suas próprias palavras, o mais profundo respeito e não sei repetir exatamente os termos, mas ele espera que a senhora esteja bem.

A seguir, o centurião amarrou uma bandana vermelha na testa, como se tivesse ensaiado este discurso e estivesse contente de ter terminado.

Minha mãe insistiu apenas para que eu me lavasse primeiro, fizesse a barba (embora fosse rala e eu me barbeasse só duas vezes por semana), vestisse uma túnica limpa e ficasse pronto, segundo ela, para estar na presença do imperador. Apesar de tudo o que ela sabia de ruim sobre Otão, minha mãe achava que o cargo exigia respeito, e respeito exigia roupas limpas. O centurião concordou e, enquanto saí do aposento para cumprir o que ela mandou, minha mãe serviu vinho aos soldados, sem desculpar-se pela qualidade inferior da bebida comparada com a que costumava oferecer antes que a desdita colocasse sua mão gélida sobre ela, pois admitir isso seria rebaixar-se.

Nós dois, então, nos despedimos com um abraço, ela me deu sua bênção e lembrou-me para eu me comportar à altura dos meus antepassados (referia-se à sua nobre família e não à de meu pai verdadeiro, Narciso). E assim seguimos para o palácio.

Achei que seria indigno perguntar ao centurião se ele tinha alguma noção do que queriam de mim, mas, quando passamos pelas ruas sinuosas, senti meu sangue agitado, como se eu tivesse finalmente chegado à idade adulta.

Apesar da honra que aparentemente estavam dispensando a mim, fui cuidadosamente revistado na porta do palácio, desconfiavam que eu pudesse levar uma arma para atacar o imperador.

— Perdoe-me senhor — disse o centurião, quando fui liberado. — Agora é assim, até os senadores passam pela revista!

Fui conduzido por um labirinto de passagens com sentinelas armados em cada canto. Lembro-me que pensei que, sem o fio de Ariadne, eu não seria capaz de encontrar o caminho de volta naquela confusão caso as coisas dessem errado e eu precisasse fugir.

Finalmente entrei num pequeno aposento, que, pelos meus cálculos, deveria estar atrás do terceiro pátio do palácio. Havia uma penumbra no aposento, iluminado apenas por uma lamparina, e achei que estivesse ali sozinho. Seria aquela a minha prisão? — pensei. Neste instante, percebi um movimento no sofá atrás da lamparina e, portanto, onde estava ainda mais escuro. Uma voz que reconheci ser de Otão agradeceu o centurião pelos seus serviços e o mandou aguardar do lado de fora. Depois, a voz me cumprimentou pelo nome.

O imperador não se levantou do sofá, nem disse nada até o centurião fazer uma pequena saudação batendo os pés com força e sair. Meus olhos foram se acostumando com a penumbra e vi o imperador estirado num sofá, no meio de muitas almofadas, coberto por um tecido ricamente bordado.

— Deve ter vinho nesta mesinha... Pegue uma taça para você e sirva outra para mim.

Estava com a voz cansada e um pouco lenta, como se já tivesse bebido

— Você deve estar se perguntando por que mandei chamá-lo.

— Como não podia adivinhar, achei inútil especular, meu senhor!

— Fala como um verdadeiro Cláudio, e pode abolir o tratamento de *meu senhor*. Eu respeitava muito a sua mãe na época em que ela vivia na Corte, era muito gentil comigo quando eu era menino. Estive observando você ontem à noite, portou-se bem naquela... como posso chamar? Situação ridícula e assustadora! De certa forma, portou-se também como um Cláudio. Você é um bom ou um mau Cláudio?

Claro que entendi a pergunta, como você também há de entender, Tácito. Mas deve lembrar a seus leitores (se usar este diálogo) que existiam dois tipos de Cláudio: aqueles que serviam à República com respeito e prestavam grande serviço ao Estado, e aqueles que, bem, eram diferentes, obstinados, arrogantes, temerários, perigosos para os outros e para si mesmos.

— Ainda não fiz dezenove anos, é cedo para eu saber — expliquei.

Ele riu.

— Acho que esta é a declaração mais honesta e mais arguta que já me fizeram desde que assumi este cargo. Geralmente só os bobos da Corte podem brincar com os imperadores. Esta pelo menos é uma tradição ainda respeitada. Sua resposta me agrada, além de você ser bonito... Venha, sente-se aqui ao meu lado...

Obedeci, com certo receio. *Que não seja o que estou pensando*, foi o que me passou pela cabeça.

Ele riu outra vez, parecendo ter lido meus pensamentos.

— Você não precisa temer nada, não pretendo praticar uma espécie de *lex primae noctis* pervertida! Este costume, mesmo na sua forma normal, enoja-me! As mulheres deveriam ser conquistadas e não subjugadas. É o que eu acho, na qualidade de idoso devasso, hoje saciado nas arenas de Vênus. Mas creio que podemos discutir sobre isso!

Continuei calado e ele perguntou por quê.

— Minha mãe me ensinou que, se não há nada a dizer, não se diz nada — respondi.

— Bom conselho! Siga-o e você será um bom político ou general! O silêncio é uma boa arma. Não há nada tão desconcertante quanto o silêncio. Infelizmente sempre fui falante, o que me prejudicou!

— A sinceridade é simpática e não se deve confiar nela.

— Mas jamais gostei muito de rapazes... Depois que você aprende a gostar de mulheres, não há rapaz que consiga satisfazer totalmente os seus desejos... Já descobriu isto? Ora, não enrubesça! A luz é fraca, mas vejo que está ruborizado, seu rosto brilha. Soube que foi amante de Tito, filho de Vespasiano. Continua sendo?

Hesitei, como um homem na porta de uma casa escura onde sopra muito vento. O perigo pode não ter cheiro, pois não é físico, mas sempre senti seu odor. Claro que o medo tem um cheiro, o de suor frio. O perigo e o medo são parentes próximos.

— Éramos rapazes, agora somos homens — tentei justificar.

— Dizem que Tito dorme com uma rainha oriental, Berenice. Você tem ciúme?

— Tito é meu amigo, e o que o faz feliz me faz feliz também.

— Você escolhe as palavras com cuidado... Gosto disso, minha vida teria sido melhor se eu tivesse essa habilidade!

— O senhor é imperador. O que mais a Fortuna pode conceder-lhe.

— Para começar, poderia me conceder sono. Sim, sou imperador, mas por quanto tempo? Galba foi imperador, Nero também, de quem um dia fui amigo. E Cláudio, assassinado pela esposa. Eu pelo menos não tenho mais esposa. Tive uma, como você sabe, e eu a amava, embora fosse uma puta, dissoluta como eu naqueles tempos. Nero a matou como uma criança zangada mata um cãozinho. Agora, não tenho esposa nem filhos!

Juro que pensei: *Por Júpiter, será que ele vai me adotar, fazer com que eu seja seu Pisão? Não, obrigado! Mas como eu poderia escapar se ele propusesse isso?*

— Dizem que o seu amigo Tito ainda mantém um grupo de dançarinos sírios e não é difícil imaginar o que faz com eles. Você também não tem ciúme disso?

— Se o senhor não fosse... — respondi, sem conseguir dizer — meu imperador... — deixando a frase incompleta no pequeno aposento com cheiro de incenso, que naquele instante parecia nos envolver numa proximidade nauseante.

— Se eu não fosse seu imperador, você mandaria eu me enforcar, não? É isto? Bem... Gosto da sua verve e da sua meia resposta!

Ele levantou sua taça, bebeu o vinho de um gole, como fazem os bêbados ou os homens muito tristes ou desesperados, e passou a taça para eu enchê-la outra vez.

— O cargo de imperador é solitário. Descobri isto logo, em poucas semanas. Claro que Nero gostava, mas ele era um idiota, inteligente e em geral divertido, mas mesmo assim um idiota. Tibério, que era inteligente, detestava o cargo. Era o que o meu pai dizia, conhecia bem o velho e o respeitava. Dava a entender que Tibério podia ser filho bastardo do imperador, não sei. Meu avô era cliente da grande Lívia Augusta. Foi graças a ela que conseguiu seu posto no Senado. São poucos os homens hoje em Roma que sabem tanto sobre imperadores quanto eu, ou o que é vestir o manto púrpura! — Fez uma pausa e bebeu outra vez. — Sei que você está pensando que eu busquei a coroa. É verdade. Quem não faria isto, havendo oportunidade? Até aquele estúpido Pisão cedeu à tentação. E até Vitélio que, entre todos os homens que conheci, é o menos adequado ao cargo. Mas isto não o contém, e agora, graças à energia dos seus legados, Valente e Cecina, ele é uma ameaça para mim. O que você me diz?

— O que eu posso dizer? Somos educados para cobiçar a glória e lutar pelas honrarias. Marco Antônio foi meu tio-avô, embora só por afinidade. Esta resposta é suficiente?

— É. Houve dois triunviratos formados para dominar o Estado. Cada um teve apenas um sobrevivente após guerras horríveis: César e, a seguir, Augusto. Eu gostaria de evitar a guerra: romanos matando romanos é algo animalesco. A guerra civil põe irmão contra irmão e acaba com a amizade que também nos ensinaram a valorizar. Mandei meus embaixadores procurarem Vitélio, mas não voltaram. Talvez tenham preferido ficar no acampamento dele, talvez estejam presos lá. Quem pode saber? A conclusão é uma só: Vitélio (ou os homens que o controlam) está decidido a entrar em guerra, mesmo com todas as suas terríveis e inomináveis consequências. Vitélio e eu estamos bem equiparados, nossos exércitos se igualam em força e bravura. Mas há uma terceira força no Oriente, outro grande exército cuja influência pode ser decisiva: Muciano, Vespasiano e seu querido amigo Tito: o que eles querem?

— Não privo da intimidade deles, senhor. Não sei suas intenções.

— Não tente me enganar, rapaz, não venha me fazer de bobo! — Sua voz adquiriu um tom semelhante ao do metal batendo na pedra. Ele apoiou o rosto na mão e ficou olhando-me, inquisidor.

Senti o seu poder, como sente-se o vento frio da madrugada de inverno.

— Ande, vamos nos entender — disse ele, mais calmo. — Não quero segredos entre nós. Vivemos tempos difíceis em que a liberdade é obrigada a se tolher. Você mantém correspondência com Tito, que às vezes usa o malote imperial e então suas cartas são abertas e decifradas, o código que usam é simples e fácil para os agentes imperiais. As cartas são copiadas antes de serem enviadas para você: se prestasse mais atenção nos lacres, teria percebido. Às vezes, ele escreve cartas mais pessoais, que envia por meio de um de seus libertos; na semana passada um deles foi preso em Brundísio. Ameaçado de tortura, concordou em entregar a carta que trazia para você. Eu a li. Embora não seja abertamente revoltosa, se eu fosse um homem com mais tendência a ver conspirações, encontraria nela o suficiente para ordenar a prisão e até a execução de Tito. Aqui está a carta. Você verá que ele não disfarça a intenção de assumir o poder nem a certeza de que vai usá-lo. Escreveu que Otão não pode durar e Vitélio é um palhaço. '*O caminho logo estará aberto para nós*', ele diz. Bem, eu não discuto o que ele acha de Vitélio, meu rival. Fico enojado em chamar aquela coisa de rival — disse Otão, tomando mais vinho. — Mas o que você acha? Seu amigo é tão audacioso quanto ambicioso. Alguém poderia chamar isso de exagero. Quantos anos ele tem? Menos de trinta? 36? 37? É muito jovem para ser imperador e muito velho para ser bobo. O que você diz?

— Era uma carta pessoal. Para um amigo. As pessoas ficam à vontade com os amigos, nem tudo o que dizem deve ser levado a sério.

— Nobre resposta, mas sabe que não é assim. — Ele segurou a minha mão, a apertou e depois a soltou. — Não pretendo discutir e não mandei que o trouxessem aqui para castigá-lo, nem para censurá-lo por manter uma correspondência que beira à traição. Vivemos tempos conturbados e é de se esperar que muitos homens tenham ambições que em outras épocas poderiam ser consideradas revoltosas se encontrassem guarida. Na verdade chego quase a admirar Tito pela sua audácia. Mas não adianta. — Ele ficou roendo as unhas, quieto, durante um bom tempo. — Três exércitos — ele disse. — Em qualquer batalha de três, são dois contra um, a menos que um fique de lado, esperando para festejar sobre os corpos dos vencidos. Não seria este o estilo do seu Tito, posso garantir. Mas e o pai dele, Vespasiano? Ninguém jamais deu muita importância a ele. Nero o achava uma piada, costumava ridicularizar seu sotaque e seu hábito de pronunciar *au,* coisa provinciana e de baixa classe. Houve uma época em que ele foi negociante de mulas, você sabe, e Caena, a amante dele, era ainda mais vulgar. Uma vez ele ofendeu Nero: dormiu e até roncou em um dos seus recitais, coisa que demonstrava uma avaliação estética duvidosa mais do que uma imprudência. Mas ele sobreviveu: é um velho cão sarnento, porém esperto. Para que lado ele pulará? Será que ficará no canil? Vespasiano me intriga e me preocupa. Não confio em Muciano, é um hedonista, como eu fui um dia. Seus prazeres são pervertidos e degenerados como eram os meus. Mas e Vespasiano? Rapaz, estou pensando alto...

Pensar alto era uma encenação, pelo menos em parte. Senti isto naquela hora mesmo, pois sabia que ele já tinha tomado uma decisão, à qual estava chegando por aquelas vias transversas. Mesmo assim, eu estava nervoso com a sua aparente sinceridade e sentia que estava à beira de algum grande acontecimento.

— Preciso de Vespasiano, preciso de Tito. Roma precisa deles. Roma só não precisa de uma guerra longa e pode não precisar ser governada por um só homem. Por isso mandei você vir aqui. Será meu emissário junto a Vespasiano e a seu amigo. Vou permitir que faça o trajeto mais simples e mais rápido. Levará cartas, mas quero que diga uma coisa a ele, com toda a sua capacidade persuasiva: que Otão está oferecendo uma aliança, compartilhará o governo do Império com Vespasiano e, caso queiram, com Tito e até Muciano, se Vespasiano achar necessário e se eles se juntarem a mim para derrotar Vitélio e as legiões germânicas. Você dirá isto e, embora os meus exércitos e os de Vitélio sejam comparáveis, confio na vitória porque vou lutar na defensiva. Mas acrescente que Roma exige uma vitória completa, por isso preciso das tropas de Vespasiano. Será o terceiro triunvirato, diga isso a eles...

Calou-se. Será que tinha esquecido o que disse dos dois primeiros triunviratos? (Ou será que ele esperava que eu esquecesse?)

— Estou mandando você exatamente porque não é amigo meu, e sim deles, ou de Tito pelo menos. Sente a confiança que estou depositando em você? Que lhe mostrei minha fragilidade? Mas, lembre-se: faço isso por Roma, que não aguentará guerras longas e terríveis, pois precisa de estabilidade!

— Flávio Sabino sabe das suas intenções, senhor?

— Sabino é um homem que eu não compreendo e, portanto, não confio. Você não dirá nada a ele. No momento oportuno, quando eu tiver uma resposta de Vespasiano, posso consultar Sabino. Por enquanto, tudo precisa ser confidencial. Meu cargo aqui em Roma exige, e esta é mais uma razão para eu ter escolhido você para esta missão. Se me permite dizer, graças à sua juventude, você é uma pessoa sem importância. Ninguém suspeitará que a sua viagem tem uma finalidade!

Sorri e disse:

— Só quem suspeitará é minha família e os meus amigos!

— Ah, tenho certeza de que você tem admiradores que sentirão a sua falta! E uma moça, talvez?

— Talvez...

Ele parou de roer as unhas.

— Vespasiano tem um filho mais jovem aqui em Roma, não? Domiciano, não é? Preciso trazê-lo para cá e arrumar um trabalho para ele. Dar um jeito!

Ele não precisava dizer que Domiciano ficaria como refém do sucesso da minha missão. Nem que eu tinha de informar Vespasiano de que Otão agora estava com Domiciano, como forma de persuasão. Eu, da minha parte, não achei necessário dizer que Vespasiano nunca tinha dado importância a Domiciano: ele só gostava de Tito e concentrava nele todas as suas ambições.

— Meu secretário lhe dará um papel com o roteiro da sua viagem e uma carta de livre trânsito. Você será escoltado até a casa da sua mãe e sairá de Roma pela manhã. Só comente com ela, e com mais ninguém. Diga-lhe o mínimo que uma mãe querida precisa saber. Apresente-lhe os meus respeitos. Boa noite. Que os deuses lhe concedam uma viagem segura e, a nós, um bom resultado.

XIX

SERÁ QUE EU DEVO ENVIAR ESTA ÚLTIMA CARTA PARA TÁCITO? ELE MUDARIA de opinião sobre Otão e, portanto, ficaria irritado, o que por sua vez deixaria-me muito satisfeito. Mas ele nunca, em anos de conversas comigo, acreditou que eu fora incumbido daquela missão. Não conseguia entender como aquilo acontecera, acreditava que fiquei de miolo mole. As pessoas costumam reagir assim quando não querem ouvir ou acreditar numa determinada coisa.

Isto lembra-me uma história que Vespasiano gostava de contar:

Um dia, após fazer um sacrifício aos deuses, seu pai ficou impressionado ao examinar as vísceras do animal que, garantiu o sacerdote, indicavam grandeza para sua família. O sacerdote disse que um filho de Vespasiano seria imperador. Quando Sabino (o pai de Vespasiano, não o irmão) contou essa boa notícia para sua mãe, a velha senhora riu e disse:

— Um neto meu, imperador? Olha que você está ficando de miolo mole antes da sua velha mãe!

O próprio Vespasiano mal conseguia acreditar no presságio, pois ele era um soldado jovem, comum, tão mau administrador dos seus negócios que precisou hipotecar os bens que recebeu do pai. Mas contavam-se muitas histórias. Como aquela do cão vadio que achou a mão de um homem numa encruzilhada, levou-a até o aposento onde Vespasiano estava tomando a refeição da manhã e colocou-a no chão. O fato era muito significativo, porque a mão é um símbolo de poder, mas na hora ele certamente só xingou o animal.

Todos nós somos supersticiosos, até os filósofos que conhecemos, e eu cheguei à filosofia por causa do infortúnio. Tito às vezes dizia que a

Fortuna era a única deusa com que precisávamos nos preocupar, embora seja inútil: ela não presta atenção ao que fazem os mortais e joga dados com a nossa vida.

Eu já estava cansado de visitar a taberna para ver Balto, o rapaz. Por isso eu o comprei da estalajadeira por um preço exorbitante, que cobrou sabendo que eu estava disposto a pagar. Trouxe-o para casa e o instalei num aposento ao lado do meu. Araminta não se importava; para ela bastava ser a dona da casa e que os nossos filhos e filhas crescessem fortes.

Não sinto mais desejo por Balto, foi apenas uma breve lufada na velhice, como uma tempestade num dia lindo. E o rapaz também deixou bem claro sua aversão, por isso faço apenas carinhos nele. Sua presença me tranquiliza, ele tem paz interior. É melhor assim. Fosse eu atender às exigências da lascívia e em pouco tempo o hábito teria saciado a fome e eu chegaria naquele tedioso porto onde a vida despeja sua carga exaurida. O que sinto por ele é diferente do que senti um dia, exceto talvez por Domícia.

Uma vez pedi para ele me explicar sua tranquilidade. Como era possível um escravo, isolado do seu povo, ter serenidade em relação ao mundo? Quando perguntei, ele estava estirado num sofá (constato que tenho lhe concedido liberdades que jamais dei a nenhum escravo), como Hermes ou o jovem Eros esticando seu arco, com a flecha na direção do meu coração. Mas, embora eu faça estas fantasias com ele, Balto era também o rapaz magro que tinha repelido o contato comigo, e depois, sabendo da sua posição social, submeteu-se, chorando, às minhas primeiras investidas.

Balto então respondeu à minha pergunta gaguejando, mais como quem teme não ser acreditado do que como se se envergonhasse do que dizia: ele confiava no amor do único e verdadeiro deus para livrá-lo do mal.

— O único e verdadeiro deus? — perguntei. — Quem é este ser estranho? Sei que vocês, germânicos, adoram muitos deuses, espíritos da floresta e guerreiros que atiram raios.

— Sei mais do que o meu povo sabia. Eu adoro Deus-Pai, Criador do Céu e da Terra, Jesus Cristo, seu único Filho, e o Espírito Santo, que permanece no Coração de todo aquele que estiver aberto para a Palavra.

— Vai me desculpar, mas, pelo que você diz, parece que são três deuses e não um; Jesus Cristo... então você faz parte daquela seita criminosa de judeus conhecidos como cristãos?

Seus olhos escuros procuraram os meus. Ele umedeceu aqueles lábios tão rubros que primeiro despertaram meu desejo, lábios de um estranho vermelho-escuro que prometiam a suavidade de rosas, promessa esta que já havia sido cumprida. Ficou indeciso, depois confessou:

— Sou cristão, mas para Cristo não há judeu nem gentio, existem apenas os que acreditam e são salvos!

Não entendi aquela palavra salvo. Notei-a, quer dizer, tinha ouvido os cristãos usando-a e pensei que fosse um jargão da seita. Mas Balto, em sua simplicidade, parecia ter uma compreensão da importância dela e deu à palavra uma certa concretude.

Lembrei-me então que quando Nero se assustou com o grande incêndio de Roma e com o ódio que as pessoas ficaram dele, perseguiu aqueles cristãos e os acusou de incendiários. Os cristãos, seguidores de uma religião de escravos que o nosso amigo judeu Flávio Josefo anos depois repudiaria, nervoso, como *uma perversão do judaísmo praticada por homens tão loucos como os fanáticos que nós destruímos em Massada*. Na época, eu era jovem e a minha mãe me proibiu de assistir aos Jogos onde os cristãos eram massacrados enquanto cantavam hinos (foi o que me contaram) em louvor ao deus deles.

— Gente maluca — definiu o porteiro da nossa insula.

Mas nem todos os cuidados da minha mãe poderiam evitar que eu visse aqueles canalhas pervertidos (como pensávamos que fossem) sendo transformados por Nero em pavios acesos iluminando seus jardins e o cheiro de carne queimada pairando no ar durante dias, Flávio Sabino costumava dizer que ficava tão enojado, que embora fosse um soldado, aquelas noites iluminadas pelas chamas de carne humana queimando acabaram com qualquer tendência que ele tivesse para a crueldade.

— Qual é a base desse cristianismo? — perguntei a Balto.

— Em uma só palavra: o amor!

— Então não é tão estranho, nem tão novo... Os homens procuraram e adoram o amor desde que os poetas começaram a cantá-lo, e antes deles, isto eu sei.

— Nós não adoramos o amor, embora o nosso Deus seja amor. Nem queremos adorar! É melhor dizer que somos cheios de amor e, ao demonstrá-lo, estendemos o amor a todos e à humanidade como criação divina.

XX

AMOR.

Quando voltou para a Síria, Tito fez uma escala em Chipre para visitar e inspecionar o grande Templo de Vênus na cidade de Pafos. Os gregos chamam esta deusa de Afrodite (deusa do amor) e ela tem uma importância especial para nós, romanos, também por ser mãe de Eneias, pai da nossa raça. O templo em Pafos é considerado como o seu mais antigo local de veneração, pois após nascer das espumas do mar, Vênus vagou muito, e embora sua imagem tenha sido encontrada em outro lugar, nunca saiu de Pafos. O templo foi consagrado por uma das Ciniras, muitos anos antes da Guerra de Troia, e os sacrifícios e premonições ainda são conduzidos pelos descendentes delas.

— Ou pelo menos é o que se acredita — disse Tito.

Seja qual for a verdade, o lugar de veneração é muito antigo, o que pode ser comprovado pela imagem da deusa, que não tem forma humana; suponho que a arte da escultura ainda não tivesse sido inventada. A imagem é arredondada, em forma de cone, com uma base larga que vai se afunilando. Ninguém sabe o que significa, o que é mais uma prova da sua antiguidade. E é proibido derramar ou pingar sangue no seu altar: o lugar de sacrifício só pode receber orações e o fogo sagrado. Embora esteja exposto ao tempo, a chuva nunca molha o altar.

Conto tudo isto devido à surpresa que me causou aquela conversa com Balto e nada do que escrevo aqui é para conhecimento de Tácito, claro. Ele zombaria de mim, já que não tem espírito filosófico para especulações metafísicas com a diferença entre as palavras de Balto e das minhas lembranças do relato de Tito quando foi a Pafos.

Quando perguntam sobre minhas crenças religiosas, estou acostumado a acabar com o interrogatório respondendo frases do tipo "tenho a religião de todos os homens sensíveis". Se insistem para eu explicar, digo apenas homens sensíveis nunca explicam, o que é uma resposta suficiente, mas insatisfatória. Há dias em que não creio em nada, e há outros em que as minhas únicas dúvidas são de natureza ética (como deveríamos nos comportar), e como nada podemos saber além disto, qualquer especulação é inútil. Mas nós somos, por natureza, dados à especulação e à adoração. Tito disse que a Fortuna é a única deusa, mas se contradisse, pois na hora em que teve dúvidas em relação à política, foi satisfazer sua curiosidade no mais antigo templo de Vênus. Não creio que o motivo tivesse ligação com o romance com a rainha Berenice, que não exigia permissão celeste nem estímulo, fosse divino ou humano.

Insisti neste ponto, mas Tito deu respostas vagas. Falou sobre o nume, que para mim era apenas uma palavra usada pelos poetas, sem um sentido exato, pelo menos quando se trata de um mau poeta. Quer dizer, é uma palavra que, mesmo se o poeta é bom, provoca um agradável frio na espinha e nada mais. Mas Tito não era um poeta. Eu sabia que a palavra tinha algum sentido para ele, porque ele ficava constrangido em usá-la. E ficou bem embaraçado quando insisti em saber o que ele fez no templo em Pafos.

— Não sei, mas senti alguma coisa. Seria o que Virgílio chama de *lacrimae rerum*, no sentido de lágrimas das coisas mortais? Talvez... Eu me senti maior e, ao mesmo tempo, menor que eu mesmo. Fiquei possuído por não sei o quê. Tive certeza de que o meu destino seria glorioso, mas ao mesmo tempo não senti qualquer satisfação por isso. Em resumo, meu caro rapaz... — disse ele, arrogante, como se não quisesse mostrar que estava falando sério, mas os seus olhos estavam distantes como quando um homem olha para dentro de si e fica surpreso e intrigado pelo que vê. — Em resumo, caro rapaz, eu me senti maior do que nunca, e ao mesmo tempo menor

O que ele disse não tinha sentido para mim e Tito, acanhado como se o tivessem surpreendido fazendo algo vergonhoso, se despediu, mudou de assunto, pediu vinho ou sugeriu um jogo: não lembro qual destas atitudes tomou. Mas agora me lembrei das suas palavras e da sua expressão, meio orgulhosa, meio divertida, e repeti o que ele disse para Balto. A situação me deixava irritado e surpreso, pois eu procurava sabedoria naquele rapaz que, ainda por cima, tinha rosto, corpo e jeito que me atraíram exatamente por prometerem algo que, nos breves instantes de deleite sensual, afastariam todos os meus pensamentos e me libertariam das aflições que colocavam demônios na minha cabeça.

— É isso que o seu deus, a sua religião, significam para você? — perguntei.

— Não sou inteligente, não estudei, não sei usar palavras difíceis — disse Balto, e continuou: — Pelo menos não sei usar palavras latinas como esta, nume. Aliás, o que ela quer dizer? Não tenho a menor ideia! Mas quando estou com Cristo, ou quando sei que Ele está comigo, sei o que é a paz! A única coisa a ser sacrificada é a minha vontade, mas dizemos entregar-se e não sacrificar. É o que eu sei, talvez por isso vocês, romanos, achem que a nossa religião é de escravos, embora haja romanos que a sigam. Eu ficaria muito satisfeito, senhor, se abrisse sua alma ao meu Senhor, que é o Senhor de tudo!

XXI

TITO ESTAVA UM POUCO CONTIDO. EMBORA ELE TIVESSE ME DADO UM abraço afetuoso quando cheguei, a conversa não tinha o calor sincero das suas cartas, e quando expliquei por que eu tinha chegado lá, senti que ele ficou desconfiado.

Ele estava reclinado num divã e umedeceu a mão numa tigela de água perfumada com pétalas de rosa.

— Meu pai gostaria de se encontrar com você. Não o vê desde menino, não?

Durante a ceia, ele me ignorou e ficou conversando com o judeu Flávio Josefo, um homem magro e moreno, de barba em ponta. Falaram-se em grego, e como eu não conhecia seu sotaque meio provinciano, no começo foi difícil entender o que ele dizia. Mas parecia que Tito estava mais interessado nas práticas religiosas das diversas seitas judaicas do que na disposição dos exércitos rebeldes. Fiquei pensando se o tema da conversa não teria sido escolhido só para me excluir.

Flávio Josefo não deu qualquer sinal de que a minha presença o interessava ou perturbava. Para ele, eu era apenas um jovem nobre romano sem qualquer importância ou expressão. Comecei a achar que ele tinha razão. Minha entrevista com Otão e a missão que ele tinha confiado a mim pareciam ridículas e remotas.

Tito disse:

— Meu caro Flávio Josefo, sua explicação é admiravelmente clara e mostra que você tem fé. Mas ainda não lhe ocorreu como é estranho que a sua nação seja a única a não admitir que outros deuses e outras crenças possam ter méritos (qual a percepção que elas têm das verdades fundamentais)? E que também seja a única nação a não fazer uma imagem do seu deus, que pode estimular os sentidos e com isso a piedade dos devotos?

Pensei: *Tito está sendo grosseiro comigo de propósito! O que eu fiz para esfriar o amor que ele tantas vezes disse ter por mim? A impressão que eu tinha era de que sempre fui apenas um brinquedo para Tito, um joguete como outro qualquer*. Mordi o lábio para esconder que tremia e tentei pensar em Domícia. Era um absurdo eu me sentir magoado, já que há muito tempo tinha resolvido não ter mais relações sexuais com Tito. Mas eu ainda queria que ele me admirasse e que me colocasse no centro do seu mundo.

Flávio Josefo disse:

— O senhor está acostumado a me espicaçar com esta pergunta, o que deve entediar muito o seu jovem amigo aqui ao lado!

— Esta é uma questão que não diz respeito à matéria — respondeu Tito. — De qualquer forma, é bom que o meu amigo aprenda que homens adultos podem se preocupar com assuntos intelectuais.

Flávio Josefo apartou:

— Não entendo o que sejam estes *assuntos intelectuais*, embora esteja claro que comentários sobre os livros sagrados exigem o uso das faculdades intelectuais. A fé, em si, não é uma questão de intelecto, mas de História, o Senhor Deus fez um pacto com Israel e chamou a nós, judeus, de Povo Escolhido.

— Se me permitem — apartei, seguro (com merecido orgulho) de estar falando o mais puro grego —, pelo que eu soube da atual guerra, parece que o seu deus rompeu qualquer pacto que possa ter feito com vocês. Pois os rebeldes agem como se estivessem loucos e destituídos da sabedoria que se poderia esperar de um povo guiado por um deus.

— O Senhor castiga aqueles que ama — disse Flávio Josefo.

Tito fez um esgar — só assim poderia ser descrito aquele sorriso.

Quando ficamos a sós, ele disse:

— Você não gostou, fui desagradável com você. Mas é bem-feito! Merece castigo por desobedecer às minhas ordens!

— O que você quer dizer com "desobedecer às minhas ordens"? Será que eu sou seu criado, seu escravo? Podemos não ser mais amantes, mas pensei que a nossa amizade estivesse assegurada!

— Eu precisava de você em Roma — ele disse, arrancando a coxa de um faisão assado e mordendo-a.

— Como eu poderia ficar em Roma se o imperador mandou que eu viesse para cá?

— imperador? Otão?

— Pelo menos por enquanto ele é o imperador! Além do mais, trago notícias de Roma, como, por exemplo, que pode ser perigoso escrever...

— É o que você diz, mas por que devo acreditar?

Naquela noite, eu chorei. Não me envergonho de lembrar e contar isto. Parecia que nossa amizade era apenas uma bolha e eu tinha confiado nela. Mas, na manhã seguinte, Tito estava diferente. Andamos a cavalo pelo deserto, acompanhados por Flávio Josefo. Desta vez, ele foi o terceiro do grupo e o que ficou sobrando. Tito só conversou comigo, com uma alegria e um carinho que dissipou os medos e receios que senti na noite anterior. Cheguei à conclusão de que ele é uma "pessoa de lua" e que na noite passada tive a falta de sorte de encontrá-lo numa lua sem espaço para mim!

Tito apontou para as colinas distantes, de um vermelho-escuro contra o céu azul.

— É lá que os rebeldes estão em atalaia, os chamados Zelotes — ele disse. — Há muitos bandos escondidos nestas colinas, como animais selvagens! São fanáticos, e a morte para eles não significa nada! Os homens civilizados respeitam a morte e lhe dão muita importância, a menos que seja preciso encará-la de outra forma. Mas estes jovens, pois a maioria é bem jovem, estão cegos de paixão pela morte, e então fica difícil lidar com ela, não compreendem os argumentos racionais dos homens civilizados! Não entendem que, quando há dois interesses opostos, é sensato e oportuno procurar um meio-termo!

— Acho que era isto que Otão estava procurando. Sabe, eu o acho uma pessoa digna de estima — comentei.

— Ah, quase todo mundo gosta de Otão. Ele nunca teve problemas para se fazer estimado! Mas a questão é se ele merece respeito e confiança, o que é bem diferente — disse Tito.

Uma águia passou voando, puxamos as rédeas dos nossos cavalos e ficamos olhando. Ela, então, caiu como uma pedra.

Tácito, lembro-me de que você sempre teve curiosidade sobre esta minha viagem ao Oriente. Uma vez, quando contei que viajei por ordem de Otão, você não acreditou, achou que era vaidade ou a minha lamentável mania de fazer graça. Na época, achei mais divertido do que irritante o fato de você não conseguir aceitar a verdade. Agora fico pensando se esta sua falta de simplicidade prejudicará a sua história. Não me julgue impertinente se eu disser que você tem uma tendência a procurar motivos ocultos por trás de palavras e atos claros. Nem sempre é assim. Uma vez Lucano disse que *só os idiotas não julgam pelas aparências* e achei que aquela era uma das suas espertas, porém bobas observações! Mas há alguma coisa nela. Eu jamais consideraria você um idiota, mas estou certo de que sofre de uma deformação mental que aparentemente impede que aceite uma explicação simples e óbvia.

Mas vou dar-lhe mais detalhes em vez de irritá-lo com silêncios e pistas das coisas que eu poderia conseguir se quisesse, como fiz no passado, tentando impressioná-lo.

O pai de Tito não me recebeu com a mesma desconfiança do filho. Mas é possível que, por baixo, ou melhor, por trás de sua enganosa e até rude pose, Vespasiano fosse um homem de mais sutileza que o seu filho mais velho.

Tito me acompanhou ao palácio do governador, que Vespasiano tinha transformado em seu quartel-general. Muciano também estava lá. Os generais faziam um grande contraste. Vespasiano estava de pé quando entramos, ou melhor, pulou quando fomos anunciados. Você há de se lembrar da dificuldade que ele sempre teve de ficar parado e como costumava atrapalhar uma recepção a, digamos, embaixadores, coçando-se, virando para cima e para baixo, puxando a orelha, mexendo-se na poltrona, depois se levantava e dava uma volta pelo aposento. Quando cheguei, ele bateu nas minhas costas, mexeu nos meus cabelos, disse que eu tinha crescido e que estava parecendo mais com um soldado (o que não era verdade, mas gostei do cumprimento), depois começou a coçar as axilas.

Muciano estava reclinado num divã, encostado em almofadas. Seus dedos longos e pálidos, de unhas pintadas, brincavam com a asa de uma taça de vinho. A outra mão balançou, débil, na minha direção.

— Conheci seu pai, rapaz, você não se parece com ele, sorte sua. Um bom merda, o seu pai, se permite-me dizer.

Como se tivesse ficado exausto pelo esforço de falar, ele tomou um gole de vinho e abanou o rosto com um leque de pele de cabrito decorado com cupidos.

Tudo nele lembrava lentidão. Cinco ou seis cachorrinhos estavam no divã e às vezes subiam em Muciano para serem acariciados, lambiam-lhe as mãos, o rosto e até os lábios. Ele não tentava impedir, enquanto Vespasiano e Tito não pareciam estranhar o espetáculo que o colega oferecia. Então cheguei à conclusão de que aquilo era habitual.

Vespasiano nunca foi de longos discursos, nem de papas na língua.

— Meu irmão diz que você tem miolo na cabeça e que sua mãe o educou para ser um homem honrado. É isto mesmo?

— Fico satisfeito por ele achar isso.

— Não fuja da pergunta, rapaz. Você é um homem honrado?

— Espero que sim, acho que sou.

— Pobre coitado, além do mais é tão lindo! — lamentou Muciano. — Honradez é coisa da República, meu caro. O Divino Augusto rejeitava a ideia de honra como a de liberdade e de todas as virtudes. E hoje todos nós queremos ser os melhores, não é?

Vespasiano fez um sinal com a mão para o colega, coçou-se outra vez (agora na barriga) e disse:

— Pode ser, mas eu não vou discutir com você, é perda de tempo. O fato é que este jovem traz uma mensagem de Otão, segundo diz. A pergunta é: devemos acreditar nele?

— Não temos motivo para não acreditar, querido... — considerou Muciano, que tinha uma voz lânguida e pronunciava algumas sílabas como se elas relutassem em sair e encurtava outras como se o seu esforço para falar fosse muito cansativo. — Você diz que o rapaz não é bobo, portanto não há por que duvidar dele. O problema é: podemos acreditar em Otão? O que ele disse?

Enumerei as propostas de Otão, no estilo mais conciso e militar que consegui.

Para a minha surpresa, eles estavam prontos para discutir as propostas na minha presença. Hoje eu me pergunto se os argumentos já não tinham sido ensaiados antes, pois Tito devia certamente ter informado ao pai e a Muciano da proposta de Otão e, portanto, aquilo era proposital para eu transmitir a Otão as dúvidas e incertezas que demonstravam naquele momento. Mas os três não deviam querer que eu contasse tudo, pois falavam em Otão com muita raiva. Para a minha surpresa, isso irritou-me. Embora eu me considerasse sempre ligado a Tito e, portanto, ao seu grupo, alguma coisa em Otão, seu jeito de falar, me tocou, deu-me vontade de protegê-lo ou, pelo menos, de ficar ao lado dele. Mas fiquei calado quando o ridicularizaram.

— Na minha opinião — disse Tito —, devíamos nos apressar vagarosamente. Esta, segundo disseram-me, era a frase preferida do Divino Augusto, e ficou sendo a minha também. Ela certamente foi útil para ele.

Vespasiano perguntou:

— O que temos a perder se aceitarmos as propostas de Otão?

Muciano considerou:

— E há Vitélio também, um completo bufão, que não está apoiado por bufões, mas é marionete deles, como vocês sabem. Suponhamos que ele vença.

Tito disse:

— Suponha que Otão vença, mesmo com a nossa ajuda. Será que ele pagará sua dívida? Quanto tempo pode durar um triunvirato? Se considerarmos o que ocorreu com os dois primeiros...

Foi a vez de Muciano falar:

— Conheço Otão, ele é fraco. Gostaria de ser amado, mas o velho Tibério nunca deu um peido de pombo por ele. Tibério conhecia os homens e sabia que costumam ter mais facilidade para ofender um homem amado do que um temido. Pois o amor cria um elo de obrigação que é facilmente rompido, mas o medo de ser castigado jamais acaba. Falei tanto que estou exausto! As palavras foram surgindo e não consegui contê-las.

— Se Otão é fraco, melhor que ele vença com a nossa ajuda! — concluiu Vespasiano.

Muciano afagou seus cachorrinhos, Tito sorriu, bebemos vinho.

Não vou mandar esta parte da conversa para Tácito. É muito vergonhoso mostrar que sou bobo. A verdade é que os homens são cegos a vida inteira. O judeu Flávio Josefo me disse isso uma vez, quando tive a audácia de perguntar como era se sentir traidor. Ele respondeu:

— Olhe em seu coração, lembre o que e a quem você enganou na vida. Ninguém está livre de trair!

Passei dois dias com Tito até encontrar um navio que pudesse me levar de volta para a Itália. Ele estava animado, lamentando apenas a ausência da rainha Berenice, o que me impediu de conhecer suas irmãs.

— Pode ter certeza de que o segredo para ter o melhor da vida e para se divertir ao máximo é simples: basta viver perigosamente — ensinou--me Tito.

— Se você e o seu pai tivessem tomado uma decisão diferente, seu irmão Domiciano estaria correndo perigo de vida no palácio de Otão.

— Domiciano tem muito pouca imaginação para viver perigosamente — disse Tito. — Não é como você e eu. Pode estar certo, meu caro, comigo você terá coisas muito boas. Agora, precisa levar a nossa mensagem para Otão e depois talvez deva voltar aqui para ajudar-me a dominar estes malditos judeus que lutam com uma determinação fanática. Então, quem sabe? O mundo nos pertença e seja nosso brinquedo, nossa ostra. Em dias como o de hoje, sinto uma força descomunal. Esteja aberto às oportunidades e ao futuro...

Foi neste ponto que ele comentou sobre a visita que fez ao Templo de Vênus em Pafos.

XXII

CONSIDERO, TÁCITO, QUE VOCÊ ESTÁ CONFIANDO SOBRETUDO NAS minhas lembranças para captar um pouco do clima na cidade durante as semanas da ascensão de Otão quando, por ordem dele, fiquei morando no palácio. Claro que, nesta época, você ainda era um menino de catorze ou quinze anos, se não me engano. Lembro-me que você uma vez me disse que, por prudência, sua mãe levou você, suas irmãs e todos os objetos da casa para outro lugar. Aliás, o que é feito da mais bela de suas irmãs, Cornélia, com quem uma vez mantive um flerte sedutor na *villa* Sabina, do seu sogro Agrícola? Com esta frase, perdi o fio da meada: o que eu estava dizendo? (Veja como o meu domínio da língua escrita enferrujou, as frases seguem meus pensamentos sem uma ordem retórica. Peço desculpas, tenho certeza de que você contestará com firmeza minha dificuldade e recusará as minhas desculpas.) Ah, sim, lembrei: sua mãe tinha levado vocês para ficarem seguros na propriedade do pai dela, na Campânia. Creio que você sempre se ressentiu disso, como, se me permite dizer, de tudo mais. Realmente ficou tão ressentido que chegou a me dizer que estava na cidade naquela primavera e verão e testemunhou todos os horrores que ocorreram lá. Eu sabia que não era verdade, mas na época me calei.

Agora vou lhe oferecer o que será muito útil em sua grande obra, algo que você não poderia obter sem a minha ajuda. Pois você pode saber dos fatos através de documentos e analisar uma personalidade pelo que lê em cartas e discursos que foram guardados, além dos documentos públicos. Mas o detalhe passageiro e evanescente que chamamos de *clima* precisa do testemunho de quem viveu aquele momento, viu e sentiu tudo. Além disto posso fornecer-lhe também as intrigas e as histórias escabrosas, o que dará vida à sua história. Alguns destes fatos eram, como você pode imaginar, totalmente absurdos.

Todo dia contava-se alguma coisa incrível. Como, por exemplo, que as rédeas tinham caído das mãos da estátua da deusa Vitória que ficava na entrada do Capitólio em seu carro eternamente rumo à batalha. E isto era um mau presságio! Dizia-se também que a estátua do Divino Júlio, na ilha do Tibre, virara o rosto do oeste para o leste e isso (contado com muita convicção) num dia sem uma brisa, embora só uma ventania pudesse virar a estátua. Alguém viu um vulto maior que um homem irromper do Templo de Juno segurando uma grande espada. Outros diziam que, na Etrúria, um boi tinha falado e ainda por cima usando versos hexâmetros, e uma cabra tinha dado à luz a um bezerro branco com manchas negras. Em resumo, os boatos corriam com pés alados, e qualquer história, por mais absurda que fosse, achava alguém para acreditar nela. Domiciano tinha recebido um cargo no palácio e, quando conversamos, ele demonstrou certo desdém e incredulidade. A razão afirmava que estas histórias eram bobagens, mas o medo contradizia a razão.

De repente, a neve começou a descongelar nas montanhas e choveu durante três dias sem parar, o que fez os idiotas garantirem que os céus choravam por Roma, fazendo o Tibre subir e inundar a cidade. Os distritos que ficavam em lugares mais baixos e planos ficaram sob as águas turbulentas, e até casas de regiões que há muito não corriam risco de inundar tiveram água nas suas portas. Consegui um bote para visitar minha mãe e levar para ela alimentos que estavam escasseando. Muitas pessoas se afogaram, outras tantas ficaram presas em lojas, nos locais de trabalho ou em casa. Muitas casas modestas tiveram suas estruturas abaladas pela força das águas e desmoronaram quando o rio voltou ao seu curso normal. Foi impossível para as tropas desfilarem no Campo de Marte, pois teriam de nadar.

A capital estava agitada e a devastação provocada pela enchente refletia apenas a confusão que havia na cabeça dos homens. Dizia-se que Vitélio tinha infiltrado soldados na cidade, disfarçados de cidadãos, e que a um sinal estariam prontos para matar os partidários de Otão. Então havia uma suspeita por trás de cada frase e os homens não ousavam se encarar.

As questões públicas estavam numa situação pior ainda, ninguém sabia o que estava por vir e as opiniões mudavam conforme cada boato que surgia. Quando o Senado estava em sessão, muitos senadores faltavam, com a desculpa de doença. Os que compareciam elogiavam o imperador que, acostumado com este tratamento desde os dias em que era o favorito de Nero, recebia os louvores com o merecido desprezo. Os bajuladores, então, temendo que as palavras pudessem ser usadas contra eles se Otão perdesse a guerra dali a poucas semanas, tentavam dar duplo sentido aos discursos, que acabavam ficando sem qualquer sentido. Quando eram obrigados a chamar Vitélio de traidor e inimigo público, os mais prevenidos usavam um jeito tão indefinido e até vulgar que ninguém achava que fosse a sério, parecia uma paródia das verdadeiras acusações de traição da qual nossa História já somava tantos exemplos vergonhosos. Outros eram mais ladinos: quando se levantavam para falar, seus amigos e parentes presentes nas galerias faziam tal algazarra que os senadores mal podiam ser ouvidos. Assim podiam dizer a quem perguntasse que tinham cumprido seu dever e ninguém seria capaz de negar.

Otão continuava indeciso. Recebeu o relatório da minha missão junto a Vespasiano e Muciano com mais calma do que prazer. Elogiou minha rapidez e honestidade e, como se estivesse pensando alto, disse:

— Toda guerra é perniciosa, mas uma guerra civil é mais. — Lembrou-se de que eu estava ali, sorriu e disse: — Você pode achar que esses pensamentos são estranhos num imperador interessado em defender sua causa e que acaba de receber, graças a você, um sinal positivo dos comandantes dos exércitos orientais. Mesmo assim, eu preferia evitar a guerra e pergunto-me se isso é possível. Pois certamente, se Vitélio souber que me aliei a Vespasiano e a Muciano para defender a República (por conveniência, ainda podemos chamá-la de República), pode ser que desista da guerra e aceite negociar um acordo. Vitélio não é um homem de batalha. É preguiçoso, tímido e não creio que tenha estômago para a luta.

— Talvez — ponderei. — Mas o senhor mesmo, ao me incumbir da missão, disse que havia homens por trás de Vitélio (citou Valente e Cecina) decididos a entrar em guerra. Deu a entender que Vitélio era uma marionete deles e eu nunca soube que os sentimentos ou temores de uma marionete contassem alguma coisa.

— Faz bem em lembrar-me o que eu mesmo disse. Mas a rapidez com que se lembrou dessa história entristece-me, você é tão jovem e já tão duro. Espero evitar a guerra porque todas são de responsabilidade minha, um peso na minha alma e uma mancha na minha reputação. Considere, por exemplo... — Ele interrompeu a frase e, sem chamar um escravo para fazer isto, serviu duas taças de vinho. — Eu jamais deveria ter assumido o peso do Império. Mas o que eu poderia fazer? Você dirá que eu deveria ter continuado como governador da Lusitânia, fiel a Galba. Diria isso?

— Não é da minha conta, senhor...

— Havia fortes motivos para eu não continuar lá. Para começar, minhas dívidas. Você é jovem, não pode saber como elas desmoralizam um homem. Quando eu tinha a sua idade, eu pedia dinheiro emprestado sem pensar no amanhã, nem em saldar as dívidas. Eu tinha quase tantos banqueiros quanto amantes, ambos pródigos em favores, garanto. Parecia que achavam uma honra emprestar-me dinheiro, já que eu era amigo de Nero, você sabe. Mas quando Nero ficou contra mim, ou eu contra ele (é uma história comprida e complicada, pois enganamos um ao outro, só agora vejo isto), caí em desgraça e fui subornado como se não fosse governador na Lusitânia. Senti então os primeiros sinais de desconfiança, e para saldar minhas dívidas com estes respeitáveis senhores, dando apenas o suficiente para acalmá-los, procurei o agiota menos respeitável, que cobrava taxas quase extorsivas. Eles esperavam que eu pagasse as dívidas explorando os pobres provincianos, aqueles meus lusitânios já tão sofridos, mas eu não podia fazer isso. Não podia. Você entende? Posso lhe contar uma coisa estranha que aprendi? Nem sempre os homens que se comportam corretamente em determinadas fases da vida têm muito apreço por si mesmos nem se acham honestos!

Ele parou de andar pelo aposento, reclinou-se num divã e ficou olhando para o teto onde um afresco mostrava um Apolo exageradamente musculoso enroscando-se a uma Dafne ruiva, como se ela já estivesse transformando-se no loureiro da mitologia. A exuberância vulgar da pintura me faz pensar agora que a obra devia ser coríntia. Os artistas desta cidade tinham uma queda pelo exagero e um gosto duvidoso, mas confesso que gostava daquela pintura.

O imperador continuou falando, assim eu ficava lá e não o deixava sozinho.

— Então, minhas dívidas aumentaram, mais vastas que impérios e muito mais rapidamente, cresceram como legumes monstruosos, ervilhas ou abóboras graúdas. Quando acompanhei Galba a Roma, a pedido dele, depois de declarar meu apoio, fui cercado por nuvens de mosquitos e não foi difícil perceber: eram os credores! O que eu podia fazer? Eles ameaçaram pegar tudo o que eu tinha, levar-me à falência, deixar-me desgraçado e afastado da vida pública (da qual eu estava exausto, garanto a você). Aguentaria ser afastado e cair em desgraça, mas meu orgulho não me deixaria mostrar ao mundo a condição miserável em que fiquei por causa de minhas extravagâncias! Você ainda está me ouvindo? É bom que me ouça. O que estou dizendo? Por um ledo instante esqueci que sou o imperador... Você não pode ir embora daqui, nem dormir enquanto falo, como faria se eu fosse um cidadão comum. Mesmo assim, é um bom rapaz por ouvir-me. Venha sentar-se ao meu lado.

Ele mexeu nos meus cabelos, apertou minha bochecha e suspirou.

— Popeia foi a única pessoa que eu realmente amei. Só que, quando eu estava com ela, também era capaz de gostar de mim mesmo. Isto acabou: Otão hoje é um ser desprezível, um coitado! Calma, rapaz, não tenho nenhuma intenção em relação a você... Tive com Galba. Ele deu a entender que faria de mim seu herdeiro e parceiro no Império. Isto ocorreu uma noite, a caminho de Roma. O general estava meio alto, havia noites em que era carregado bêbado para a cama. De minha parte, nunca tive prazer em beber demais, pois a bebida acaba com todos os outros prazeres e faculdades. Galba, aquele modelo da antiga virtude republicana, me fez uma proposta. Bem, Júlio César pode ter aceitado ir para a cama com o rei da Bitínia, mas Galba gostava, você sabe, de homens maduros como aquele brutamontes do Ícelo que partilhava o leito dele e fazia sabe-se lá o que com o velho... Este tipo de coisa nunca me apeteceu! Posso entender o motivo que leva um rapaz a fazer isto e entender um homem que corre atrás de rapazes, embora eu mesmo nunca tenha gostado quando jovem. Mas ter prazer sexual com um brutamontes cabeludo, não. Enoja-me. Galba, mesmo bêbado, entendeu minha repulsa: chamou Ícelo, dispensou-me e, com esta recusa, minhas possibilidades de ser adotado foram pela janela, onde, como você pode imaginar, estavam meus credores clamando atentos. E assim foi. Eu tinha várias opções: sofrer desonra e pobreza, suicidar-me ou tentar o Império. Quando alguns soldados da guarda pretoriana se acercaram e disseram que detestavam Galba por sua mesquinhez, o que eu podia dizer? Uma coisa é derrubar um imperador, outra é derrubar o Império. Então, concordei. Devia ter feito isto? Qual era a outra saída?

Naquele tempo, se eu soubesse o que hoje sei sobre homens e negócios, teria percebido que o futuro de Otão como imperador seria curto. Sua autocomiseração comprometia qualquer determinação e habilidade que tivesse. Até o fato de ter conquistado o Império não tinha maior significado moral do que um bom lance de um jogador. Mas como eu era jovem, inexperiente e bom, aproximei-me dele e fiquei lisonjeado por ter desabafado comigo. Não levei em conta que um homem que perdia a discrição exigida pela dignidade, confessando coisas a alguém que era pouco mais que um menino, um simples jovem (por mais notáveis que fossem minha origem, educação e inteligência), era pouco provável que se contivesse com outra companhia. Em resumo, eu devia ter percebido que Otão, ao expor seus erros e arrependimentos, mesmo para conhecidos eventuais (na realidade, eu não era mais do que isso), estava certamente desapontando aqueles que o apoiavam e demostrando incapacidade de transmitir a serenidade e a firmeza necessárias para os soldados aceitarem morrer por uma causa.

Tácito, permita que eu peça para você considerar, por alto, o significado das inúmeras deserções que ocorreram naquele ano turbulento. Não seria porque as legiões tinham o único interesse de ficar do lado vencedor naquelas guerras? Poucos soldados gostavam ou respeitavam seus generais; poucos eram apegados a eles como foram as tropas de Júlio César e de Marco Antônio. Então, Otão iniciaria sua campanha chefiando um exército com legiões que tinham, poucas semanas antes, saudado Galba como imperador e vindo da Espanha para colocá-lo no trono. E agora estavam prontos para lutar por Otão, culpado da morte de Galba. Com que disposição lutariam? Que lealdade se poderia esperar de homens assim?

XXIII

DOMICIANO ESTAVA FURIOSO. NÃO SERÁ SURPRESA PARA VOCÊ, TÁCITO, mas, como sempre, a raiva dele era por ressentimento e autocomiseração. Recebera uma carta de Vespasiano, que escrevera para Otão pedindo para o filho não ser incluído na equipe imperial, mas autorizando-o a permanecer em Roma *continuando seus estudos*. Otão consentiu, *graciosamente*. De qualquer jeito, ele não tinha gostado de Domiciano, cuja agitação e mania de ofender-se tinham, como me disse, *se tornado intoleráveis*.

— Não é justo — era o refrão de Domiciano. — Não estudo nada que mereça ter esse nome e, mesmo se estudasse, meu pai nunca se importara! Agora, você vai para a guerra, na equipe de Otão. Não é justo.

Tentei dizer alguma coisa conciliatória, pois, na verdade, sentia-me um pouco solidário com a indignação dele:

— Você se esquece que eu não tenho um pai para pedir uma coisa dessas. É verdade que tenho um protetor, o irmão da minha mãe, que ainda exerce alguma autoridade sobre mim, mas jamais se incomodou em saber se estou vivo ou morto. Não vai querer saber agora. Mas tenho certeza de que você está enganado em relação ao seu pai. É natural que ele se preocupe com a sua segurança, como disse quando nos encontramos, referindo-se a você com muito carinho — menti.

— Não é justo — repetiu Domiciano. — Sei quem é o culpado: Tito. Convenceu o meu pai a fazer isto porque tem medo de que eu ganhe fama na batalha e ele fique na sombra.

— Isto é ridículo — ponderou Domícia. — Como se você fosse capaz disto! Todo mundo sabe o que é um herói. E os soldados de Tito o adoram, não é verdade? — perguntou e virou-se para mim querendo a confirmação do que ela não podia saber mas acreditava, pois também *adorava* seu atraente irmão mais velho e jamais diria que Domiciano pudesse ser comparado a ele.

— Ele é mesmo muito popular — concordei. — Tenho certeza de que você também será, Domiciano, quando chegar a hora. De qualquer jeito, claro que interessa a seu pai que você fique na cidade como representante dele, seja qual for a justificativa que dera para Otão.

— Ah, belas palavras, realmente! — zombou Domiciano. — Você acha que eu sou idiota? Acha que não sei que o meu tio Flávio Sabino também ficará em Roma e que receberá as informações confidenciais do meu pai?

Ele continuou assim até que finalmente Domícia sugeriu que ele *crescesse*, o que foi um ótimo conselho, embora impraticável e que o deixou ainda mais abatido.

Na hora senti a mesma irritação que ela sentiu, mas depois perguntei-me se o tratamento que Vespasiano dispensava a Domiciano não estava, na verdade, seguindo orientação de Tito para cortar qualquer chance de o irmãozinho aparecer. Se fosse mesmo isso, então a raiva de Domiciano se justificava. É lastimável que Roma e a minha própria carreira tenham sofrido pelo rancor ter se tornado o traço dominante na personalidade dele.

No início de março surgiu o boato de que o primeiro exército das legiões germânicas tinha cruzado os desfiladeiros alpinos, comandados por Cecina. As ordens para a legião do Danúbio (baseada em Petevio, na Estíria) de interceptá-los tinham sido desobedecidas ou ignoradas. Então Otão ficou numa situação parecida com a de Pompeu no início da campanha que levou à ditadura de César. Houve quem aconselhasse Otão a agir como Pompeu: abandonar a Itália para o invasor e levar suas legiões para o Leste, onde poderiam juntar-se às tropas comandadas por Vespasiano e Muciano e assim voltar fortalecido, em triunfo.

Otão refletiu sobre este conselho e procurou outras opiniões esperando (creio) que a maioria dos seus conselheiros concordasse com esta ideia. Não que ele fosse covarde, embora tivesse maneiras efeminadas e pouco soldadescas, mas ele não confiava na sua competência como general, detestava a possibilidade de uma guerra civil e seu sono era cheio de pesadelos com o fantasma de Galba. Por temperamento, Otão tendia a concordar com qualquer opinião que adiasse uma tomada de decisão; nas conversas particulares que mantínhamos, ele sempre lamentava a desdita de ser sobrecarregado com o peso do Império e voltava aos seus temas favoritos: as circunstâncias o obrigaram a assumir o Império e não tinha agido por vontade própria. Minha educação estoica tinha me ensinado a condenar tudo o que ele dizia. Mesmo assim, eu não conseguia culpá-lo. Não só por eu estar lisonjeado (como qualquer jovem estaria) pelo destaque para ser, como supunha, objeto das confidências do imperador. Mas também por eu reagir à vulnerabilidade e ao charme de Otão. Mais do que isto:

como eu já disse, minha mãe sempre teve um carinho por ele, o que me deixava naturalmente a seu favor.

Mas eu não mudava de opinião por causa dos seus medos e esperanças fúteis. Quando me implorou, com palavras e também com olhares, para dizer que recuar da Itália seria sensato e certo, eu não podia (ou não iria) concordar. Pelo contrário, mostrei que esta atitude tinha sido mortal para Pompeu e que seria errado (posso até ter dito *desumano*) abandonar Roma aos duvidosos caprichos das tropas de Vitélio. Ainda mais porque a guarda pretoriana (que tinha a obrigação de defender a cidade e o imperador) havia se bandeado para o lado de Vitélio e era odiada pelas legiões germânicas. Eu ainda complementei:

— Acredite, senhor, conheço Vespasiano e Tito — este eu conheço bem, como o senhor sabe — e já estive com Muciano. Se o senhor abandonar a Itália e tentar unir seu exército com o deles, acabará percebendo que entregou seu Império. Na melhor das hipóteses, o senhor será o terceiro ou quarto homem do Império. A única forma de manter o seu cargo e usar pelo menos a amizade que Vespasiano tem pelo senhor, além da boa vontade que os três demonstraram, é encontrá-los como general vitorioso que mandou as legiões germânicas voltarem para o outro lado dos Alpes.

— Tão jovem e já tão implacável! — ele disse. — Gostaria de ficar bêbado e não consigo, por mais vinho que eu beba! Se eu pudesse me embebedar, dormiria, e se dormisse, minha segurança poderia voltar!

Dava pena ver a fraqueza e a indecisão de Otão.

Ele deveria ser louvado por conseguir vencer seus medos, ou dar às suas tropas esta impressão, e criar a coragem necessária para mandar suas tropas avançarem e perseguirem o inimigo. Quando vestiu a armadura, ele deu um suspiro e chorou um pouco, depois de dispensar o escravo que o ajudou a se vestir de guerreiro. Otão mandou que eu ficasse ao lado dele durante a campanha que estava por se iniciar.

— Tenho a impressão de que me dará sorte — disse para mim.

— Li em algum lugar que Júlio César costumava dizer que a Fortuna é a única deusa com que um comandante deveria se preocupar — lembrei a ele.

Tendo tomado a decisão, Otão entrou na campanha com grande urgência, talvez para não mudar de ideia e deixar que os seus nervos titubeassem mais uma vez. A rapidez com que ele avançava deixou muitos homens impressionados. As armas ainda não tinham sido devolvidas ao Templo de

Marte após a procissão anual, e isto, segundo garantiu-me um centurião, era considerado:

— Um mau sinal, senhor, para quem leva estas tradições a sério. Eu não levo, claro, acho isso uma baboseira, mas sei que muitos homens não gostam, senhor.

Os soldados também não gostaram que a ordem de avançar tivesse sido dada no dia em que os adoradores de Cibele, a Grande Mãe, iniciavam seus prantos e lamentações anuais pela morte do amante dela, Átis. E o sacerdote que viu os presságios após um sacrifício ao deus do submundo achou que as vísceras da vítima estavam em ótimas condições, exatamente como não deveriam estar naquele momento, pelo menos segundo os supersticiosos. O pior, na minha opinião, era que a marcha rumo ao Norte foi atrasada pelas inundações nos arredores do vigésimo marco da cidade, por isso encontramos a estrada bloqueada pelos destroços das casas que tinham ruído com a inundação. Todos estes imprevistos davam nos nervos.

Apesar de tudo, eu estava muito animado, embora não demonstrasse. A vida inteira eu tinha desejado uma oportunidade de competir com as conquistas de meus antepassados Cláudios e agora essa chance apresentava-se em um momento em que eu estava numa invejável juventude. Eu marchava cantando e os soldados gostavam de ver um oficial (mesmo que honorário) de moral tão alta. Mas não podiam deixar de perceber o rosto contraído do imperador que montava seu cavalo em silêncio, parecendo indiferente ao que se passava ao redor. Os soldados são influenciados pela disposição do seu comandante como os alunos pela de seu mestre, por isso este foi um presságio muito mais sério do que qualquer outro que tivesse preocupado os supersticiosos.

Mas as notícias dos primeiros ataques foram boas. Um destacamento enviado ao Norte para tentar impedir o exército liderado por Valente (que descia o vale do Ródano) teve uma vitória perto da colônia do Fórum. Depois chegaram boatos de um motim no acampamento inimigo; foram prematuros, pois, na verdade, este motim só veio a explodir alguns dias depois, por motivos que eu jamais descobri. Ficamos sabendo que o avanço de Cecina e suas legiões para o Norte da Itália importunaram os moradores das cidades onde ele aquartelou suas tropas, e os cidadãos estavam muito irritados com o comportamento da esposa de Cecina, Salonina, que percorreu as cidades a cavalo engalanada na púrpura imperial. Claro que a insatisfação destas pessoas não traria muitas vantagens imediatas para a nossa causa, mas a impopularidade de um inimigo invasor é sempre bem-vinda, pois, no mínimo, pode desmoralizar as tropas que, numa guerra civil, sempre esperam ser recebidas como libertadoras.

A seguir soubemos que o ataque de Cecina a Placêntia, local que os vitelianistas consideravam de grande importância, tinha sido rechaçado após uma luta desesperada durante a qual o belo anfiteatro fora dos muros da cidade havia sido incendiado e totalmente destruído. O ardor das nossas tropas na cidade foi tanto que Cecina desistiu de tomar a cidade e suspendeu o cerco. Então, quando marchamos para concentrar nossas forças nos arredores de Cremona, soubemos que um dos melhores tenentes de Otão, Márcio Macer, tinha conquistado uma vitória no Norte da cidade.

Portanto, parecia que o sucesso aguardava os nossos exércitos em toda parte e comecei a desejar que os vitelianistas percebessem logo que estavam sem saída e se rendessem, ou recuassem para além dos Alpes. Com isto eu teria oportunidade de abrilhantar o nome da minha família na batalha.

Foi nesta altura que a Fortuna fez a primeira careta para o nosso lado. Após desbaratar os adversários, Márcio Macer prudentemente conferiu sua conquista, com medo de que o inimigo recebesse reforços que os espiões avisaram que estavam chegando. Uso a palavra *prudentemente* porque, pelas leis da guerra, ele teve uma ação realmente sensata. Mesmo assim de consequências funestas, pois alguns membros do nosso exército logo consideraram este ato de prudência como prova de covardia. Outros achavam que Márcio Macer não estava totalmente engajado na causa e que chegara a ser um traidor, pois não quis destruir o exército principal do inimigo. Isto era ridículo, mas o bom senso é a primeira vítima de qualquer guerra.

Os soldados ficaram perturbados: não sabiam em quem confiar e estavam sem saber se os generais que brincavam com suas vidas pensavam em vencer ou se alguns já estavam se preparando para fugir do inimigo. Esta foi a pior consequência dos boatos que os rivais de Márcio Macer fizeram circular sobre o comportamento dele. Comentaram-se coisas escabrosas sobre os demais generais, Ânio Galo, Suetônio Paulino e Mário Celso. Os primeiros a usar os termos mais chulos foram os oficiais da guarda pretoriana, responsáveis (a maioria) pelo assassinato de Galba, mas isto pode ter sido causado pela arrogância e loucura do velho. Eles achavam que eram os únicos responsáveis pela vitória de Otão e, na confusão em que se encontravam, acusavam-se uns aos outros de traição.

Com isto, solapavam a causa cujo sucesso era a única esperança que tinham de segurança e prosperidade no futuro.

Claro que Otão também foi atingido pelo clima de desconfiança que o rodeava. Sem motivo aparente, ele ficou desacreditado por alguns dos seus comandantes mais eficientes. Não posso culpá-lo por isso; os boatos de traição tinham feito com que ele estivesse sempre alarmado. Ficava sentado horas em sua tenda, tomando o vinho que acabou intoxicando-o, mas que entorpecia sua capacidade crítica. Mais uma vez fui obrigado a ouvi-lo amaldiçoar sua sina infeliz:

— Meu caro rapaz, se você algum dia sonhou em assumir o poder, acorde — ele disse, dando longos suspiros e quase chorando. — O que me cinge a testa é uma coroa de espinhos, não de louros!

Mas, quando estava em público, ele se esforçava e às vezes conseguia parecer animado.

A desavença e os boatos foram mais prejudiciais à sua causa do que ao seu estado de espírito. Esta não é a melhor maneira de colocar o fato, que foi na verdade causado pela desconfiança e desânimo que turvavam o juízo de Otão. Como havia tantos soldados falando mal dos seus generais, o imperador não podia saber em quem confiar, então resolveu entregar a administração dos acontecimentos e, portanto, todo o desenrolar da campanha para o seu irmão, Ticiano, que não tinha experiência de vitória nem transmitia confiança aos seus soldados. De todos os erros de Otão, este foi o mais grave. Os soldados que confiam em seus comandantes lutam com bravura até à morte, mesmo quando a causa está perdida. Mas aqueles que não confiam nem respeitam seus chefes perdem a batalha no íntimo, mesmo quando as forças ainda estão a favor deles.

Tácito, a verdade é que o moral é o fator determinante na guerra; talvez você tenha ouvido seu sogro, Agrícola, dizer isto algum dia.

Mesmo assim, a situação no campo de batalha ainda parecia bem. Cecina fez uma ousada tentativa de recuperar o crédito que tinha perdido com suas tropas e com seu candidato ao Império, Vitélio. Isto porque devia estar desapontado por não ter conseguido tomar Placêntia e por ter agido mal em ataques menos importantes, ou talvez porque Valente estivesse trazendo seu exército. Cecina temia que ele saísse vencedor na campanha.

Cecina colocou alguns dos seus veteranos (auxiliares, como depois ficamos sabendo) escondidos nos bosques em volta da estrada, a quinze quilômetros de

Cremona, num lugar chamado Castor. Enviou então uma tropa de cavalaria com ordens para provocar uma batalha e recuar para atrair nossos homens na armadilha que havia preparado. Foi um bom plano, mas perigoso, já que era uma guerra civil e havia espiões e desertores por todo canto. Sem dúvida, se estivesse lutando contra um inimigo estrangeiro, seu plano teria dado resultado. Mas numa guerra civil há sempre muitos homens cujo comprometimento oscila, pois têm amigos e parentes no exército contrário e costuma haver uma comunicação entre os exércitos, o que não ocorre numa guerra entre estrangeiros. Assim, o seu plano foi traído ou descoberto por nós.

Felizmente Ticiano estava alguns quilômetros atrás; Paulino e Celso não acharam necessário e não tiveram vontade de consultá-lo. Eu estava na linha de frente, para onde fui enviado com uma mensagem do imperador. Estava, portanto, em posição de observar a disposição das tropas e de admirar sua tenacidade.

Paulino comandava a infantaria; e Celso, a cavalaria. Os veteranos da Décima Terceira Legião eram homens que tinham lutado com Córbulo na Armênia, antes do maior de todos os generais ser destituído, desgraçado e destruído por Nero, que invejava o sucesso e a probidade de qualquer homem. Esta Décima Terceira Legião foi deslocada para o lado esquerdo da estrada.

A parte alta no meio dos pântanos foi tomada por três grupos de pretorianos, formados em colunas compactas, enquanto à direita ficava a primeira legião e algumas centenas de cavaleiros. Várias tropas de cavalaria seguiram na frente e outras ficaram na retaguarda. Com permissão do general, mandei meu cavalo para o acampamento e fiquei ao lado de Paulino.

Paulino era um general à moda antiga. Sua primeira preocupação era a de mandar tropas de defesa para garantir que não seria derrotado antes de sair em busca da vitória. Assim a primeira parte da batalha foi travada a pouca distância de nós e conheço seu desenrolar apenas por ouvir dizer.

A cavalaria viteliana iniciou a batalha e recuou. Mas Celso, ciente da emboscada, reprimiu o avanço, o que causou certa apreensão, principalmente quando um bando de cavaleiros ilirianos voltou a galope para as nossas fileiras gritando que estava tudo perdido. Isto teria causado pânico se Paulino não agisse rapidamente e ordenasse que os seus homens se mantivessem a postos. Pasmos, os ilirianos mudaram de direção e ficaram galopando de um lado para outro na nossa linha de frente, sem ver uma saída nem ousar forçar a barreira que montamos impedindo-os de fugir.

Enquanto isto os vitelianistas, pensando que a batalha estivesse a favor deles, saíram do seu esconderijo para combater Celso. Ele, aos poucos, recuou, fazendo uma retirada ordeira, que é a manobra mais difícil na guerra, principalmente para a cavalaria. Mas ele se movimentou muito lentamente e então foi cercado. Neste momento, Paulino nos deu ordem para avançar. Segui na frente de parte dos pretorianos, cujo oficial havia sido ferido por um dardo perdido.

Depois desta primeira batalha estive em tantas outras que aprendi a não confiar em nenhum relato de conflitos. Não existe uma narração de batalha, mas uma fantasmagoria de impressões díspares: a expressão de surpresa no rosto de um morto, o luzir da ferradura de um cavalo que saltou na sua frente, os berros dos homens lutando com espadas — sons estranhamente parecidos com os que se faz durante o ato do amor — o medo súbito que transmuta o rosto de um soldado querendo arrancar sua arma do corpo de outro que, caído, segura a lança com força e deixa o matador indefeso por um instante.

Mas, acima de tudo, são os cheiros da batalha que permanecem dias nas narinas: o fedor do medo, do suor, do sangue e do excremento, pois o medo pode fazer um homem defecar e o dejeto escorrer pelas pernas vacilantes até dos vitoriosos. Pensar numa batalha é lindo, mas ao vivo ela não tem nada de bonito.

Quando a infantaria se juntou, nós atacamos, golpeamos e avançamos. O combate corpo a corpo fortalece o soldado e aumenta o medo, já que não há saída, a menos que as fileiras de trás entrem em pânico e fujam. Aí você fica com a retaguarda descoberta.

Naquela manhã, a luta corpo a corpo durou pouco tempo, mas, mesmo assim, parecia nunca mais acabar. Eu não tinha ideia se estávamos vencendo. Primeiro parecia que estávamos sendo empurrados, pois tropecei duas, três vezes no corpo de companheiros caídos. Senti então um peso nas nossas costas, muitos homens pressionando e, de repente, o soldado com quem eu tinha terçado armas, batendo um na armadura do outro, olhou para trás. Abriu a boca num grito mudo, deu dois passos para trás e, antes que eu pudesse atacá-lo, saiu correndo. Vi que toda a fileira inimiga estava em fuga.

Nós os perseguimos aos berros por uns dois quilômetros até que soou a trombeta e um veterano, de cabelos grisalhos, segurou o meu ombro. Tentei soltar-me e ele disse:

— Agora basta, jovem senhor! Este é o toque de reunir; corra, mas não fique sozinho, pois será a sua morte.

Mais tarde, Paulino foi duramente criticado por sustar o ataque tão de repente. Os homens disseram que, se ele não tivesse feito isto, a nossa vitória teria sido completa: Cecina e todo o seu exército teriam sido massacrados. As críticas podiam ser pertinentes. Sem dúvida um pânico generalizado havia se espalhado pelas fileiras, eu mesmo ouvi muita gente gritando *cada um por si*! Mas Paulino justificou sua cautela dizendo que não acreditou que todo o exército inimigo estivesse ali presente e que os comandantes deles pudessem mandar reforços que, atacando nossos homens, depois que tivessem recebido ordem de sustar o avanço, podiam reverter a decisão do dia. Em resumo, Paulino viu que bastava ter causado tantas perdas ao inimigo e que seria insano jogar fora a vantagem que tínhamos conquistado. Claro que foi muito sensato o que ele disse e as coisas poderiam ter sido mesmo como temia, mas aquela atitude desmotivou o exército. Os soldados achavam que tiveram a oportunidade de decidir a campanha numa tarde e perderam esta chance, o inimigo sofreu apenas escoriações e logo estaria a postos. Então, ao invés de comemorar uma nobre vitória, os homens falaram do que tinha sido desperdiçado. Estavam de moral tão baixo que se poderia supor até que tínhamos perdido a batalha.

E não era só isto. Embora Paulino tivesse sido o mentor da vitória, mostrado habilidade para conduzir suas tropas e controle sobre seus deslocamentos, ficou desacreditado por sustar o ataque. Os soldados que achavam que ele não estava muito engajado com Otão, confirmaram suas suspeitas. Alguns chegaram a dizer que o pedido de suspender o ataque foi uma traição.

Durante alguns dias a guerra ficou suspensa, dando tempo para o inimigo consertar o estrago. Mais ainda, permitira a união do exército de Cecina com o de Valente, embora os nossos espiões garantissem que os dois generais eram agora grandes inimigos, um temendo que o outro chegasse a chefe do exército e até do Império quando Vitélio vencesse. (Ninguém mais respeitava o chamado imperador, que era considerado apenas uma figura decorativa.) Mas a união do inimigo obrigou Otão a nomear um conselho para discutir a estratégia.

Durante este conselho, Otão ficou segurando algumas anotações só para manter as mãos ocupadas e talvez para impedir que alguém visse que elas tremiam, não por medo, mas por algum problema nervoso. Notei que isto ocorria sempre que ele estava exaltado. Disse o imperador:

— A questão é saber se lutamos ou se iniciamos uma campanha defensiva e assim prolongamos a guerra esperando cansar o inimigo.

Convidou, então, Paulino a opinar em primeiro lugar, na qualidade de comandante mais antigo (em serviço, é claro) e de vencedor da batalha mais recente.

Paulino falou com uma formalidade anacrônica. Tinha granjeado respeito com seu comportamento na recente batalha, mas achei inadequado ter suspendido a luta por cuidado. Por isso não gostei de ver que sua fala causou certo agrado em alguns presentes, mais exatamente em dois efebos que costumavam servir a Ticiano e eram considerados seus amantes, embora estivessem no conselho como secretários. Os dois riam, cutucavam-se, debochavam e faziam caretas, achando que imitavam o jeito sério de Paulino. Enquanto ele discursava, dei a volta na sala, fiquei atrás das duas belezinhas e dei um soco nas costelas de cada uma. Eles deram um berro e ficaram esfregando o lugar do soco. Calaram a boca.

Paulino estava dizendo:

— Vitélio já arregimentou todo o seu exército e não receberá mais reforços. Também não tem qualquer força na retaguarda, pois, segundo soube, a Gália está inquieta e ele não pode retirar mais tropas da fronteira do Reno, a menos que os germânicos abram caminho. E só pode obter reforços da Britânia se estiver disposto a abandonar aquela rica província e seguir para o barbarismo das vastidões ao Norte. Poucas tropas ainda permanecem na Espanha. A Gália Narbonense foi reduzida graças à ação da nossa frota. A Itália, o Norte de Pádua, está limitada pelos Alpes e não pode ser abastecida por mar, que ainda dominamos e, por fim, o exército dele já saqueou as cidades, aldeias e fazendas até o último grão. Não pode conseguir mais trigo e, sem alimento, um exército se desintegra. Os auxiliares germânicos, que estão entre os seus melhores lutadores, sofrerão com o calor se esticarmos a guerra até o verão, pois os soldados não estão acostumados com este clima.

Ele fez uma pausa e pigarreou. (Foi neste momento que calei a boca dos efebos de Ticiano.)

— Muitas campanhas que começaram bem, colhendo os frutos da impetuosidade inicial, fracassaram, viraram nada ao serem adiadas. Não foi assim que o grande Fábio Máximo arrasou Aníbal, o maior inimigo que Roma já enfrentou? Mas a nossa situação é muito diferente! Nós temos a Panônia, a Mésia, a

Dalmácia e o Oriente, com exércitos novos e prontos para entrar em ação. Nós temos a Itália e Roma, sede do Império e do governo. Temos à nossa disposição toda a riqueza do Estado e de inúmeros cidadãos. Controlamos a rota do trigo vindo do Egito e dispomos de vastas reservas de dinheiro. Numa guerra civil, o dinheiro pode ser uma arma mais forte e poderosa do que a espada! Antônio e o jovem Otávio, mais tarde glorificado como Divino Augusto, não provaram isto quanto lutaram contra os Libertadores, Bruto e Cássio? Nossos soldados estão acostumados com o clima da Itália e o calor do verão, temos o Rio Pó e cidades fortemente armadas e fortificadas; qualquer uma delas suportaria um cerco, como demonstrou a defesa de Placêntia. Portanto, para nós, a melhor estratégia é o adiamento. Vamos retardar a guerra ou, pelo menos, se for para lutar, vamos obrigar o inimigo a vir ao nosso encontro. Então estaremos em posição de luta, enquanto eles terão de enfrentar o perigo do campo aberto. Em poucos dias, no máximo em semanas, a Décima Quarta Legião, famosa nas batalhas, chegará da Mésia e ficaremos mais fortes ainda.

Dirigindo-se a Otão, Paulino disse:

— Se o senhor está ansioso por lutar, lutaremos com mais força e mais garantia de vitória!

Otão se assustou, como se até então estivesse longe dali, com seus pensamentos vagando num mundo onírico.

— Esta é a minha palavra final: o general sábio adia a batalha até as chances estarem totalmente a seu favor! E a cada dia a balança demonstra pesar mais para as vantagens de Otão.

Otão agradeceu o conselho de Paulino e suas palavras tão sinceras. Depois, ficou roendo as unhas enquanto aguardava quem falaria a seguir. Mário Celso se levantou.

— No passado tive algumas discussões com Paulino e ainda considero que ele errou ao sustar o ataque na última batalha. Mas o que está feito, está! Não se pode mudar o dia de ontem. Agora, Paulino fala com sensatez, pois *quem espera sempre alcança*, diz o provérbio! Só precisamos manter a firmeza das nossas posições e assim Vitélio será para nós como uma fruta madura caindo da árvore. Por que arriscar a derrota quando a vitória é nossa se não cometermos nenhuma imprudência?

Um jovem embaixador louro, que tinha feito um sinal de aprovação quando obriguei os dois efebos a se calarem, levantou-se. Lembrei-me que o havia visto anos antes com Lucano, na terma. Usava a túnica militar curta e passou as mãos nela como se quisesse enxugar o suor. Então pude notar suas coxas torneadas e sem pelos. Poucos homens têm tanta vaidade a ponto de rapar as pernas durante uma campanha. Ele se dirigiu a Otão com uma voz efeminada e um tanto arrogante. Disse:

— Permita que eu me apresente, já que poucos aqui me conhecem e estes poucos podem estar surpresos por me verem neste conselho. Meu nome é Césio Basso e integro a equipe de Ânio Galo. Como sabem, meu general sofreu uma grave queda do cavalo há poucos dias e está acamado. Por isso mandou-me aqui, para ler um texto que escreveu dando sua opinião sobre o que poderia ser feito. Não vejo por que não dizer logo que ele concorda plenamente com Paulino. Mesmo assim, já que os seus motivos para defender esta tese não são os mesmos, peço sua permissão, senhor, para prosseguir.

Enquanto lia o documento do seu general, um verso flutuou um instante em meu pensamento. Eu sabia que Domícia tinha citado o verso e dito que o autor era Césio Basso, o que na época não significava nada para mim. Naquele instante, as três coisas se juntaram. Os lábios de Domícia recitando o verso enquanto juntávamos nossas coisas e olhávamos o jardim ao sairmos da *villa*; o verso (*O outono severo cai sobre nós, com um vento crepitante vindo d'Oeste*) e a imagem do poeta estirado num banco na terma, enquanto Lucano aumentava a voz à medida que o seu amigo o ignorava, numa discussão feia, não sei sobre o quê. Pensei: *Que estranho encontrar este rapaz, tão intocado pela guerra e até pelo tempo, pois é bem mais velho do que eu, mas parece da minha idade.*

Basso terminou de ler, fez uma leve reverência para o imperador e se retirou, como se não se importasse com o efeito das suas palavras, que eu, aliás, desconfiava terem sido escritas por ele mesmo, já que não se conhecia qualquer pendor de Ânio Galo para escrever discursos ou cartas.

Tive a impressão de que defender o adiamento da guerra era irrefutável e combinava com a tendência de Otão para adiar as coisas. Mas eu não contava com a influência do seu irmão, Ticiano, que se declarou a favor da guerra imediata. Foi apoiado pelo prefeito dos pretorianos, um tal Próculo, homem ignorante e irascível. Seu maior argumento era o de que adiar uma guerra civil incentivava a deserção e as tropas não deveriam ter tempo para refletir se era melhor ficar no exército de Vitélio. Este argumento venceu, embora fosse colocado com deselegância e sem qualquer intenção de apelar para a sensatez. Venceu porque mexeu com os temores dos soldados, e o medo é um argumento mais forte que o bom senso. Enquanto Próculo falava, vi que Otão começou a se mexer. Tinha me contado naquela manhã que sonhou estar nu num vasto deserto, coberto apenas com um lençol; soprava um vento frio e abutres voejavam. Pobre homem, não confiava na lealdade dos seus soldados, nem na de seus oficiais! Tendo ganhado o Império por um ato condenado por muitos como de traição, ele via traidores em cada canto do caminho por onde era obrigado a passar.

Seja por querer deixar a glória para si, ou por ter certo afeto pelo irmão Otão (acho difícil), Ticiano propôs que o imperador não comandasse pessoalmente o exército, ou seja, não ficasse com o comando que tinha confiado a ele, mas recuasse até Bedríaco, que ficava uns seis quilômetros atrás. Lá, disse Ticiano, o imperador estaria seguro e pronto para cuidar da administração do Império.

Otão recebeu este discurso com um rosto inexpressivo. Não creio que soubesse o que o irmão proporia, e aquelas palavras o ofenderam. Davam a impressão de que ele era uma pessoa inútil, um estorvo para os soldados, alguns dos quais teriam de morrer para mantê-lo como imperador. Otão olhou em volta como se procurasse alguém para discordar da proposta do irmão. Viu Cássio Basso, que o encarou por um instante e baixou o olhar. Os lábios de Otão tremeram e quando viu que ninguém pediria que permanecesse com o seu exército, deu de ombros, bateu palmas e pediu que servissem vinho para os membros do conselho. Ao contrário do que costumava ocorrer, o vinho ainda não tinha sido servido, talvez porque Mário Celso tivesse fama de ser destemperado.

A reunião se desfez em pequenos grupos. Senti a mão de alguém no meu ombro, virei-me e vi que era Césio Basso:

— Quer dizer que tomamos duas más decisões... — ele disse, sorrindo, como se tomar uma má decisão fosse motivo de indiferença. — Creio que você faça parte da equipe pessoal do imperador, então temo que não vá assistir a uma ação imediata. Mas soube que já se destacou na batalha e quero cumprimentá-lo por isso. Mostrar valor na guerra é tudo o que nos resta agora que a honra individual foi banida. Não se surpreenda por eu saber dos seus feitos: eles não só foram muito comentados, como eu estava prestando atenção em você. Creio que tenha sido amigo do meu amigo Lucano!

— Fico muito honrado com as suas palavras — respondi. — Eu era apenas um rapaz, Lucano e eu não éramos do mesmo nível, portanto não podíamos ser amigos.

— Não? — ele perguntou, sorrindo. — De qualquer forma, ele admirava muito você!

— E eu admirava os versos que você fez — declarei.

— Ah, sim…

— Um deles me veio à cabeça enquanto você lia o despacho do seu general. — Recitei o verso.

— Sabe que eu não consigo lembrar o resto do poema? Um poeta que se esquece dos próprios versos: garanto que você não encontra uma pessoa assim toda hora…

— Só conheço este verso. Uma moça o declamou para mim, aliás a moça por quem estou apaixonado.

— Ah, meus versos agradam a garotas adoráveis! E a alguns rapazes também, posso dizer que até rapazes adoráveis!

Colocou a mão no meu ombro outra vez e o apertou de leve.

— Sempre acho que devia ter morrido junto com Lucano. Fico envergonhado por não ter morrido, mas não creio que este dia esteja longe... Sobretudo após as decisões que foram tomadas aqui esta noite. Cuide-se e lembre-se de mim. Peça à sua amada para recitar a poesia completa. Acho que era um bom poema! Pena que eu mesmo tenha esquecido os versos...

Naquela noite, Otão passou muito tempo ditando-me cartas para o comandante da Décima Quarta Legião, para Vespasiano e Muciano. Ele confidenciou sua esperança na vitória e que esperava encontrá-los para discutir a administração do Império.

Mas, a toda hora, no meio das frases, seus olhos mudavam de direção e miravam a noite.

XXV

Não sei por que enviei para Tácito estas derradeiras páginas com a transcrição da conversa com Césio Basso. Estou arrependido. É como se tivesse jogado fora um pedaço de mim. Mas o que importa? Lá quero saber se Tácito tem boa ou má impressão de mim? Não me interessa. Aqui, estou fora do jogo. Ele escreveu mais uma vez que não há motivo para eu não voltar para Roma, agora que a lei foi restaurada e ninguém mais é condenado apenas por um capricho do imperador. Claro que ele está dizendo a verdade, mas ainda não entendeu que escolhi o exílio. Ou que este é o meu destino.

Além do mais, o que eu iria fazer em Roma? Quem conheço lá? Quem ainda se lembraria de mim? Quem teria prazer em cumprimentar-me?

Até a minha amizade com Tácito só pode ser mantida a distância, por carta. Separados por centenas de quilômetros, posso achar graça em sua censura rigorosa e puritana. Mas eu ficaria entediado e aborrecido se nos encontrássemos e ficássemos juntos. Antes não era assim, eu me deliciava com sua perspicácia e inteligência. Mas, agora, eu não conseguia aguentar a certeza que ele tem de estar sempre com a razão, desprezo a percepção que ele tem das suas qualidades. Na verdade, eu não gosto dele. Mas eu me distraí, assim, de longe.

Na carta mais recente ele disse:

— Você se esquece de que o assassinato de Galba transformou Otão numa pessoa odiosa e terrível.

Estranhos adjetivos para aquele homem infeliz!

Balto está deitado no chão, diante da lareira, dormindo. Um dos meus cães colocou a perna sobre ele, levantando a túnica e fazendo aparecer um pedaço da sua coxa. A pele é clara, embora as chamas da lareira dancem sobre ela formando desenhos vermelho-dourados. É tarde da noite. Deixei o rapaz ficar aqui, assim não sou obrigado a enfrentar a solidão. Uma coruja, o pássaro de Minerva, dá seu pio de aviso. O grito dos pássaros ecoa nos juncos à beira-mar. Do quarto ao lado, minha mulher responde com, digamos, roncos. Ela jamais teve uma noite de preocupação na vida e disse-me que jamais sonha. Realmente, anos atrás, precisei explicar para ela o que era sonhar.

O fogo mostra imagens que, em certas noites, me assustam. Balto deu um resmungo baixinho, que parece de satisfação, mas talvez tenha sido o cachorro que rosnou.

Duas noites após aquele conselho, Otão me liberou quando se considerou finalmente pronto para descansar. Já tinha dito isto várias vezes e eu estava começando a achar que ficaríamos ali até assistirmos ao amanhecer, como já havia acontecido tantas vezes. Mas naquela noite ele disse:

— Acho que preciso mesmo é dormir.

E deixou que eu saísse. Estávamos numa villa cujo dono tinha fugido, ou talvez tenha sido convencido a cedê-la ao imperador, e separei para mim um quartinho no portão de entrada.

Quando entrei, encontrei Césio Basso deitado no meu sofá, ao lado de uma garrafa de vinho.

— Mandei seu criado atiçar o fogareiro. Você não se incomoda por eu ter vindo, não é? Veja, eu trouxe vinho! — ele anunciou.

Serviu uma taça para mim.

— Estou muito cansado... — expliquei, sem muitas cortesias.

— Quem sabe? Amanhã posso estar morto! Lembrei como é a continuação daquele poema. — Declamou para mim. — É bonito, não? — ele perguntou. — Um dos melhores que eu já fiz! Não sei como acabei esquecendo-me dele!

— Sem dúvida é triste, mas bonito, como as derradeiras cores do céu vespertino — comparei. — Mas você não veio aqui só para recitar um poema para mim...

— Por que não? Afinal, eu sou poeta, com toda a vaidade dos poetas. E sempre chego à conclusão de que, por ser um poeta, a única e melhor coisa que faço é escrever poemas. Fiquei emocionado por você se lembrar daquele verso que a sua amada citou, mesmo que tenha feito isto só por causa da moça. Mas admito que o poema foi uma desculpa, eu queria ver você outra vez... Conversar, desabafar... Falar com alguém que conheceu Lucano e foi amado por ele, acabar a noite falando em Lucano, na vida, no amor e nesta guerra terrível, esta guerra civil tão incivil!

— Lucano queria me seduzir com sua conversa — contei. — Era só isto, mas ele não conseguiu.

— Não pode condená-lo, você era muito atraente! Ainda é, se permite-me dizer... Para mim, está na fase mais agradável, não é mais um menino e ainda não é um homem. Mas não vim aqui por este motivo. Ah, claro que eu aceitaria se você me convidasse a compartilhar seu leito, mas não espero e, mesmo se o fizesse e tivéssemos prazer, que diferença faria? Seria como uma janela que se abre rapidamente na parede sem graça do tédio, só isto! Para mim, hoje, até o desejo satisfeito parece acre, como beber vinho numa taça servida ontem.

Ele ficou quieto. Não dava para ver seu rosto, que estava na penumbra. Uma mariposa voou em volta da lamparina, queimou suas asas e caiu na mesa.

— À sombra de um grande nome... — ele disse, citando Lucano. — Creio que ele estava se referindo a César, mas o grande nome em cuja sombra todos nós vivemos é Roma, que hoje está como Troia, em chamas! Nada mais resta do que era Roma, só o nome. Éramos republicanos, você sabe. Sonhávamos que era possível restaurar a República após a morte de Nero. Mas foi apenas um sonho, bobo e inconsistente. Provamos isto e traímos a nós mesmos com o nosso medo. Ninguém da nossa geração tem a firmeza dos nossos antepassados. Você sabe que eles me torturaram, embora pouco. Apenas o suficiente para me fazer trair Lucano; ele mesmo tentou, ah, um ato tão desprezível!, colocar a culpa na sua mãe. Talvez quando fez isto, estivesse pensando em Roma, prefiro pensar assim. Pois tínhamos, e este era um ponto de ligação entre nós, uma ideia de Roma que não corresponde de forma alguma à realidade. Eu rastejei até Nero para salvar a minha vida que, desde então, parece-me sem sentido. E agora estamos diante de uma luta entre dois homens inúteis: Otão e Vitélio. Eu me pergunto: será que interessa saber qual dos dois festejará sobre o corpo morto de Roma? Não consigo encontrar uma resposta satisfatória. Um deles vencerá, o outro perderá, e quem se interessa? Logo após, seus amigos Vespasiano e Tito se envolverão em nova guerra!

O que eu podia responder? Senti a vergonhosa ideia de que a desilusão, que Césio Basso demonstrou com tal intensidade, poderia ser um ardil, que ele podia ter sido enviado para provar minha lealdade a Otão e que uma palavra imprudente poderia causar meu fim, isto é: a prisão, um julgamento sumário e a morte degradante!

Ele parecia não se importar com o meu silêncio.

— Quisemos voltar a um tempo em que os homens podiam pensar o que quisessem e dizer o que pensavam. Mas quando chegou a hora, esquecemos o que pensávamos e dissemos o que mandaram. Ninguém precisava de inimigos, pois os amigos destruíram-se uns aos outros. Nós nos achávamos os melhores, mas quando até os melhores podem se corromper, vence o pior! Sempre me envergonhei por ainda estar vivo. A Fortuna pode ver que esta batalha de amanhã responderá à minha autoacusação. — Sorriu e bebeu mais vinho. — Sabe o que eu sou? Um homem com um grande futuro para trás — ironizou.

Claro que não lembro as palavras exatas da conversa, que foi na verdade um monólogo, um canto lúgubre tendo por estribilho a corrupção, mas algumas palavras e o sentido são os mesmos, assim como o tom, digamos assim. Guardei tudo isto comigo durante anos, durante tantas vicissitudes passadas. Aquele poeta que eu mal conhecia, que tinha me escolhido quase que por acaso e que no dia seguinte encontrou a morte que procurava, usava uma ironia tão distante da sua personalidade, como se quisesse mostrar a crueldade de tudo o que eu sentiria em relação aos horrores da época em que fomos condenados a viver e premiava a virtude com a morte.

Antes de ir embora ele disse:

— Você já deve ter ouvido que os nossos dois imperadores, Otão e Vitélio, se acusam de grandes devassidões. Os dois estão dizendo a verdade. É de estranhar que tropecem na verdade?

Não há sentimento mais fraco do que desprezar a si mesmo, mas, nos tempos em que vivemos, quem almejando a virtude pode escapar dele?

Balto se mexe em meio à confusão em frente à lareira. O cachorro reclama e, mudando de posição, fica com o focinho de frente para o rapaz.

Quando está acordado, o rosto de Balto costuma ter um ar preocupado. Aperta os olhos que, tensos, formam muitos vincos em volta. A boca, entreaberta como se ele quisesse falar, mas não ousasse, ou como se estivesse querendo beijos que prefere recusar. Mas, adormecido, o rapaz parece satisfeito, exatamente como o cão distraído.

Nesta noite, Balto comentara comigo sobre seu deus, no qual tem total confiança. Parece que a pobre criança acredita que o seu deus cuida com especial carinho dele e de todos os que chama de verdadeiros crentes. Gostaria que eu me tornasse um deles, mas é absurdo! Qualquer pessoa que tenha refletido sobre estes assuntos e tenha alguma experiência de vida sabe que todos os deuses são totalmente indiferentes à sina dos homens. Se eles têm alguma preocupação, não é pela nossa segurança, mas pelo nosso castigo. O cristianismo que ele professa é uma religião de escravos: compreendo que seja, pois os cativos não ousam olhar a realidade de frente. Mantêm os olhos baixos, daí que em seus corações desditosos tenham certa esperança de merecer os favores dos deuses numa outra vida.

Mas é estranho que esta religião absurda lhe dê uma segurança e um conforto que não posso entrever. Minha experiência mostra que a virtude é castigada e os crimes são recompensados, até que a arrogância se aposse do criminoso.

XXVI

TÁCITO, FIQUEI ATORMENTADO POR FICAR AO LADO DO IMPERADOR, mas não pude fazer nada: Otão disse que precisava de mim, que eu era o seu talismã. Disse isto num tom de desalento e demonstrando que a guerra civil era cruel. Nem ele nem Vitélio seriam perdoados por terem obrigado a Itália a passar por tais sofrimentos.

— É compreensível que os negociantes e as pessoas simples das cidades já estejam sentindo falta de Nero. Perguntam que mal ele fez comparado aos horrores que a rivalidade entre Otão e Vitélio ameaça nos causar — considerou Otão.

E acrescentou que, na verdade, Nero tinha sido cruel só com os membros da classe senatorial, pois agradou o populacho com muita diversão, criada especialmente para eles.

O imperador não quis acreditar nos presságios para o dia marcado para a batalha e quando os sacerdotes vieram dar-lhe a notícia, ele os dispensou, irritado. Mandou então vários mensageiros-corredores avisarem seu irmão Ticiano e o subcomandante Próculo para seguirem o mais rápido possível rumo à confluência do Rio Pó com o Adda. Com isto, ele esperava conter o recuo do inimigo e cercar o acampamento deles. Mais tarde eu soube que Celso e Paulino não concordaram com este plano, que colocava em risco as tropas, pois os soldados estavam sobrecarregados com equipamentos de guerra. Os dois preferiam que ficássemos onde estávamos e lutássemos num campo que escolhêssemos. Mas Ticiano, com a arrogância característica dos incompetentes, ignorou estes argumentos. Estava encantado com a beleza do seu plano e não percebeu que as batalhas são lutadas no campo e não nos mapas. E os soldados ficaram desanimados quando souberam que os seus generais estavam se desentendendo; eu soube que muitos temiam ter sido enganados.

Ao entardecer, chegaram os primeiros mensageiros com relatos de uma grande baixa, que disseram que o exército estava em debandada geral. Otão recebeu esta notícia sem demonstrar qualquer emoção e recompensou os mensageiros com ouro. Depois de dispensá-los, disse:

— Nunca acreditei na vitória e agora tudo acabará de uma forma que os soldados falarão bem de mim, honrar e não desonrar o nome de minha família. Por muito tempo, desejei ser vítima dos odiados pervertidos de Nero e poupado da provação de ser imperador apenas no nome.

E ordenou que um escravo trouxesse dois punhais, cujas lâminas ele mesmo testou. Não tentei dissuadi-lo. O que eu poderia dizer?

Um centurião pretoriano chamado Plótio Firmo se apresentou.

— Nem tudo está perdido... — ele anunciou. — Perdemos uma batalha, mas ela não era decisiva. O inimigo sofreu alguns ferimentos e a cavalaria se dispersou. Tomamos o estandarte com a águia de uma das legiões e ainda temos um exército ao sul do Rio Pó, sem falar nas legiões que permaneceram aqui com meu senhor, em Bedríaco. E as legiões do Danúbio continuam em marcha para nos ajudar. Portanto, podemos reagir, basta uma decisão!

O centurião foi logo cercado por alguns dos seus soldados, que rodearam também Otão, gritando palavras de encorajamento e jurando que estavam prontos para mais uma vitória contra o inimigo. Um jovem chegou a se jogar no chão e a segurar os joelhos de Otão, pedindo para ele liderar os soldados de volta ao campo de batalha, garantindo que recuperariam a sorte perdida.

Plótio Firmo falou outra vez, enquanto Otão tentava se desvencilhar do suplicante:

— Não deve abandonar um exército tão leal e soldados tão ansiosos por derramarem o próprio sangue por você — ele disse. — É mais honroso enfrentar o problema do que fugir dele! O homem corajoso tem esperança, por mais desditoso que seja. Só os covardes se rendem ao medo!

Otão ficou embaraçado com estas demonstrações de confiança. Ele já tinha se resignado à derrota e à morte. Na verdade, ele já se considerava morto e o chamado para voltar à luta o consternou.

Sua índole era mais apropriada para se apresentar em público do que para manter a calma na intimidade, mas ele se dirigiu aos soldados com cortesia, agradeceu as suas palavras e garantiu que estava decidido a não tomar qualquer iniciativa sem antes consultar seus generais. O discurso não agradou, pois os soldados esperavam ouvir que a guerra não estava perdida enquanto houvesse homens valorosos como eles. Embora aceitassem aquelas palavras diplomáticas, muitos soldados se afastaram, tristes. Se, após consultar seus generais, Otão resolvesse recomeçar a guerra (que, certamente, não estava perdida), perceberia que a fria recepção que ofereceu às suas tropas mais entusiastas reduziu o ardor inicial delas. É o que eu penso.

Mas esta especulação é inútil. Nada mais remoto na cabeça de Otão do que lutar. Ele já tinha se resignado a perder. Eu sabia disto desde a hora em que ele convenceu Plótio Firmo a liderar seus pretorianos de volta ao acampamento. Seu corpo, que estava tenso durante o diálogo, relaxou, e ele até sorriu. Estendeu a mão, apertou o meu queixo e a minha bochecha.

— Você me despreza, não? — perguntou.

— Não consigo entendê-lo... — respondi.

— Você é jovem e corajoso como estes pretorianos, mas eu estou cansado! Fico controlando-me para demonstrar a mesma coragem e força que você, mas eles têm adiante o perigo de mais uma batalha; fazendo isto, confiro um valor muito maior à minha vida e ao meu trabalho. Quanto mais esperança você tiver em mim, mais gloriosa será a minha morte! Estou de bem com a Fortuna, não temos mais segredos entre nós. Conheço suas manhas e ardis, posso desdenhar as falsas esperanças que ela oferece. A guerra civil começou com Vitélio, vamos então deixar que termine com o triunfo dele. Se eu aceitar a morte, Vitélio então não terá motivo para vingar-se de mim através da minha família e dos meus amigos. Mas se eu prolongar a luta e for derrotado outra vez, ele se sentirá no direito de condenar todos os que me foram caros. Entre eles, incluo você, meu caro rapaz! Morro contente ao pensar que você e tantos outros se sentiram felizes em arriscar a vida por mim! Mas a comédia já está durando muito, está na hora de sair de cena! Peço que não se demore aqui, cuide da sua segurança e lembre-se como morri, e não de como vivi. Não vou dizer mais nada: só os covardes falam muito para protelar o momento da morte! Não reclamo de ninguém: só os que querem viver precisam reclamar de deuses ou homens!

Realmente o discurso foi longo demais, sobretudo quando juntamos a equipe dele e repetimos tudo, quase palavra por palavra. Mas havia algo de impressionante na sua calma. Admirei sua decisão, apesar de desprezar seu motivo. Para mim, teria sido uma atitude mais viril conduzir as tropas para uma nova batalha, que ainda poderia ser ganha. Mesmo que fosse por um motivo inútil, eu achava que um imperador devia morrer de pé. Por que lutar para chegar ao mais alto cargo e depois abandonar tudo aos primeiros ventos frios da Fortuna?

Otão pediu que saíssemos do aposento. Disse que era do nosso interesse sair logo, pois Vitélio e os seus generais poderiam achar que ficamos lá por desagravo. Otão mandou aprontar barcos e carros, parecia mais acostumado a planejar a fuga do seu grupo do que em organizar o seu exército para a batalha. E mandou que os seus secretários destruíssem toda a sua correspondência, explicando:

— Não gostaria que Vitélio descobrisse que qualquer um de vocês o desobedeceu, escrevendo para mim.

Então nos dispensou; portanto, não presenciei a sua morte. Mas depois conversei com um dos libertos, que esteve com ele até o fim. Tácito, o relato que estou lhe enviando é tão autêntico quanto qualquer outro, embora eu não tenha sido testemunha ocular.

Otão ficou sozinho, acompanhado apenas da sua equipe particular, e deitou-se para descansar um pouco, mas foi perturbado por gritos que vinham dos arredores. Mandou então um escravo averiguar o que estava acontecendo: eis que os soldados não queriam acreditar que Otão tinha abandonado a luta e tentavam impedir que alguém saísse do acampamento. Otão repreendeu o soldado, dizendo que autorizou seus amigos a irem embora se quisessem. Apesar disto, o destacamento da guarda pretoriana permaneceu ao lado dele, e cientes do ódio das legiões germânicas, os soldados devem ter lastimado a própria sina. Este foi um grande exemplo de fidelidade e nunca entendi como Otão conseguira provocar este sentimento. Eu mesmo gostava dele, mas tinha o privilégio de ser seu confidente. E naquela hora ele estava abandonando os soldados.

Após falar com alguns homens que ainda não tinham ousado sair do acampamento, mas temiam ficar lá por mais tempo, Otão bebeu vinho misturado com um pouco de água. Depois, retirou-se para repousar. Durante a madrugada, ele se atirou sobre seu punhal, provocando um único ferimento, mas suficiente para matá-lo. O leal centurião Plótio Firmo cuidou do enterro: Otão tinha pedido (já não estava mais dando ordens) que os funerais se realizassem imediatamente; temia que Vitélio mandasse cortar sua cabeça e a exibisse. Os pretorianos cobriram de beijos o seu corpo e o seu rosto ou, pelo menos, foi o que disse o meu informante.

Tácito, você algum dia já marchou com soldados que sobram de um exército vencido? Creio que não.

É uma experiência aviltante! Até o cavalo que eu montava morreu, e fui obrigado a caminhar como um soldado raso. Ninguém cantava para acompanhar a marcha, e todas as manhãs, quando desmontávamos o acampamento, descobríamos que mais alguns homens tinham aproveitado a escuridão do deserto para fugir. Nossos contingentes não diminuíam, porque fomos recebendo pelo caminho os soldados que tinham largado os companheiros e depois concluíram que ficar com os de moral baixa ainda era melhor do que a solidão. Quando os soldados falavam, o que era raro, era sobre as mulheres e mães, e não das batalhas que tínhamos acabado de enfrentar.

Chovia no dia em que voltei a Roma. A água que entrava nos bueiros era amarelada e formava grandes poças nas ruas pavimentadas com pedras. A notícia da derrota e da morte de Otão tinha chegado antes de nós. Havia nuvens pesadas sobre a cidade, que cobriam o monte Janículo como um manto fúnebre. Ninguém sabia quando chegariam os vencedores e temia-se este momento, e apenas os partidários de Vitélio que já tinham saído das sombras falavam alto e seguros.

Perto do Panteão encontrei um cavaleiro corpulento esbravejando contra um grupo de pretorianos sujos e enlameados. Eles ficaram de cabeça baixa, ouvindo as críticas, sem coragem ou vontade de retrucar.

Como sempre ocorre em tempos difíceis, apenas as tabernas e os bordéis lucravam. A maioria das barracas de comida estava vazia, porque as pessoas estocavam alimentos, preparando-se para ficar em casa até as coisas definirem-se melhor.

Depois de descarregar sua insatisfação nos subalternos, o cavaleiro partiu, certamente muito satisfeito por ter a coragem de insultar homens alquebrados. Aproximei-me dos pretorianos e reconheci um deles como o centurião que tinha jurado fidelidade a Otão com tanta segurança e parecendo ser sincero.

Dei algum dinheiro aos soldados, mas apenas moedinhas.

— O que vão fazer com este dinheiro? — perguntei.

— Comprar bebida. O que mais podemos fazer?

— E se conseguissem ir para o Oriente?

— Nenhum capitão de navio aceitaria nos levar, a menos que tivéssemos ouro para pagar. E não temos — disse o centurião.

Lembrei então que o nome dele era Frontino. Chamei-o para um lado.

— Arranje um barco e acerte tudo com o capitão, eu consigo o ouro! Você merece fugir e eu gostaria que levasse uma carta ao acampamento de Vespasiano para entregar ao filho dele, Tito — expliquei.

Combinei de encontrá-lo no dia seguinte, numa taberna em Suburra, à mesma hora.

Será que era preciso tanto sigilo? Eu não tinha ideia.

— Por que não viaja conosco, senhor? — ele perguntou, antes de nos separarmos.

A tentação era grande. Descobri que eu estava com um medo que nunca tinha sentido antes. Mas recusei o convite. Por quê? Por que Tito iria me desprezar, tratar-me como se eu fosse um covarde se eu fosse atrás dele, como se ele fosse minha babá? Talvez. Por que eu podia ser mais útil à sua causa em Roma? De novo: talvez. Embora, na noite anterior, eu visse que minha dedicação aos Flávios tinha diminuído, da mesma forma que o meu respeito e a minha piedade por Otão tinham aumentado. Que curiosidade fazia-me ficar em Roma? Não poderia negar este motivo, embora ele me irritasse.

Fui primeiro à casa da minha mãe e contei-lhe tudo o que tinha acontecido. Mandei que ela fosse logo para o campo, para uma das *villas* do seu irmão.

— Não corro perigo... Além do mais, passei todas as guerras em Roma — ela argumentou.

Isto parecia uma bravata ou uma tolice. Desde que ela nasceu não houve guerra em Roma. Depois entendi que ela estava se divertindo e, ao mesmo tempo, cumprindo o seu papel de severa mãe republicana. Podia ser também que sentisse o meu nervosismo (o medo tem um cheiro, como a apreensão) e tivesse dito aquilo para fortalecer a minha decisão.

— Que tipo de homem é Vitélio? — perguntei.

— De nenhum tipo. Foi o favorito de três imperadores, portanto é o homem mais indigno!

— Ouvi dizer que ele matou o próprio filho, que se chamava Petroniano, ou algo assim…

— Não acredito... A outra versão da história diz que o rapaz ia envenenar o pai, mas bebeu o veneno por engano — disse minha mãe. E continuou: — Também não acredito nisto. Dizem que Vitélio era um dos efebos de Tibéria, em Capri, e só quem acredita são os que acham que o pobre velho realmente se dedicava aos prazeres depravados. Filho, a verdade é que Vitélio foi a vida inteira o tipo de homem alvo de muitos boatos, o tipo de homem que faz parte de histórias sujas e desagradáveis só porque é desprezível. Ele não tem nenhuma grande qualidade, mas isso não significa que ele seja um monstro, é apenas um homem humilde e simples. Quanto ao sexo… — minha mãe se calou, pois não era um assunto que comentasse comigo; talvez aceitasse falar naquele momento por, finalmente, considerar-me um homem adulto, mas ela continuou: — ... quanto ao sexo, na minha opinião, Vitélio é um alcoviteiro, um Pândaro que desfruta da lascívia dos outros mais do que da própria! Você deve estar surpreso por eu usar estes termos e até saber destas coisas. Mas deve saber também que quem viveu em Roma, tanto tempo quanto eu, sabe muito bem o que não deve dizer. E veja que eu estou falando em assuntos sobre os quais era melhor eu calar, mas na sua situação, você precisa conhecer quem é esse homem que hoje usa, não sei por quanto tempo, a púrpura imperial.

Depois de dizer isso, ela mandou um escravo trazer um prato de carne de porco com lentilhas e uma jarra de vinho para mim. Ficou olhando-me comer e perguntando como tinha sido a morte de Otão.

— Sempre achei que aquele rapaz tinha qualidades — ela disse.

Palavras contraditórias vieram à minha cabeça e lá ficaram. Não adiantaria dizer à minha mãe que o elegante suicídio não teve outra finalidade senão dar um espetáculo e que, na minha opinião, um homem que conseguiu ser imperador por meio de um ato que os moralistas chamariam de criminoso deveria ter tido coragem de lutar pela vitória ou morrer na luta. Comi minhas lentilhas, bebi meu vinho e me despedi dela, dizendo que tinha de ir à terma. Eu ainda estava sujo da viagem e só tinha ido em casa para ver se ela estava bem.

A terma estava agitada, faltavam alguns dias para os líderes do exército vitorioso chegarem à cidade, mas os homens estavam curiosos por notícias novas e querendo alimentar os boatos. Depois de passar pela sauna, deitei-me no banco onde Lucano me viu pela primeira vez e pensei nele, em seu amigo Césio Basso e naquele verso: "O outono severo cai sobre nós, com um vento crepitando, vindo d'Oeste", tentando lembrar o resto do poema que ele tinha declamado no meu quarto, na portaria do palácio. Mas não consegui me lembrar. Senti a sua melancolia, seu cansaço da vida, e passando as mãos nas minhas coxas, percebi por que muitos me admiravam, mas agora, homem feito, eu não desejava mais aquele tipo de admiração. Virei de costas e dormi.

Tive um sonho horrível em que Domiciano deflorava minha Domícia. Ela, a princípio, resistira, mas se rendeu aos anseios do irmão. Os braços que colocou para afastá-lo logo o envolveram. Ela apertou seus lábios nos dele e as línguas se tocaram, ansiosas; com as pernas enroscadas na cintura dele, Domícia gritou numa alegria dolorosa quando foi penetrada. Acordei num grito e fiquei lá, trêmulo.

Os sonhos podem não prever o futuro, mas mostrar o futuro que tememos.

Naquela noite, quando fui à ínsula na Rua das Romãzeiras, onde os dois irmãos moravam com a tia, tive certa desconfiança. Em cada olhar que trocavam, eu via uma cumplicidade culpada. Domícia demonstrou o mesmo carinho que me acostumei a ouvir em sua voz, mas senti hipocrisia, e embora achasse absurdo ser tão influenciado por um sonho, não fiquei à vontade na presença deles.

Domiciano estava com medo. Tácito não acredita quando escrevo que Domiciano não era covarde. (Se eu mandar o relato destes dias, ele terá de ser muito bem alterado.) Ele detesta Domiciano e por isso quer desprezá-lo também, mas, na verdade, meu amigo foi amaldiçoado com uma imaginação muito fértil que o faz prever os perigos, sempre mais ameaçadores na fantasia do que na realidade. Naquele momento, ele tinha certeza de que, assim que Vitélio chegasse à cidade, ou antes até, seus partidários procurariam o filho de Vespasiano para matá-lo. Ele tinha passado seus temores para Domícia e talvez fosse este o novo laço que os unia e que tanto mal-estar me causava.

Na manhã seguinte, a cidade estava numa agitação quase palpável. Embora ninguém soubesse quando Vitélio chegaria, muitos juravam que os partidários de Otão já tinham começado a ser castigados. Por isso os senadores e cavaleiros que tinham jurado obediência a Otão fugiram da cidade ou estavam preparando-se para fugir. Entre os que foram embora, alguns foram dados como mortos. Outros, agora, queriam disfarçar seu apoio para o finado imperador, fosse fingindo que não tinham apoiado espontaneamente ou escamoteando-se em elogios ao sucessor. Várias pessoas me garantiram que Vitélio era um herdeiro digno, não de Nero (para cujos vícios ele tinha servido de Pândaro, como disse minha mãe), mas do Divino Augusto. Em resumo, havia muitos sinais de que, assustados e temerosos, certos cidadãos mais bem-nascidos de Roma tinham perdido a noção das coisas.

Quanto a mim, escrevi um relato detalhado sobre tudo o que tinha ocorrido e fui ao encontro do centurião pretoriano Frontino, conforme o combinado. Entreguei a carta e um saquinho de ouro, emprestado a muito custo pelo banqueiro de minha mãe, um primo por afinidade, e mandei o centurião se apressar em embarcar no navio cujo capitão ele havia subornado. Pensei: sem dúvida, tive sorte em encontrar aquele homem, pois não confiaria minha carta a qualquer um. Ele tinha um jeito honesto e ainda se referia a Otão com respeito e a Vitélio com um desprezo viril.

Não havia outra coisa a fazer senão aguardar, o que é mais difícil quando se espera o pior. Ao contrário de Domiciano, não fiquei preocupado em esconder-me e continuei frequentando a terma. Mas não conseguia sossegar; minha experiência e o que aprendi em tempos igualmente turbulentos mandavam-me esperar, mas o meu orgulho (aquele insensato orgulho Cláudio) me impedia de desesperar-me. O que tiver de ser, será, pensei. Se as coisas são assim, por que vou tentar convencer-me de que são de outro jeito?

Na terma, os homens comentavam que Vitélio estava se aproximando da cidade.

Diziam que ele insistira em visitar o campo de batalha de Bedríaco, onde os seus tenentes conquistaram o Império para ele. Lá, viu cadáveres estraçalhados, pernas e braços enrijecidos, corpos putrefatos de homens e cavalos sendo devorados por abutres. A terra ainda estava úmida de sangue. Dizem que o pior era a parte da estrada onde os cidadãos de Cremona, como sempre ansiosos por bajular e agradar o general vitorioso (embora não tivessem participado de nenhuma batalha), espalharam no chão louros e rosas em homenagem a ele, erigiram altares e sacrificaram vítimas, como se ele fosse algum rei da Ásia. Cecina e Valente mostraram para Vitélio os pontos cruciais do campo de batalha, enquanto tribunos e prefeitos fanfarreavam seus feitos com as armas, misturando fatos, mentiras e exageros. Dizia-se também que os soldados rasos saíram das fileiras de marcha para olhar com grande pasmo os destroços da guerra.

Vitélio, animado pelo que os soldados tinham feito para ele e talvez já um pouco bêbado, declarou:

— Não existe cheiro mais agradável às minhas narinas que o do cadáver de um rebelde!

Ele estava se referindo aos romanos, cidadãos iguais a ele.

À medida que ele se aproximava de Roma, chegaram os comentários sobre suas enormes extravagâncias. Seus soldados saquearam, sem receber por isso qualquer castigo, todas as cidades e aldeias por onde passaram. O assim chamado imperador não se importou e à noite espaireceu com grupos de comediantes que tinham se juntado ao seu exército, sempre rodeado de um enxame de afáveis eunucos. Comentava-se também que nem Nero tinha se comportado de forma mais vergonhosa ou com menos consideração pela dignidade imperial e pelo decoro da vida romana.

— Se você quer saber como Vitélio será quando instalar-se no Palatino, consulte uma pessoa chamada Asiático — alguém me disse. — Ele tem uma pequena taberna na Rua dos Sapinhos, na outra margem do Tibre.

— Quem é este Asiático? — perguntei.

— Foi efebo de Vitélio, um escravo nascido ninguém sabe onde, talvez em algum ponto da Ásia, ou cujos pais eram dessa região. Vitélio era encantado pelo rapaz, que devia ser muito bonito na época, e segundo me contaram, sabia praticar diversas formas de amor... Então Vitélio o libertou, naturalmente em troca dos seus abjetos serviços... Dizem que o rapaz um dia se cansou do patrão e fugiu. Abriu esta taberna, mas Vitélio o encontrou e estava tão irritado que o vendeu para um treinador de gladiadores. Isto poderia ter sido o fim do rapaz, só que Vitélio concluiu que não conseguiria viver sem ele e comprou-o de volta, exatamente quando estava prestes a entrar na arena, mijando de medo, tenho certeza! Vitélio o instalou nesta taberna de agora, achando que ele cederia de graça a pessoa por quem seu ex-patrão se interessasse. Você deve saber que Vitélio aprecia muito virgens menores de idade. Ah, sim, nosso imperador é o mais degradado dos homens!

Como eu não conhecia o meu informante, não podia julgar o que era verdade e o que não passava de um boato maldoso. Mas era interessante notar sua urgência em contar-me algo que, se eu divulgasse pela cidade, certamente o levaria à prisão e execução. Perguntei por que ele teve aquela ousadia.

— Nada mais me importa! Vitélio entregou meus dois filhos para a vingança lasciva de Nero e agora só espero a morte! Mas, antes, gostaria de cuspir na cara do tal imperador!

— Por que acha que esse Asiático, que deve ter uma dívida com Vitélio, me contaria alguma coisa que o desacreditasse?

— Porque é impossível falar em uma pessoa como Vitélio sem contar como ele realmente é.

XXVIII

Confesso que tive vontade de procurar esse Asiático. Não que eu esperasse saber alguma coisa nova, eu já sabia tudo de Vitélio que me interessava e, de qualquer jeito, era pouco provável que a aviltante criatura que me fora descrita fosse contar alguma coisa de valor. A razão, ou melhor, a vontade que acabou levando-me à taberna-bordel era mais sórdida. Sempre tive tendência a praticar atos que antes me causavam excitação e depois me faziam sentir nojo de mim mesmo. Podia imaginar muito bem o tipo de mulheres e rapazes que frequentavam a taberna e com que olhar clínico o tal Asiático escolheria alguém para mim. Vi minhas mãos levantando a túnica de um corpo que se oferecia e sentindo-me penetrar em quem eu só desprezava menos do que a mim. Minha lascívia foi aguçada ao lembrar de meu horrível sonho, e as dúvidas, embora absurdas, que provocaram em relação à pureza de Domícia. Fiquei imaginando esta luxúria até meu pênis doer.

A lembrança daquele momento surge agora clara e excitante, apesar de terem se passado mais de trinta anos. A chuva escorreu das pedras da rua e um vento Norte vindo das montanhas cortou a cidade. A noite caiu.

No momento em que escrevo, o vento sopra do outro lado dos muros da minha *villa,* vindo das vastas planícies em direção ao Norte longínquo, um vento cortante. Balto está deitado no meio dos cachorros em frente à lareira, suas pernas macias de jovem mostram uma nudez sedutora. Dormindo, ele colocou a mão dentro da túnica. Acho que seus sonhos não têm aquela castidade cristã à qual ele, como é compreensível, se referiu.

A religião da qual tanto falou deixa-me perplexo! Ela lhe transmite paz, disto tenho certeza! Mesmo assim, é absurda! Parece que o seu maior prêmio é a renúncia ao mundo em que vivemos. Você, Tácito, pode achar que isto poderia me interessar, na decadência em que eu me encontro. Mas eu não renunciei ao mundo, o mundo é que renunciou a mim! Às vezes comento com Balto sobre o desejo de poder e a luta pela honra que, pelo que sei e pela minha experiência, norteiam o comportamento de todos os homens em assuntos de Estado. Ele fica me escutando com seus macios lábios sedutores e trêmulos, a boca vermelha entreaberta, como se, talvez, sentisse repugnância, e mexe a cabeça, incrédulo. Não consegue entender. Tentei explicar o que queremos dizer com virtude (aquela determinação, seja lá qual for, que faz com que o homem seja homem), mas ele suspira e diz:

— Senhor, tenho a impressão de que viveu no reino dos pecadores.

É estranho, mas ele fala com ternura: acho que realmente gosta de mim, talvez seja grato por eu não o assediar mais.

Mas às vezes parece-me que o seu afeto tem outro motivo que não a gratidão. Ele vê algo de bom em mim que eu não enxergo e que talvez esteja longe de ser o que entendo por virtude.

Um dia, ele me disse:

— Acho que o senhor não está muito distante de Cristo...

Eu teria chicoteado qualquer escravo ou liberto que tivesse a audácia de juntar meu nome ao deste agitador judeu que, parece-me, personificava um deus, como aqueles enganadores que, nos anos sobre os quais escrevo, apareceram como se fossem Nero fugido dos inimigos e querendo conquistar o trono dele. Eram todos impostores e loucos, pois quem iria querer ser Nero?

Naquele dia, mais cedo, li para Balto o último capítulo das minhas memórias (que não vou mandar para Tácito), pois ele agora conhece bastante latim para entender até uma prosa elegante e não apenas o latim vulgar dos acampamentos e tabernas. Depois de ouvir, ele disse:

— O senhor viveu num mundo horrível e pecador!

Impossível negar como era horrível aquele mundo.

Expliquei:

— Escrevo sobre o mundo como ele é.

— Mas não como precisa ser — ele apartou.

— Como sempre foi — argumentei.

Então eu disse algo que um dia talvez escreva, das experiências que vivi durante a guerra na Judeia. Pois os tais cristãos, entre os quais ele se inclui, são originários de uma seita judia; e as crueldades, barbaridades e desejo de destruírem a si mesmos que os judeus demonstraram na guerra não provam um mundo melhor. Eu queria magoar o rapaz com minha sinceridade cruel.

Por quê?

Será por que não me agrada ver uma pessoa satisfeita? Ou por que parece absurdo que um rapaz como Balto, escravo, que mesmo agora é obrigado a fazer o que eu quiser, possa ter atingido uma tranquilidade que me foi recusada, uma serenidade que essas lembranças às quais estou ligado continuam a me negar? Claro que a minha mulher tem uma alegria em estado bruto. Para ela bastam os afazeres da casa e dos nossos filhos. Mas nunca a invejei como invejo, para meu estranho deleite, este rapaz.

Um dia, ele me disse:

— Ouvi o senhor amaldiçoar o destino que lhe tirou da posição que desfrutava no mundo e o trouxe para esta praia árida. Mas parece-me que o mundo onde viveu era tão pecaminoso que Deus lhe deu uma grande bênção tirando-o de lá e dando-lhe a oportunidade, neste lugar remoto, de ficar em paz consigo mesmo e assim redimir sua alma. Senhor, eu lhe peço, deixe que os seus ressentimentos se afastem e sejam levados para o mar como um rio que carrega tudo o que é jogado nele, todos os erros.

Ele sorria meigamente, seus olhos suplicavam. Eu o teria chicoteado com prazer!

XXIX

TÁCITO, AGORA É PRECISO TRATAR DO QUE SE PASSAVA NO LESTE, enquanto aguardávamos a chegada de Vitélio a Roma. Claro que o meu relato seguirá um método diferente do anterior, já que não sou testemunha ocular. Você deve ter outras fontes de informação que pode preferir às minhas. Resolva. Mas eu lhe garanto, porém, que tudo o que vou contar é verdadeiro, à medida que a versão unilateral de uma história pode ser. E você há de compreender que o meu informante foi Tito. Portanto, faça concessões à veracidade desta versão dos fatos e de sua análise da situação, sabendo que ele gostaria de vê-las reconhecidas por historiadores como você. Mas há de entender também que mesmo uma versão tendenciosa tem o seu valor, e não tenho dúvida de que vai cotejá-la com a de outras testemunhas e informantes, alguns dos quais podem contradizer o que vou agora escrever. Pois bem.

Como você sabe, os generais do Leste tinham planejado um ataque ao Império ainda quando Otão era vivo. Depois ficaram um pouco indecisos. Tito ficou irritado com a demora, embora ele tenha entendido que o pai se afastou da ação não por medo ou por falta de ambição, mas porque tinha o hábito de pesar as vantagens e desvantagens de qualquer situação. Vespasiano estava com sessenta anos. Há homens que, com a velhice, ficam mais ousados; outros, mais precavidos. Vespasiano nunca foi impetuoso, portanto era natural que agora hesitasse. Tinha bons motivos para tomar cuidado. Em primeiro lugar, sabia o bom nível das legiões germânicas, algumas das quais ele mesmo comandara. Ele ficou impressionado que, apesar da força defensiva de Otão, os soldados de Vitélio tivessem resolvido dominá-lo, sem demonstrar qualquer aversão por matar seus concidadãos numa guerra civil. Mas Vespasiano não tinha certeza de que as suas tropas mostrariam a mesma falta de escrúpulos, apesar de Vitélio agora ter a vantagem de estar na defesa, detalhe que Vespasiano teve a ousadia de desprezar. Embora Vespasiano não respeitasse Vitélio, tinha certeza de que Cecina e Valente eram homens competentes e conscientes de que, na guerra, nunca se sabe quem será aquinhoado pela Fortuna e vencerá. Vespasiano tinha enfrentado muitas dificuldades até chegar àquela honrosa situação e não estava disposto a largar tudo à própria sorte.

A princípio ele estava incerto se o exército do Leste preferia ser comandado por ele ou por Muciano. O prefeito do Egito, Júlio Alexandre, dizia abertamente que Muciano é quem deveria ser proclamado imperador; além disto, Muciano era mais popular com as legiões. Elas respeitavam Vespasiano, já que os soldados sempre reverenciam um general que se preocupa com os seus subordinados nas batalhas. Mas gostavam de Muciano, pois os soldados também gostam de um comandante debochado que, apesar disto, é um dos preferidos do deus da guerra. Para eles, Muciano com seus cachorrinhos e seus rapazes maquiados era um *tipo*, uma *figura*, como diziam. Gostariam muito de elegê-lo imperador e de cantar músicas indecentes quando vencessem.

Mas Muciano não estava competindo e tinha dois motivos para desprezar a chance de assumir o poder. Primeiro: era preguiçoso, não conseguia imaginar-se sobrecarregado com as tarefas administrativas do Império, e como era inteligente e obediente o bastante para saber que um imperador que negligencia seus encargos é desprezível, ele não queria correr este risco, pois, apesar dos seus vícios, mantinha um grande orgulho. Em segundo lugar, ele não tinha filhos. Dizia-se que jamais se deitou com uma mulher, e acredito que seja verdade, embora tivesse se casado pelo menos uma vez. Sentia desprazer pelas formas femininas, e também, dizia ele, pelo cheiro das mulheres. Como não tinha herdeiros, não perdia tempo em preocupar-se com a posteridade.

E mais: Muciano adorava Tito. Acredito que os dois foram amantes por algum tempo, embora Tito tivesse negado quando perguntei. Claro que, se porventura foram, não eram mais. Na época, Tito era muito velho para os padrões de Muciano, que se divertia com rapazes imberbes. Mas ainda adorava Tito e não conseguia vê-lo sem reviver o antigo desejo. Tinha atração pelo jeito, pelo corpo, pela sagacidade e pela inteligência de Tito. Por isso Muciano disse a Vespasiano:

— Se eu fosse escolhido imperador, meu primeiro ato seria adotar seu amado Tito como herdeiro. Como ele já é seu herdeiro, isto parece pouco necessário, meu caro. Tito será imperador, queiram os deuses e permitam nossas armas, não importa qual de nós assumirá primeiro o poder. Faz sentido que esta pessoa seja você. Os dotes que ele tem garantiriam que fosse respeitado, respeito que um imperador precisa e que nenhum mereceu, desde Tibério. Mas a sucessão dele ficará mais garantida e segura se ele seguir seu pai natural em vez de ser adotado por um homem cujo estilo de vida fará com que muitos acreditem que escolheu Tito por ter sido um dia alvo de suas assim chamadas *atenções vergonhosas*.

Muciano riu de sua própria frase, mas tenho certeza de que o seu modo de falar fez com que pela primeira vez Vespasiano pensasse que o seu filho tinha mesmo sido amante do colega. Mesmo assim, só podia ficar admirado por Muciano estar tão decidido a eleger Tito imperador.

E imediatamente deu prova disso quando convenceu, ou obrigou, Júlio Alexandre a transferir seu apoio para Vespasiano. Isso foi muito importante, pois como você há de lembrar a seus leitores, quem tem o Egito tem Roma, graças ao controle do comércio de trigo.

Assim, em qualquer guerra duradoura, seria vantajoso para Vespasiano manter o controle do Egito.

Mas embora dissessem que Vitélio tinha se instalado no Palatino, Vespasiano hesitava em ser proclamado imperador. Achava que não podia deslocar suas tropas até ter certeza de que as legiões estacionadas no Danúbio estavam a seu favor.

Foi nesta altura dos acontecimentos que ele recebeu um golpe da Fortuna. Um dos últimos atos de Nero (ou melhor, dos seus ministros, pois Nero não se incomodava com estes assuntos) foi o de transferir a Terceira Legião da Gália para a fronteira do Danúbio. Esta legião tinha sido comandada por Vespasiano, que recebeu cargos honoríficos e conquistou alta estima. Então seus oficiais tentaram convencer os comandantes das outras legiões estacionadas no Danúbio de que apenas Vespasiano poderia salvar o Império da desgraça e da maldição de uma guerra civil.

Muciano também preveniu Vespasiano de que deveriam enviar emissários para Roma, informando Vitélio de que todas as legiões orientais tinham jurado fidelidade a ele.

Muciano disse:

— Assim estaremos com vantagem de algumas semanas e, se conheço Vitélio, ele acreditará no que quer, relaxará a vigilância e se dedicará aos prazeres!

Foi o que aconteceu.

Mas os mesmos emissários trouxeram cartas escondidas de Vespasiano para o irmão, Flávio Sabino, mandando que ele preparasse imediatamente apoio para ele em Roma. Trouxeram também uma carta de Tito para mim.

Domiciano mostrou mais uma vez seu desgosto e desapontamento porque o pai e o irmão não escreveram para ele; como já estava bem magoado, achei melhor não contar que Tito escrevera para mim. De qualquer jeito, não poderia mostrar a carta, porque Tito não gostava de comentar os planos do pai com Domiciano. E os termos afetuosos da carta despertariam o forte ciúme do irmão.

Flávio Sabino agora insistia que Domiciano não deveria ficar escondido, mas aparecer em público, frequentar o Fórum e as termas e comportar-se como filho de um grande comandante que era servo leal do imperador. Sou obrigado a dizer que Domiciano não gostou da ideia e obedeceu de má vontade. Reclamou que estava sendo usado sem ter sido consultado e não acreditava que aparecer em público adiantaria alguma coisa para garantir a Vitélio a lealdade do seu pai. Ouso dizer que ele tinha razão. De qualquer jeito, não demorou muito para um dos homens da guarda pessoal de Vitélio aparecer na ínsula da Rua das Romãzeiras com ordens para Domiciano se apresentar todas as noites nas dependências da polícia. Foi uma atitude tão alarmante quanto insultante. Flávio Sabino reclamou em nome do sobrinho mas, durante algumas semanas, Domiciano fez o que lhe foi exigido, com o rosto vermelho de raiva e mal conseguindo disfarçar seu medo.

Enquanto isto, como Tito havia me prevenido, prosseguiam os acontecimentos no Leste. O prefeito do Egito, Júlio Alexandre, proclamou Vespasiano imperador no primeiro dia de julho e fez as legiões estacionadas jurarem obediência. Tudo havia sido bem preparado e não houve dissidências. Dois dias depois, as legiões na Judeia fizeram o mesmo, embora Tito, o comandante, ainda estivesse voltando de Antioquia, onde foi consultar Muciano. Portanto, as legiões fizeram isto espontaneamente (ou pelo menos foi o que divulgaram depois), saudando Vespasiano como fizeram com Júlio César e Augusto. Mas acredito que esta aclamação não foi voluntária.

Muciano ficava agora em Antioquia, conforme combinado com Tito. Os soldados estavam ansiosos para jurar fidelidade a Vespasiano. Mas Muciano também queria que o povo das províncias aderisse à causa, pois teriam de pagar mais impostos para manter a campanha e seria melhor se aceitassem de bom grado. Assim, enviou um grupo de dignitários civis e outros homens que se destacavam no teatro de operações. Vespasiano estava à altura da missão, pois falava grego com grande elegância e este povo gosta de zombar de quem faz mau uso da língua deles, se orgulhando de um romano que se esforçou por aprendê-la à perfeição.

Mas Vespasiano disse aos provincianos uma mentira: que Vitélio tinha anunciado que transferiria as legiões germânicas para a Síria e vice-versa. Isto assustou e desagradou os meigos provincianos, pois eles achavam que as legiões estacionadas há tanto tempo na Germânia deviam ter adquirido maneiras selvagens, até brutais, com o convívio numa região tão bárbara. Além disto, muitos provincianos estavam ligados por amizade ou conhecimento às tropas aquarteladas entre eles. Assim, gostaram de pensar que Vespasiano logo estaria em Roma, no lugar de Vitélio.

Em pouco tempo, também os diversos reis-clientes do Leste apareceram para apoiar Vespasiano, enquanto a rainha Berenice, graças ao seu romance com Tito, promoveu o *sogro* e forneceu ouro do seu tesouro particular.

E assim ocorreu o que se pode chamar de conspiração a favor.

Acredito que Muciano, saindo de sua letargia habitual, foi o grande orquestrador de tudo. Ele gostava de dizer que *o dinheiro é a força motriz da guerra* e estava provando isto. Sabia que os soldados que têm certeza de que receberão seu soldo lutarão melhor do que os que não receberão nada; e que os fornecedores cujas contas são acertadas *na bucha,* como eles dizem, entregarão os alimentos na quantidade desejada (sem comida, nenhum exército consegue lutar). Muciano também costumava dizer que *o exército marcha sobre seu estômago* e cuidava para que os soldados estivessem sempre de barriga cheia. Chegou a contribuir com muito dinheiro do próprio bolso, mas é desmoralizante saber que tinha tais somas porque saqueou o

Estado à larga. Outros homens seguiram o seu exemplo, embora poucos pudessem se reembolsar nas reservas públicas.

As legiões do Danúbio ficaram a favor da causa. Duas das que tinham apoiado Otão (a Décima Terceira e a Sétima), mas que não tiveram oportunidade de lutar por ele, agora se apresentaram em defesa de Vespasiano. (As legiões não tiveram esta oportunidade devido à precipitação com que a campanha de Otão foi deslanchada, sem aguardar os reforços disponíveis.) As legiões eram comandadas por Antônio Primo.

Tácito, você deve lembrar-se de Primo, que tinha fama de tratante e até de criminoso: no governo de Nero foi condenado por alterar uma ordem, favorecendo-se, crime que todos sabiam ser um dos poucos que não ofendiam os sagrados princípios da justiça. Apesar de seus defeitos de caráter, ele era de um partido propenso a controlar o Estado; além disto, ele era corajoso na batalha, rápido e convincente, admirado pelos soldados. Na paz, podia ser considerado o pior cidadão; na guerra, era um aliado de valor. Vespasiano o recebeu como tal, deixando para esclarecer no futuro as eventuais dúvidas em relação ao seu caráter e comportamento. Antônio Primo agia em dupla com Cornélio Fusco, que eu conhecia há muito tempo como amigo de Lucano. Ele exercia o cargo de procurador da Dalmácia. Indolente e frívolo quando jovem (a ponto de renunciar ao seu cargo de senador), foi um dos favoritos de Galba, que o indicou para seu atual posto. Tinha inúmeros amigos graças à sua cordialidade e maneiras educadas, escrevia muitas cartas buscando apoio para seu novo chefe, tendo como destinatários os ocupantes de cargos nas mais distantes regiões do Império. Mandou cartas para a Gália, a Bretanha e a Espanha e, graças à sua pressão, muitos cidadãos destas províncias ficaram a favor de Vespasiano e retiraram o apoio a Vitélio.

Cito estes detalhes para você poder entender como foi radical e, se é possível usar esta palavra neste contexto, como foram profissionais os preparativos feitos pelo partido Flávio para a guerra.

Claro que você usará esta informação da forma que melhor lhe convier. Ouso dizer que ela não entrará em choque com outras fontes. O apoio que Vespasiano tinha era grande, e isso deu segurança a todos os que aderiram a ele.

XXX

Eu me adiantei ao contar para Tácito os fatos do Leste da forma como os entendi e lembrei.

Enquanto isto, continuávamos aguardando a chegada de Vitélio. Mais uma vez, implorei à minha mãe para que saísse da cidade, e mais uma vez ela foi contra.

Estávamos numa primavera perfumada e num maravilhoso início de verão. As rosas plantadas nos muros do palácio caíam em cachos, e o cheiro de timo, murta e orégano nas encostas do Palatino traziam lembranças dos dias felizes passados em algum refúgio rural. Uma tarde, Domícia estava passeando comigo pelos Jardins de Lúculo. Falávamos sobre poesia, recitando nossos versos preferidos. Eu estava com vontade de fazer amor com ela, que recusava. Não era hora, dizia:

— Depois, depois! — Provoquei-a com um verso de Horácio: — Escolha o dia.

Ela sorriu e virou o rosto.

Flávio Sabino estava agitado e ansioso. Dedicava-se a conseguir apoio para o irmão Vespasiano, depois ficou assustado com o perigo que correu. Eu achava que os seus esforços eram inúteis, porque as coisas tomariam um rumo independentemente do que ele fizesse. A conquista do Império não seria decidida em Roma, mas em algum lugar ao Norte, talvez de novo nas redondezas de Cremona, onde os nervos de Otão falharam.

Então, ficamos esperando.

Domiciano pegou uma urticária que não parava de coçar. Estava com um lado do rosto e os braços esfolados, e reclamava porque o pai não ligava para ele. E nada o convencia de que corria perigo de vida.

— Vitélio ainda não sabe dos preparativos do seu pai — disse.

— Como você garante?

— Se ele soubesse já estaria em Roma, ocupado em traçar os planos para a guerra. Mas não ouvimos nada, exceto das festas que ele dá, das encenações teatrais que encomenda e das bebedeiras que toma. Em certos homens isto poderia sugerir um espírito inquieto, mas em Vitélio é apenas um hábito, pelo que me disseram.

Mas não havia o que acalmasse Domiciano. Ele se coçava até o braço sangrar, ficava carrancudo e ia se deitar com o rosto enfiado numa almofada.

As histórias que chegavam até nós, vindas do acampamento de Vitélio, eram tão bizarras que nem eu conseguia acreditar. Digo nem eu, pois na minha juventude aprendi que nenhuma extravagância é tão absurda que não possa ser acreditada. Você deve se lembrar de que eu tinha uma grande intimidade com os fatos que ocorriam no palácio imperial, estava farto dos absurdos que Cláudio praticava e da quase loucura de Nero.

Diziam que Vitélio, por exemplo, era tão guloso que foi visto tirando e comendo nacos da carne que queimava num altar de sacrifício, para repulsa e consternação dos sacerdotes presentes.

Acha que eu acredito nesta história? Só posso dizer que se não é verdade foi inventada para combinar com ele.

Embora eu tivesse me convencido de que minha filosofia era a mesma daquela época de espera, ainda assim fui atormentado pela falta de sono. Desde então este desconforto é meu companheiro, já assisti a incontáveis auroras surgindo suavemente no horizonte e causando-me uma fria reação, enquanto encantam ao mais devasso madrugador. Neste momento em que escrevo, os primeiros galos da madrugada estão convocando o dia a despertar.

Na época em que ocorreram os fatos aqui relatados, eu me deitava cedo, esperando surpreender o sono. Fechava os olhos e sentia que ele vinha chegando. Mas um tremor atrapalhava tudo: uma fantasia erótica ou o frio do medo; às vezes, por eu pensar no que tinha a fazer; outras, por um grande arrependimento de algo feito no passado. Sem eu querer, meus olhos se abriam. Eu me deitava de bruços e deixava que as imagens eróticas surgissem: os lábios macios de Domícia, a grossa perna de Tito atravessada na minha, uma moça que passou na rua, aquela prostituta que fazia ponto perto do Panteão e ficava, sem perder o equilíbrio, com uma perna dobrada e o pé encostado no muro, tão segura de sua beleza e encanto que, de todas as putas que conheci, ela era a única que não marcava encontro, pois tinha certeza de que iria ser procurada.

Estas fantasias me deixavam agitado, com a testa transpirando, e sabendo que o sono não mais viria, eu me levantava, vestia-me e saía pelas ruas, talvez em busca daquela moça, apesar de ela não praticar seu comércio depois do anoitecer.

As ruas ficavam vazias e perigosas. Flávio Sabino era o prefeito da cidade, cargo que desempenhava com grande esmero, sabendo que mantinha Roma em segurança para seu inimigo que estava chegando. Ele tinha ordenado o toque de recolher e os soldados da guarda pretoriana passavam pelas ruas para garantir que a ordem fosse cumprida, prendendo qualquer pessoa que encontrassem a flanar.

Mas este esforço era aleatório e podia ser facilmente contornado. Uma grande cidade tem sempre seus notívagos (meliantes, libertinos, vagabundos, malucos, poetas — ouso dizer — e infelizes como eu, para os quais o sono nega seu gentil sossego). Então eu andava pelas ruas e assistia a muitos encontros estranhos: casais tendo coitos rápidos encostados nos muros escorregadios de alamedas fedorentas, conversas sem sentido em volta dos braseiros à margem do rio, onde se juntavam homens e mulheres desalentados. Às vezes eu me via em adegas sinistras, bebendo em espeluncas, frequentando os bordéis e as casas de jogatina mais sórdidos.

Lembro-me de uma noite em que fiquei com um jovem de origem nobre, como mostravam sua roupa negligente e seu jeito de falar. Achei que ele estava só um pouco bêbado, mas sua conversa era variada. Insistiu para que eu o acompanhasse até um lugar que conhecia, onde, segundo disse, poderíamos jogar, beber e ficar com mulheres.

— Ou com rapazes, ou com quem você quiser, eles têm africanos lá, a pele negra me atrai — contou.

O lugar era simples e sórdido, iluminado por lamparinas de sebo e administrado por uma velha desdentada que riu ao nos ver chegar. Senti maldade naquele sorriso, e apesar da luz débil, vi alguma coisa no meu companheiro que me chamou a atenção. Pode ter sido o suave traço de desapontamento de sua boca ou os longos cílios em seus olhos fundos. Não me lembro o que me chamou a atenção nele, mas lembro-me destas feições. Os homens que estavam jogando enganaram o rapaz, usando dados marcados para receber o ouro que, se ele não tivesse perdido, teriam roubado. Senti uma alegria selvagem ao ver sua humilhação e seu descontrole, que aumentava à medida que bebia o vinho azedo da casa. Acabaram-se os modos elegantes que me atraíram, eu sabia que deviam ser considerados como uma máscara do desespero que o consumia. Ele chorou, depois implorou à mulher que lhe trouxesse a moça negra do outro dia.

— Você não tem ouro — reclamou a mulher.

Os rufiões que o haviam espoliado jogaram-no no meio da noite escura. Encontrei-o no chão, ajudei-o a levantar-se e ele me empurrou, garantindo que estava bem: olhei-o enquanto se afastava da minha vida.

Por que esta lembrança não me deixa? Não é por eu ter me comportado mal, pois já fiz pior na minha juventude. Seria por causa do jeito galante que ele tinha ao receber as humilhações? Talvez.

— E morrendo ele se lembra do seu doce Argos.

Roma também não estava assim?

TÁCITO, VOCÊ, MAIS UMA VEZ, ME ESCREVE RECLAMANDO PELA DEMORA no envio de textos que chama de suas *cópias*. Depois, como se pensasse melhor, pergunta se eu estive doente, já que não consegue entender por que estou falhando. Desde que embarquei (contra minha vontade, lembro a você) neste exercício, que me despertou tantas lembranças dolorosas, que acreditava estarem bem enterradas, você jamais teve uma palavra de gratidão e agora talvez tenha pensado que sua falta de cortesia seria motivo para eu desistir de colaborar. Mas você me conhece. Sabe que eu não dependo da sua gratidão e que pouco me importo com frases elogiosas. Então, tem porque achar que estive doente?

Doente, sim, mas não do corpo. Minha doença é do espírito, ou da vontade, ou como você quiser chamar! A verdade é que o seu pedido logo me lembrou a sabedoria da frase de Heródoto:

— Você mexe no que não devia.

A História é uma coleção de crimes e tolices, não vejo nada mais que isto. Não tem valor instrutivo, pois cada geração de homens está segura da sua própria sabedoria e capacidade para evitar os erros cometidos pelos pais. Também não concordo com Ésquilo, que disse:

— Lamentar-se é alívio certo para os sofrimentos.

Ou talvez eu não tenha talento para dar trela às lamentações. Não sei. Só sei que recebi a maldição de pensar em sofrimentos do passado.

E agora chega o momento em que Vitélio se prepara para entrar em Roma.

— Ganhos mal ganhos causam o mal — nas palavras de Sófocles.

Você ficará mais uma vez impaciente com a minha literatice cheia de delongas! Lastimo...

Os boatos tinham nos prevenido de que o exército de Vitélio era indisciplinado. Mais exatamente, havia muita discórdia entre os legionários e os auxiliares das tropas, uns achando que os outros eram mais favorecidos pelo comandante indulgente. Eles só se uniam para saquear as aldeias e cidades onde passavam e para abusar, estuprar e às vezes matar seus habitantes.

Mesmo assim, quando chegou a notícia de que o imperador estava a poucos quilômetros de Roma, juntou-se uma multidão ansiosa por ser a primeira a saudar seu senhor, formada principalmente por pessoas mais simples, mas incluindo também alguns senadores e cavaleiros. Correram todos entre os soldados e pelo campo, fazendo tamanha confusão que muitos guardas acharam que estavam sendo agredidos. Desembainharam suas espadas e atacaram o povo, matando mais de cem pessoas. Foi difícil conseguir uma certa aparência de ordem no local e só então eles entraram na cidade, ainda armados, ao contrário do que exigiam todas as leis e costumes. Quando os cidadãos viram alguns auxiliares vestidos com peles de animais selvagens e com lanças ficaram assustados. Por sua vez, os integrantes das tropas ficaram impressionados com o tamanho dos prédios e reagiram com brutalidade ao susto dos cidadãos. Os tribunos e prefeitos tiveram dificuldade em evitar um grande massacre. Que começo para um novo governo!

Dizem que Vitélio atravessou a ponte Milviana num imponente corcel negro. Ele estava muito emocionado, com o rosto ruborizado, olhando para todos os lados. Era um momento de glória que ele jamais poderia esperar. Usava um manto militar e brandia sua espada. Mas alguém de bom senso (eu nunca soube quem, na verdade surpreende-me que houvesse alguém assim naquela equipe) deve ter avisado que não seria bom entrar em Roma com pose de conquistador. Ele então parou, entrou numa casa e vestiu trajes civis.

Por isso ele estava desmontado quando o vi e devo admitir que ficava melhor a cavalo. Em parte, porque mancava muito, devido a um choque de bigas quando era jovem: Calígula estava dirigindo. Para disfarçar, ele se apoiava no ombro de um soldado e isso acabava com qualquer dignidade. Ele era bem alto e seria uma figura imponente não fosse sua enorme pança, consequência da gulodice e da bebida. Assim, parecia grotesco, pois tudo nele era exagerado.

— Dizem que ele tem um pau do tamanho de um obelisco egípcio — informou um homem na rua, com avental de açougueiro.

Era assim o homem que marchava naquele momento, inseguro, à frente de seu exército, o imperador de Roma.

As águias-símbolo de quatro legiões vinham na frente, e dos lados as flâmulas com as cores das outras legiões. Depois vinham os emblemas de doze esquadrões auxiliares de cavalaria e atrás das legiões, a cavalaria. Seguiam-se mais de trinta legiões auxiliares, cada uma com um nome ou um adereço da nação da qual provinha. Na frente de todos marchavam os prefeitos, tribunos, centuriões e demais soldados.

Seria uma visão esplêndida, caso a cidade em que entravam não fosse Roma, mas alguma capital bárbara que eles tivessem arrasado. Apesar disso, muitas pessoas estavam emocionadas com esta prova do poder e majestade de Roma; umas poucas comentavam que aquele exército merecia um imperador melhor que Vitélio.

Quanto a mim, estava muito ocupado em acalmar Domiciano. A potência das forças inimigas o deixava abatido.

— Como podemos pensar em vencer um exército destes? — ele murmurou.

Garanti que, se ele tivesse visto o esplendor das legiões do pai, não desanimaria por tão pouco. Era verdade, mas não ajudava. Domiciano não queria ser lembrado de que eu sabia mais do que ele sobre o preparo de Vespasiano para a guerra.

No dia seguinte, Vitélio apareceu na tribuna de oradores do Fórum e homenageou a si mesmo. Era como se estivesse recomendando suas qualidades ao Senado e ao povo de uma nação conquistada. Falou de sua energia e moderação, embora sua entrada na cidade tivesse sido marcada por lentidão, autoindulgência e crueldade.

Falou de um jeito que teria parecido absurdamente vaidoso até se quem estivesse ali fosse o Divino Augusto. Nenhum homem sensato seria capaz de ouvi-lo sem sentir desdém. Mas a multidão não se dava conta de que tinha aplaudido Otão poucas semanas antes e era incapaz (ou não queria) de distinguir o verdadeiro do falso: estava encantada. Davam gritos de alegria e, como há tempos tinham aprendido a lisonjear imperadores, pediam que ele assumisse o nome e o título de Augusto. Vitélio concordou cortesmente ou, pelo menos, teve esta intenção. Para mim, ele pareceu ridículo e cheio de si: acenou e, ao levantar as mãos, não sei se por culpa da emoção ou da bebida, teve de apoiá-las nos seus assessores.

A seguir, Vitélio anunciou que haveria uma grande festa pública e que todos os gastos seriam por sua conta. Nada mostrava mais a corrupção daqueles tempos do que isto, pois muitos lembravam que quando Vitélio decidiu assumir o comando da região do Reno, largou a mulher e os filhos num sótão alugado num bairro pobre e financiou sua viagem penhorando os brincos de pérolas da mãe. Havia quem dissesse que ele mesmo arrancou os brincos da orelha dela; outros, que os roubou enquanto ela dormia. E agora, com o dinheiro obtido com o saque das cidades italianas e a venda de favores para amigos e bajuladores, ele estava oferecendo uma festa pública para centenas de milhares de cidadãos.

Logo se espalhou a notícia de que o novo senhor de Roma se ocupava em festejar, e não em trabalhar. Fazia três ou quatro banquetes por dia, ao contrário das rápidas refeições de Augusto, que comia pão ou queijo com tâmaras, figos ou maçãs enquanto trabalhava com seus secretários. Pelo contrário, Vitélio passava muitas horas à mesa e estava sempre tentado a ficar mais, se trouxessem mais algum acepipe ou frasco de vinho. Embora nunca estivesse totalmente bêbado, também nunca estava sóbrio, e alguns dos seus atos mais idiotas e degradantes podem ser atribuídos ao seu habitual estado etílico. Por isso, quando alguém ficava sabendo que tinha orgulhosamente criado um novo prato, que batizou de *Escudo de Minerva, a Protetora*, ninguém sabia se ria, se chorava ou se amaldiçoava aquele bobo. A receita pedia fígados de peixes fluviais do Norte, miolos de faisão (será que estas coisas existem?), línguas de flamingo e baços de lampreia. Os ingredientes provinham, dizia-se, de todos os cantos do Império, trazidos a Roma por trirremes, mas só este último detalhe era inventado: estes miúdos podiam ser encontrados nos mercados romanos. Mas o prato deveria ser completamente repugnante! Dedicá-lo a Minerva, deusa da sabedoria, era bem inadequado.

Se a vida particular de Vitélio era afrontosa, seus atos públicos eram ainda mais deploráveis. Alguns, talvez, apenas imprudentes. Ele se concedeu o título de Supremo Pontífice, como haviam feito outros imperadores. Naturalmente, o título não lhe cabia, mas, nas circunstâncias, isto deve ter sido relevado. Vitélio escolheu 18 de julho para dia da posse, ou seja: aniversário do desastre de Alia, onde o exército da República foi vencido pelos gauleses, não preciso lembrar isto a você, Tácito. Desde então este dia foi considerado de mau agouro, e até os que apoiavam Vitélio discordaram da escolha.

Asiático foi trazido da sua taberna e voltou a frequentar a Corte. Logo se percebeu que só se aproximando dele alguém poderia conseguir emprego, promoção ou favores. Mesmo alguns que tinham rastejado aos pés de Nero ficaram chocados ao ver que agora tinham de humilhar-se diante daquele biltre.

Não demorou para que o grande exército que ele trouxe para a cidade perdesse toda a disciplina. O número de soldados superlotava o acampamento, por isso eles se espalharam pela cidade e aquartelaram-se ou abrigaram-se em pórticos, templos e casas particulares. Estavam em todas as tabernas e muitos não sabiam onde encontrar seus comandantes ou seus quartéis-generais; os centuriões não tinham ideia de onde estavam suas tropas. Os treinamentos foram deixados de lado, o campo de desfile foi abandonado. Muitos auxiliares germânicos e gauleses se aquartelaram, ou melhor, instalaram-se no Trastevere. Bebiam a água do Tibre e, como o verão já tinha chegado, logo eles estavam com disenteria e outras doenças causadas pelo calor.

Tudo isto, embora fosse lastimável, era bom para aqueles que aguardavam a vitória de Vespasiano. Flávio Sabino, que já estava nas boas graças de Vitélio, a ponto de manter seu cargo de prefeito da cidade, via com um sorriso cáustico a desintegração das forças inimigas.

Como Sabino tinha me honrado com sua atenção e incluiu-me entre os amigos íntimos com os quais discutia em nome do irmão, fiquei tão ousado a ponto de perguntar como ele conseguira permanecer no posto. Aquilo era incrível, não só por seu parentesco com Vespasiano, mas também por ele ser um homem com qualidades reconhecidas por todos. Mas para trabalhar com Vitélio o passaporte era o vício e não a virtude. (Domiciano foi obrigatoriamente incluído nestas reuniões, embora sua participação fosse de pouca valia.)

Flávio Sabino ficou embaraçado com a minha pergunta, e por um instante achei que não fosse responder. Mas ele disse:

— É bom que você faça esta pergunta; e se refleti antes de responder, foi porque você não dará valor à minha resposta. Isto me desagrada, pois aprendi a reconhecer suas qualidades e habilidades. Mas em tempos vergonhosos, às vezes, é preciso fazer o que se teria vergonha se o mundo fosse outro. Engulo meu orgulho e faço isso em parte para você saber o que um homem precisa fazer para sobreviver. Aprendi isso há muito tempo, quando Nero ainda era jovem. Na verdade, antes ainda, no tempo de Cláudio, quando meu senhor era o liberto dele, Narciso...

Ao pronunciar este nome, ele fez uma pausa e virou-se para mim com seus meigos olhos castanhos. Senti que sabia que Narciso era meu verdadeiro pai. Poucas pessoas sabiam disso e eu mesmo só tomara conhecimento poucos anos antes. Deve ter sido eu, desta vez, quem demonstrou certo constrangimento, pois Flávio Sabino disse, como se quisesse me tranquilizar:

— Narciso era um homem hábil e melhor do que sua fama ou do que a maioria dos que ocuparam o seu cargo na Corte. Mas isto não vem ao caso, ou pelo menos não é disso que quero falar. Pois devo confessar que usei Asiático como intermediário para garantir o meu cargo de prefeito da cidade!

— Mas eu soube que Asiático é uma pessoa totalmente execrável!

— Poucos homens são totalmente execráveis, embora ele quase possa ser considerado assim. Mas prestei um favor para ele no passado, pois, pelo que você sabe dele e das funções de prefeito da cidade, pode imaginar que eu tinha poder para isto. Não vou detalhar-me, trata-se de uma história de mau gosto, revoltante até! Prefiro não dizer por que nem como prestei-me a isto, já basta ter feito! E Asiático não é ingrato, daí eu dizer que não é, como você disse, *totalmente execrável.*

Foi o que ouvi, Tácito.

Não acreditei que a retribuição fosse apenas por gratidão e fiquei imaginando que outras implicações Flávio Sabino poderia ter para convencer ou até obrigar Asiático a ajudá-lo naquele momento, mas não me competia investigar. Eu já sabia mais do que esperava e sentia-me honrado com a confiança que o velho tinha na minha discrição. Era tanta que ele não nos humilhou pedindo para mantermos segredo. E acrescentou:

— Digo mais: Asiático não é nenhum idiota! Ele agora pode estar iluminado pelo sol da prosperidade, mas sabe que, às vezes, o tempo muda e um dia pode precisar de mim como eu preciso dele hoje.

A partir deste dia, meia dúzia dos nossos homens passou a se encontrar sempre para avaliar como incrementar os progressos de Vespasiano. Estes encontros eram na casa da tia de Domiciano, por isso pude avaliar melhor sua mente inquieta e seu caráter agitado. Por um lado, ele queria sempre tomar medidas concretas, que chegavam a ser até precipitadas. Ficava sentado, mordendo a cutícula das unhas e sugerindo planos para instigar um motim das tropas aquarteladas na cidade. Por outro lado, ficava assustado com qualquer sinal de perigo.

Vitélio, ou melhor, os assessores dele, reuniram a guarda pretoriana que tinha se distinguido pela sua lealdade a Otão: recrutaram cerca de vinte mil homens das legiões e da cavalaria, indiscriminadamente.

— Eles não têm *esprit de corps* — insistia Domiciano, destacando a expressão que citou em grego, embora conhecesse muito menos esta língua do que eu, sendo incapaz de manter uma conversação. E continuou: — Essa guarda não passa de um bando de maltrapilhos, dispostos, tenho certeza, a ir atrás de quem pagar mais!

— Portanto, são homens inúteis — acrescentou Rúbrio Galo, um oficial da guarda municipal em quem Flávio Sabino sempre confiou muito. — De qualquer jeito, tentar suborná-los seria uma ação que não ficaria em segredo.

Acrescentei:

— E é preciso considerar também que não somos nós que administramos o Tesouro Imperial, mas Vitélio, que pode aumentar qualquer proposta que fizermos aos soldados. Ele agora pode fazer ouro; nós só prometemos ouro para algum dia.

Domiciano ficou amuado, pois, como você sabe, não suportava qualquer opinião contrária à sua, nem conseguia expor suas ideias de forma racional.

Além do mais, queria entrar logo em ação, mas, ao mesmo tempo, tinha medo de que até as nossas reuniões fossem perigosas.

— Se alguém souber que estamos fazendo esses encontros... — ele dizia, passando o dedo indicador pela garganta.

Era verdade o que ele dizia, não precisávamos ouvir, pois todos nós sabíamos o perigo que corríamos.

Mas Flávio Sabino tinha jeito para lidar com o sobrinho. Achava que Domiciano tinha realmente sido desprezado por Vespasiano e disse-me várias vezes que, no fundo, o rapaz era bom e talentoso, por isso agora tentava colocar panos quentes no orgulho ferido.

— Meu sobrinho, você é, em geral, prudente, mas em particular, não. Poucos integrantes de uma facção permanecem íntegros durante uma guerra civil, exceto os muito virtuosos e os que têm grandes motivos para se filiar a determinado partido; os demais perdem a lealdade. Como você estudou História, há de se lembrar que Lúcio Domício Enobarbo, por exemplo, desertou do exército de Marco Antônio e passou para o de Otávio César, o futuro Augusto, embora Marco Antônio só tivesse dado a ele atenções e confiado nele. Enobarbo não era um homem mau, mas a traição é contagiosa. Não tenho dúvida de que os novos pretorianos vão desertar do exército de Vitélio logo, assim que chegar a hora, mas não agora, quando ele está numa posição que lhes interessa. Mas há outros cuja deserção seria mais útil e talvez garantida com mais facilidade.

Ele fez uma pausa, bebeu vinho e ficou ouvindo o confuso barulho da noite na cidade. Alguém passou na rua cantando uma música obscena sobre Nero. Dois dias antes, Vitélio tinha ordenado que se montasse um altar no Campo de Marte para os rituais fúnebres em honra daquele imperador a quem ele havia servido com tal zelo ignóbil.

Flávio Sabino disse:

— A situação está mudando. Hoje Vitélio soube que foi rejeitado pela Terceira Legião, que jurou fidelidade a Vespasiano.

— Qual foi a reação dele?

— Alguém disse que, primeiro, ele ficou tonto e precisou ser reanimado com vinho. Depois disse: *Trata-se apenas de uma legião, as outras continuam leais.*

— Qual o efeito destas palavras?

— Os conselheiros ficaram inquietos. Insistiram para ele fazer um pronunciamento para as tropas, o que acabou fazendo. Declarou que havia boatos insanos sendo espalhados pelos pretorianos que desertaram, mas ninguém deveria dar ouvidos. Vitélio teve o cuidado de não mencionar Vespasiano e assim deu a impressão de que enfrentava o motim de uma legião e não um desafio ao cargo. Os soldados foram espalhados pela cidade com ordens de prender qualquer pessoa que estivesse comentando notícias que perturbassem a ordem pública.

— É o tipo da providência que confirma os boatos — observei.

— Eis um bom dia para agirmos — concluiu Rúbrio Galo.

— Isto faz com que a nossa posição fique ainda mais perigosa. Domiciano está bem ali.

Flávio sorriu para o sobrinho, como se aprovasse sua opinião.

— E ele tem razão também em acreditar que nossa melhor atitude é procurar tirar alguns homens importantes do lado de Vitélio. Isto ocorre por um motivo que vocês talvez desconheçam. Todos sabem, claro, que Vitélio deve a sua atual posição não aos próprios esforços, que foram fracos e desprezíveis, mas a seus generais Cecina e Valente. O que vocês podem não saber é que eles hoje se odeiam e desconfiam um do outro. Cecina está, digamos, desiludido. Seus esforços foram os mesmos do colega, mas acha que Valente está mais prestigiado por Vitélio. Acho que podemos tirar vantagem dos seus ressentimentos.

A proposta era interessante. Na mesma hora, eu me ofereci para ser intermediário entre Flávio e Cecina.

— Seu interesse é positivo, mas você há de ter nobreza de espírito para aceitar minha recusa sem ressentimento — disse Flávio. — Rúbrio, aqui presente, é o homem para esta tarefa. Ele serviu com Cecina na Germânia e nas guerras contra o Império da Pártia na qual Córbulo ficou famoso a ponto de ser odiado por Nero. Na qualidade de velho companheiro, capaz de lembrar dias mais felizes, ele está em melhor posição do que você para tirar proveito dos ressentimentos, temores e ambições de Cecina.

Assim foi decidido. Um ou dois dias depois, observei as legiões germânicas e os exércitos auxiliares marchando rumo ao Norte. Pareciam bem diferentes de como estavam no dia da vitória de Vitélio. Não eram os mesmos homens de antes. Abatidos pela doença e nervosos por estarem desacostumados ao luxo, pareciam uma turba sem alma e não um exército. Irritados com o calor, com a areia e com o peso das suas bagagens, pareciam prontos para se amotinarem. Senti um peso no meu coração.

XXXII

Mais uma vez não consegui dormir. Fiquei deitado ao lado da minha mulher, após ter feito amor de forma mecânica, alívio para o corpo se não é para o espírito, escutando sua respiração regular enquanto minha cabeça voava, irregular.

Levantei-me, vesti-me, saí de casa e andei até o rio, num ponto que fica alguns quilômetros antes de desaguar num charco, formando vários riachos que seguem para o mar. A noite estava clara, pois uma lua cheia passava atrás de nuvens leves e formava sombras grandes e mutantes que davam às coisas uma forma nova e inesperada. Eu tinha a impressão de que figuras fantasmagóricas subiam com a neblina que pairava sobre o rio.

Perto do final da guerra contra os judeus, depois que Tito tomou Jerusalém e destruiu o templo deles (não conheci outro igual, sem imagens do deus que adoravam), alguns fanáticos inimigos fugiram para uma fortaleza que ficava sobre uma montanha chamada Massada. Naquela estranha noite insone pude ver o lugar outra vez, embora a paisagem fosse bem diferente, deserta, só areia e pedras, em vez de um rio e um charco. Não sei como era Massada, mas são muitos os caprichos da imaginação e da memória. Talvez não fosse tão estranho eu pensar nela, pois jamais esqueci este episódio horrível e, naquele momento, sabia que precisava falar.

Então voltei para casa, acordei Balto, mandei que ele vestisse um manto de pele de cabra, pois estava frio, e fui com ele para a margem do rio. Aquilo não tinha qualquer sentido: como eu já disse, não havia semelhança entre um lugar e outro, mas só lá eu conseguiria falar no assunto sobre o qual me calei durante tanto tempo. O rapaz se sentou num tronco apodrecido de uma árvore caída e me escutou. Não fez qualquer reclamação por ter sido acordado.

Na montanha estavam os judeus que sobraram, comandados por um tal de Eleazar, que era filho do provocador da rebelião. Eleazar foi educado para ser um fanático mais radical até do que o pai, juntando uma grande devoção ao seu deus sem nome a uma selvageria e austeridade como eu nunca tinha visto, nem mesmo em Roma. Por isso eu não tinha conseguido ainda escrever meu relato para Tácito.

— Massada foi construída sobre um rochedo no deserto, uma fortaleza em si, além de ter sido projetada pelos melhores construtores da época. Então, durante muitos anos, nós a sitiamos, mas não ousávamos tentar um ataque. O rochedo era tão íngreme que, olhando de qualquer um dos vales em volta, mal se conseguia avistar alguma coisa lá no alto. Suas paredes eram escarpadas e apenas duas estreitas passagens conduziam perigosamente ao cume. Mesmo assim, conseguimos chegar a uma extremidade dele, chamada de Promontório Branco, e construímos lá, com muito esforço, uma fortificação.

O rapaz parecia intrigado com as minhas palavras, pois nada sabia de cercos; percebi, então, que aquela descrição era desnecessária, não tinha sentido para ele.

Disse:

— Muito bem, mas não estamos preocupados em nos apossar do lugar sobre o qual estou falando.

Com isto, pulei um pedaço da história.

— Pusemos fogo numa parte do muro da cidadela, empilhando galhos em chamas. Primeiro o vento soprou o fogo para cima de nós, mas, depois, por cortesia dos deuses, ficou a nosso favor, e o fogo ameaçou os defensores. Então conseguimos uma brecha e voltamos, prontos para atacar no dia seguinte.

— Quando Eleazar percebeu que a fortaleza não podia mais ser defendida, não se rendeu, como faria um homem civilizado. Soubemos depois que ele se dirigiu ao seu povo, falando das agruras que atingiram a nação judaica, sem dizer que foram provocadas por ele mesmo e por seus iguais. Como sabemos, e como Flávio Josefo conta em seu livro, Eleazar disse:

Aqueles que estão mortos, devemos crer que são abençoados, já que morreram defendendo a causa da liberdade. Quanto à multidão, que se rendeu aos romanos, quem não se apiedaria dela e quem não preferiria morrer a sofrer assim? Alguns dos que se renderam foram colocados na roda, torturados com fogo e chicoteados até a morte. Outros foram quase mortos por animais selvagens, mas mantidos vivos para serem devorados de forma lenta e assim divertir nossos inimigos. E os que ainda estão vivos, não será de esperar que desejem uma morte que lhes foi negada, a mais piedosa de todas? E onde está agora Jerusalém, a cidade dourada dos nossos antepassados, para onde o rei Davi levou a Arca da Aliança de Deus com Israel? Jerusalém está destruída, arrasada. O leão e o lagarto continuam rondando, mas a voz dos homens silenciou. Mas quem, pensando em todas estas coisas, é capaz de suportar a luz do sol, apesar de viver longe do perigo?

— Eleazar continuou falando por muito tempo, colocando questões e incitando um misto de ódio e aflição a seus seguidores, que começaram a dar gritos que cortaram a noite e nos amedrontaram. Então, como soubemos depois, Eleazar disse:

Nascemos para morrer, como os filhos que geramos. Nem o mais afortunado ser da nossa nação tem o poder de livrar-se da morte. Mas há outras coisas, como os maus-tratos, a escravidão e o choro de nossas mulheres e crianças: tudo isso leva à ignomínia, pois não são males naturais e que se tenha de aguentar. Só aqueles que, por covardia, preferem sofrer estas misérias a morrer precisam passar por isso. Portanto, enquanto ainda temos a espada na mão, vamos morrer antes de sermos escravizados pelos nossos inimigos, vamos sair deste mundo com nossas mulheres e filhos em estado de liberdade. É o que as nossas leis pedem e o que as nossas mulheres e filhos também esperam que façamos. O Senhor exigiu isso de nós, mas os romanos querem o contrário e temem que um de nós morra antes de estarmos todos nas mãos deles. Então, em vez de conceder a eles o prazer que esperam de terem-nos em seu odioso poder, vamos dar um exemplo que os deixará surpresos com o nosso sumiço e admirados pela coragem com que enfrentamos o nosso destino!

— Quando ele terminou de falar, houve um longo silêncio, que durou tempo suficiente para um homem encilhar seu cavalo. Os homens então abraçaram suas mulheres e filhos, alguns chorando, enquanto outros mantinham uma calma que qualquer filósofo estoico admiraria e, assim, desembainhando as espadas, mataram-se enfiando as espadas no peito ou degolando uns aos outros. Os corpos destes mortos foram empilhados, cobertos com galhos e queimados. A lei dos judeus, ao contrário de todas as nações civilizadas, proíbe o suicídio, por isso uma dúzia de homens foi destacada para matar os restantes. Aí os doze escolheram quem se encarregaria de executar os companheiros. Quando sobraram só dois homens vivos, um tratou de matar o outro para que nenhum fosse culpado de se matar. Enquanto isto, a pira funerária queimava.

— Pela manhã, nós, romanos, nos aprontamos para o ataque, vestimos nossas armaduras, nervosos, porque seria uma batalha horrenda e ninguém duvidava da tenacidade feroz do inimigo. Mas aí, em vez do barulho dos preparativos, ouvimos um terrível silêncio e vimos fumaça subindo do centro da cidadela. Então avançamos aos poucos e fomos abrindo caminho ou escalando os muros até chegarmos à cidade dos mortos. E quando a vimos, ficamos impressionados, e muitos de nós apavorados!

Neste ponto interrompi a minha narrativa. Os charcos se espraiavam à nossa volta, numa imensidão. Soprou um vento do Norte, fraco, mas bem frio. O rapaz apertou um pouco mais o manto no corpo, mas não dava para eu ver o efeito que as minhas palavras causaram nele. Talvez, pensei, fosse a lembrança de Massada que me provocasse insônia. Mas eu sabia que isto era fantasia. Tenho outros crimes na consciência e não fiz nada em Massada que me envergonhasse. Mesmo assim, em nenhum outro lugar vi tamanha demonstração de desrespeito à vida, uma negação por tudo o que fez de Roma o que ela é. Os judeus mortos cuspiram na cara da Europa. Muitas vezes refleti sobre aquele verso de Virgílio onde se diz que o dever de Roma é poupar as pessoas e subjugar os orgulhosos. Em Massada não pudemos nem poupar nem subjugar.

Balto perguntou:

— Como sabe o que aconteceu? Como sabe o que esse Eleazar disse?

Ele falava bem baixo, parecia que as palavras não vinham dele, mas que alguém o obrigava a falar. Era uma boa pergunta!

— Algumas velhas, duas ou três, tinham medo de morrer, ou não gostavam da ideia. Então, quando ouviram a gravidade do que Eleazar estava falando, fugiram e esconderam-se num celeiro, ou talvez numa fenda do rochedo, e assim sobreviveram. Elas nos procuraram e contaram tudo. Quando perguntamos quantas pessoas tinham morrido, disseram: mais de novecentas e menos de mil.

Nem naquele instante de uma confissão há tanto tempo esperada, que precisei fazer por alguma razão (não tenho palavras para explicar), consegui repetir para Balto a observação do nosso general Flávio Silva, procurador da Judeia e primo de Tito. O general disse que Eleazar foi generoso poupando-nos de massacrar seu exército.

— Eleazar também morreu? — perguntou Balto.

— Dizem que sim, mas muitos corpos estavam deformados ou irreconhecíveis pelo fogo.

— Por que você me conta isto? — perguntou o rapaz, levantando a cabeça, com o rosto úmido de lágrimas. Da aldeia veio o canto de um galo, quando os primeiros raios do sol nascente tingiram de rosa o horizonte cinzento.

O que eu poderia responder? Há um verso de Ovídio, de um poema composto de lamentos que diz: "Falar em alguma coisa dolorosa é um alívio".

Respondi que eu não sabia e apenas balancei a cabeça, já que não tinha uma resposta. Será que era crueldade minha obrigá-lo a ouvir aquela história de atroz desumanidade do homem? Será que eu me ressentia por ele estar em paz com o mundo, apesar de sua condição de escravo, ou será que eu queria destruir o que me parecia uma vergonhosa inocência? Eu tinha me privado do seu corpo, embora ele ainda me tentasse. Será que agora, por vingança, eu iria perseguir a sua cabeça com histórias horríveis?

Não acredito. Mas como Cícero escreveu uma vez: a maldade é esperta e a mente do homem é capaz de muitas travessuras.

Quando Tito tomou Jerusalém e a destruiu, estando eu ao seu lado, mandou que eu acompanhasse um liberto chamado Fronto para nós dois decidirmos o que fazer com os cativos. Escolhemos os homens mais altos e mais belos e os separamos para a entrada triunfal de Tito em Roma. Os que tinham mais de dezessete anos, mandamos para trabalhar como escravos nas minas do Egito, onde havia falta de mão de obra. Outros, mandamos para as cidades das províncias para participarem dos esportes nas arenas. Deixamos os meninos para o mercado de escravos. Havia uma linda moça judia que implorava, às lágrimas, pela vida de seu amado, um belo rapaz de traços finos e cabelos dourados. A beleza deles conquistou minha clemência. Fronto e eu fizemos a partilha: ele ficou com o rapaz; eu, com a moça, que foi minha amante por um mês, até a noite em que sumiu. Seu corpo foi encontrado na entrada do acampamento: tinha sido violentada e degolada. Ao saber disso, o rapaz se recusou a comer e foi definhando até morrer, o que os judeus não consideram suicídio. O irmão mais velho dele era um dos que marchavam acorrentados no desfile de vitória de Tito, um jovem de rara beleza.

— Creio que o senhor tem uma alma perturbada, senhor. No meu país há um ditado que diz: "A coragem é boa, mas a tolerância é melhor" — ele comentou.

Retruquei apenas que o meu destino é tolerar e percebi que não tenho mais a coragem que um dia tive. Transformei-me num covarde que teme as próprias lembranças e as de Roma também. Tenho a impressão de que o máximo que conseguimos ao dominar o mundo foi fazer um deserto e chamá-lo de paz, e a única coisa livre que restou do nosso Império é o vento, que agora sopra frio, vindo do Norte.

Coloquei a mão no ombro de Balto e não senti resistência.

— Vá dormir outra vez, foi um erro acordar você — confessei.

Três grous levantaram voo do charco e passaram sobre nós, as asas batendo devagar, depois, mudaram de direção e voaram contra o vento, rumo ao mar.

— Vocês, romanos, veriam nisto um presságio, mas são apenas pássaros — ele disse, com um sorriso travesso.

PODE HAVER PROVAÇÃO MAIOR DO QUE FICAR ENFIADO NUMA CIDADE dominada pelo inimigo, enquanto suas forças aliadas ou o seu líder estão fazendo campanha a quilômetros de distância?

Era essa a nossa situação. Vespasiano ainda não tinha saído do Leste, mas as legiões do Danúbio tinham atravessado os desfiladeiros nos Alpes Panonianos.

Fizeram isto por insistência de Antônio Primo. Alguns comandantes eram favoráveis ao adiamento da guerra, argumentando que os seus exércitos tinham menos soldados e deviam ficar nas passagens das montanhas, sem avançar até que Vespasiano, Tito ou Muciano mandasse reforços. Enquanto isto, diziam, a frota de Vespasiano no mar garantia que a Itália poderia ser declarada em estado de sítio. Mas Antônio Primo discordava de tudo, achando que, numa guerra civil, adiar era perigoso. E ele desprezava as tropas de Vitélio: dizia, segundo eu soube, que eram *muito indolentes e tinham se efeminado graças ao circo, ao teatro e aos prazeres da capital.* Mas admitia que quando estas tropas chegavam ao acampamento, e talvez graças à força de sangue novo (os soldados vindos da Gália e da Germânia), retomavam a antiga agilidade e ficavam mais admiráveis do que eram antes. Ele falou muito nisso e conseguiu convencer seus colegas.

Naturalmente eu soube de tudo mais tarde, em conversas. Mas você, Tácito, pode ter certeza de que é um relato verídico. Suponho que vá inventar na sua história algum arrebatador discurso de Antônio; é bom que faça isto, pois a linguagem que ele usava não caberia numa história elegante. Foi um dos homens mais grosseiros que eu já conheci.

Enquanto isto, nós esperávamos na cidade. Chegavam muitas notícias confusas, contraditórias, que só mereciam ser chamadas de boatos e não de confiáveis. Em épocas turbulentas, quando não se pode acreditar em qualquer coisa, os homens deviam tapar os ouvidos para não acreditar no que ouvem. Mas fazem o contrário e acreditam em tudo, que é exatamente o inverso do que acharam totalmente verdadeiro no dia anterior.

Como Vitélio soubera do desafio de Vespasiano e enviara o seu exército para a guerra, Domiciano achou mais sensato não aparecer em público. E raramente saía da casa da tia, só ia ao barbeiro, e até lá se sentia em perigo. Ele costumava falar, nervoso, em encontrar um lugar mais seguro para se esconder, fora da cidade ou num dos bairros mais simples, arrumar um quarto em alguma viela barulhenta e mal frequentada, onde os agentes do Estado não ousavam entrar. Mas, por medo das afrontas e perigos aos quais estaria exposto nestes lugares, ele não ia. Às vezes, à noite, afogava seu medo no vinho, e de manhã ficava tremendo, com mais medo ainda (beber demais sempre prejudicava seu estômago e seus nervos). E ele achava terrível que na noite anterior tivesse ficado num estado no qual não teria condições de escapar dos inimigos. Tito desprezava estes medos; eu tinha pena de Domiciano que, percebendo isso, ficava ofendido.

Quanto a mim, continuava levando uma vida normal, na medida do possível, na cidade confusa e agitada. Achava que, se estivesse em perigo, nenhum esconderijo poderia salvar-me e que era melhor eu não demonstrar medo ou insegurança, que eram sinais de culpa. Então eu ia ao barbeiro, à biblioteca e à terma; frequentava jantares e teatros e nunca perdia uma corrida de bigas no circo. Quando Vitélio estava presente ao espetáculo, não dava muita atenção ao que se passava na arena (embora fosse famoso por apoiar os Azuis**), ficava nos fundos da tribuna, comendo e bebendo. Mas quando vinha, trôpego, para a frente, e era visto pelo povo, saudavam-no com gritos vigorosos que me pareciam de um entusiasmo autêntico. A multidão é volúvel, mas Vitélio na época tinha uma popularidade que nenhum

---

* De "factio veneta", determinada facção de cocheiros que disputava prêmios durante as corridas de carros no Circo Máximo, principalmente no período imperial. (N. do C.)

imperador desfrutou desde que Nero era jovem. Sua única preocupação no cargo era esbanjar doações e promover banquetes para o povo. Alguém observou que Roma estava no mau caminho, já que os cidadãos agora estavam sempre tão bêbados quanto o imperador. Era uma boa observação, além de verdadeira, e gostaria que tivesse sido minha, mas, Tácito, pode ter certeza de que jamais creditei a mim as palavras certas ou as citações feitas por outros.

O mistério que intrigou a todos naqueles dias foi que Flávio Sabino manteve seu cargo, mesmo havendo uma guerra declarada entre o irmão dele e Vitélio. Eu não conseguia entender como ele conseguiu isto e não sou capaz de explicar-lhe mesmo agora. Alguns dizem que ele estava fazendo jogo duplo, e Domiciano, num momento de bebedeira, chegou a sugerir que o seu tio era traidor.

Se eu não explicar como sei disto, na próxima carta você me atormentará para dar uma justificativa, e com sua admirável persistência, duvidará que eu não tenha. Por isso darei um motivo provável, mas que é apenas uma suposição, sem qualquer suporte.

Creio que Vitélio jamais quis o Império, que lhe foi oferecido por Cecina e Valente e foi muito fraco (ou muito deslumbrado) para recusar aquela perigosa honra. Mas sabia que não era adequado para o cargo, não acreditava que conseguisse cumprir seu papel. Criado na Corte, tendo acompanhado os governos de Tibério, Calígula, Cláudio e Nero, ele conhecia como ninguém a instabilidade do Império; sabia também que era, de certa forma, inferior a todos aqueles a quem tinha servido, geralmente de forma abjeta. Sem dúvida houve momentos durante o avanço para Roma em que ele se sentiu tomado pelo esplendor de sua grandeza. Mas, apesar da observação mais ignóbil que lhe foi atribuída (*Não há cheiro mais agradável que o de cadáveres de rebeldes mortos*), tenho a impressão de um homem se esforçando num papel para o qual não ensaiou e que era incapaz de interpretar. Vitélio era perdulário, ganancioso, lascivo, covarde, desonesto, desprovido de princípios morais, mas nenhum dos seus atos passados dava a entender que gostasse de crueldade (pelo menos foi o que a minha mãe me disse).

Agora, instalado em Roma, não podia se ajudar, só esperar o resultado da batalha. E estava com medo. Em seus raros momentos de sobriedade, pode ter se perguntado como os deuses que desprezaram Nero, Galba e Otão agora estavam favorecendo um homem igual a ele.

Como todos os fracos, Vitélio era supersticioso, e naquelas semanas até o sacerdote mais amável teve dificuldade em trazer presságios favoráveis.

Sentindo e temendo a inconstância da Fortuna, Vitélio olhava, apreensivo, à sua volta e o seu olhar recaiu sobre Flávio Sabino, irmão do seu rival. Se Vitélio fosse forte, ou se acreditasse no valor e na lealdade dos seus exércitos, teria certamente prendido Flávio ou até mandado matá-lo, pois não havia dúvida de que ele estava no centro de todos os movimentos que instigavam revoltas populares em Roma.

Mas Vitélio nada fez; sequer demitiu Sabino. Só posso imaginar que ele já sabia que um dia poderia precisar de um amigo no acampamento de Vespasiano ou, senão um amigo, alguém que devesse algum favor a ele. Certamente lhe ocorreu que, se chegassem às negociações, estaria mais seguro tendo um intermediário aceito pelos dois lados, e nenhum seria mais indicado do que Flávio Sabino.

Tácito, após ler minha tentativa de explicação, tenho certeza de que a rejeitará. Sei que você tem tanta raiva de Vitélio que não aceitará a ideia de que ele era capaz de raciocinar com inteligência. Pode ter razão, e é verdade, como você insistira, que Vitélio raramente estava sóbrio para pensar direito. Só posso dizer que nenhum homem poderia ter sobrevivido ao governo de tantos imperadores sem ter perfeita noção do que era preciso para se manter.

Chegou o calor do verão. Tentei convencer minha mãe a retirar-se para a *villa* do seu primo nas colinas, como costumava fazer. Ela se recusou.

— As coisas por aqui estão bem interessantes — disse.

Mas ela quase não saía de casa.

Um dia encontrei Domiciano com ela e pensei que ele estivesse esperando por mim. Não. Ele tinha vindo falar (ou ouvir) com minha mãe e quando cheguei ficou constrangido.

Mais tarde, ela disse:

— Tenho pena desse rapaz, é tão inseguro de seu lugar no mundo que chego a temer por ele também! Sua falta de autoestima o levará à desgraça! Homens que não confiam em si mesmos não merecem confiança!

Chegaram notícias que alteravam um pouco a tranquilidade que Flávio Sabino tinha demonstrado até então: Cecina tinha desertado, mas agiu cedo demais.

Eu estava na casa de Flávio Sabino quando um dos seus amigos chegou com a notícia. O mensageiro, pois não era outra sua função, disse que gostaria de falar a sós com Flávio, mas este replicou que eu era de sua confiança, não havia segredos entre nós. Na hora fiquei emocionado pela demonstração de confiança, mas depois pensei: *Ele está com medo*. Deve temer que eu o traísse e por isso queria envolver-me em seus planos, ou podia temer que, se me excluísse, eu também fosse desconfiar dele e transmitir minhas suspeitas para Tito. Assim, os maus tempos corrompem a todos, daí ser tão comum o comportamento dúbio; a sinceridade e a honestidade causam desconfiança. Ao lembrar disso agora, sinto vergonha dos meus sentimentos na época, mas era natural que fosse assim.

O mensageiro continuou indeciso, mas finalmente concordou com a ordem de Flávio. Pensei que eu fosse lembrar agora de tudo o que disse, pois falou com uma emoção que me tocou. Mas não consigo e não quero seguir o exemplo de historiadores como Lívio que inventam discursos para seus personagens para poderem exibir seu domínio da retórica. Portanto, eu me contento em dar o sentido do que o mensageiro disse.

Cecina soube da revolta da frota em Ravena: eles amotinaram-se contra Vitélio. Primeiro, o comandante Lucílio Basso ficou sem saber que atitude tomar, não sabia se era mais perigoso largar Vitélio ou continuar leal a ele. Mas, quando viu que os revoltosos estavam prontos para atacá-lo, Basso teve a coragem de colocar-se à frente e proclamar Vespasiano imperador.

Esta notícia convenceu Cecina de que tinha chegado o momento de ele mudar de lado. Chamou então para um lugar distante do acampamento os comandantes e centuriões mais velhos, acreditando que fossem mais ligados a ele. Disse-lhe que acreditava que Vespasiano tinha ganhado o jogo, que ele seria um imperador à altura e que, naquele momento, quando a frota tinha mudado de lado, eles não poderiam esperar que chegassem novos contingentes. Não havia o que esperar da Gália ou da Espanha e a capital estava um tumulto. Suas palavras foram convincentes e todos juraram lealdade a Vespasiano. Bandeiras e flâmulas com os símbolos de Vitélio foram jogadas fora e enviaram mensageiros a Antônio Primo (que comandava a guarda avançada de Vespasiano) anunciando que estavam prontos para juntar-se a ele.

Até aí muito bem, você dirá. Mas as coisas tomaram um rumo inesperado. Os soldados rasos do exército não estavam dispostos a ver sua lealdade ser vendida pelo comandante. Embora espontânea, a raiva deles foi insuflada pelos oficiais que Cecina tinha esquecido. Um deles perguntou, irritado, se a honra do exército da Germânia, que até então tinha vencido todas as batalhas, não estava tão baixa que aceitariam render-se aos inimigos por nada. O homem garantiu que eles não seriam recebidos como aliados: pelo contrário, seriam desprezados pelas tropas de Vespasiano e por eles mesmos. Ele apelou para o orgulho e para a honradez dos soldados e o seu discurso venceu, já que os soldados raramente conseguiam resistir a esse tipo de bajulação. Então foram em bandos até o quartel-general e prenderam Cecina. Acorrentaram-no, zombaram dele e só não o mataram graças a um pedido para que ele tivesse um julgamento formal antes de sua execução. Outros comandantes e centuriões que tinham colaborado com seu traiçoeiro general foram mortos. O mensageiro teve muita dificuldade e correu perigo para escapar e trazer estas notícias.

Quando soube dos acontecimentos, Flávio Sabino deu a impressão de estar calmo, recompensou o mensageiro com ouro, chamou seus escravos e mandou que dessem de comer e beber ao seu amigo. Quando ficamos a sós, ele disse:

— Então as coisas mudaram para pior, não há dúvida. Avisei Cecina que o mais importante era saber o momento certo de agir, destaquei a importância de não ter muita pressa. Mas ele discordava.

— As coisas não estão piores do que se você não tivesse combinado com ele. Pelo que Tito me disse, não acredito que a deserção de Cecina estivesse nos planos do inimigo.

— Mas não é este o problema. Sabe qual foi minha meta na política durante todos estes meses terríveis? Sempre tive um só objetivo: evitar a guerra civil! Agora que a esperança acabou, a decisão será tomada no campo de batalha.

Não perguntei como ele conciliou este objetivo com o apoio que deu a Vespasiano como candidato a imperador. Não cabia a mim perguntar isso, e de nada me serviria. Nunca encontrei uma resposta satisfatória, embora estivesse certo de sua sinceridade.

— Eu contava com a timidez de Vitélio — ele confessou. — Cecina foi o primeiro a forçá-lo a assumir o poder; se ele largasse Vitélio, tenho certeza de que passaria para o nosso lado e o problema se resolveria sem mais derramamento de sangue. Sempre odiei a guerra, você sabe. Mas agora Vitélio ficará indignado por Cecina tê-lo traído. E o humor dele, que oscila como uma vela ao vento, voltará a brilhar com força. Além do mais, além do mais...

Ele parou e olhou para mim firme pela primeira vez desde que ficamos a sós. Parecia esperar que eu completasse a frase.

E eu disse:

— Você quer dizer que quando ele perceber que quase provocou um desastre, vai querer se vingar.

— Exatamente! Ele é um homem fraco, e os fracos e medrosos atacam logo! Como Nero, por exemplo. E acho que Domiciano corre perigo, diga ao rapaz para sumir de vista, encontrar algum esconderijo.

— E o senhor?

— Eu estou seguro, pois ainda posso ser útil a Vitélio. Ele deve saber onde posso ser encontrado, mas você, rapaz, e Domiciano, devem tomar cuidado! Vivemos um tempo em que poucos homens merecem confiança!

Ele estava certo. Quando Vitélio soube da deslealdade de Cecina, desmaiou, e só ao ser reanimado por Asiático conseguiu entender que Cecina tinha sido afastado do cargo e preso pelos próprios soldados, seus subalternos. A reação imediata de Vitélio foi desejar que Cecina morresse, depois ordenou que fosse levado para Roma, sofrendo todas as humilhações. Ordenou ainda que o prefeito dos pretorianos também fosse preso só por ter sido nomeado por recomendação de Cecina.

Vitélio foi ao Senado, onde fez um discurso tão confuso que poucas pessoas entenderam o sentido, exceto a parte em que elogiava muito a própria magnanimidade. Os senadores responderam no mesmo nível. O irmão do imperador fez uma declaração condenando Cecina; depois um senador após outro falou no melhor velho estilo, lastimando que um general romano tivesse traído a República e a seu imperador. Mas notou-se que todos tiveram o cuidado de não dizer nada que pudesse ser usado contra eles caso Vitélio perdesse o cargo. E nenhum senador fez qualquer condenação ao inimigo do imperador. O nome de Vespasiano não foi pronunciado, o que encorajou Flávio Sabino. Tudo isto vim a saber depois, pois é claro que não compareci ao Senado, estava ocupado com outras coisas. De qualquer forma, não era membro daquela augusta assembleia (suponho que ainda devo chamá-la assim, embora uma descrição mais acurada possa definir o Senado de então como formado por um bando de poltrões, egoístas e oportunistas que desonravam seus antepassados).

Meu problema era Domiciano. Tácito, você não se surpreenderá ao saber que, embora estivesse com tanto medo e tanta vontade de encontrar um lugar seguro para se refugiar, ele desconfiou da recomendação do tio.

Disse que aquilo era algum plano para impedir que ele se destacasse em defesa da causa do pai, mais uma tentativa de colocá-lo à margem dos acontecimentos. Estava sendo tratado como criança e não como homem. E por que era seguro o tio continuar no mesmo lugar enquanto ele tinha de se esconder? Que jogo duplo estaria fazendo seu tio?

E assim por diante: sua indignação vinha numa cascata de perguntas confusas e geralmente contraditórias.

Até que eu disse:

— Então, faça o que quiser. Tenho certeza de que ninguém se preocupa se você está vivo ou morto!

O conselho o deixou ainda mais furioso. E continuei:

— Não tive a intenção de te ofender, mas, realmente, você abusa da minha paciência! Não entende que, no fundo, todos nós temos os melhores interesses? Sim, seu tio está fazendo um jogo perigoso! Mas é um homem honesto, não tenho qualquer dúvida! E o jogo ficará ainda mais perigoso se Vitélio pegar você, que é a melhor ficha para barganhar que ele pode ter.

Domícia apartou, virando-se para mim:

— Você tem razão. É por ser importante que Domiciano precisa sair de cena. Seria horrível se fosse preso e virasse refém, eu não aguentaria se algo de ruim acontecesse com você!

Ela estava quase chorando. Enlaçou o irmão pelo pescoço e o beijou no rosto. Era impossível que Domiciano não sentisse o nervosismo e o afeto dela e que não se emocionasse também. Mas ele se desvencilhou do abraço.

— Não sei o que fazer... — ele disse.

Olhei pela janela.

— Você pode não saber, mas precisa resolver logo! Há um destacamento da guarda pretoriana no final da viela e acho que estão fazendo averiguações. Talvez estejam procurando você!

Foi o que bastou. Não sei se as palavras de Domícia o teriam convencido a obedecer ao tio, mas o medo prevaleceu. Ele olhou em volta, nervoso.

— Para onde podemos ir?

— Só há uma saída segura: o telhado!

Como um rato descoberto numa cozinha, ele saiu e subiu as escadas do prédio. Segurei a mão de Domícia.

— Você também tem de ir — disse.

Ela resistiu um instante, depois concordou.

Felizmente nenhum morador dos apartamentos do andar de cima apareceu enquanto subíamos a escada, assim ninguém poderia mostrar aos soldados para onde fomos. Saímos por uma pequena claraboia, usada quando algum operário precisava subir no telhado. Ajudei Domiciano a alcançá-la: ele forçou a abertura, que parecia grudada, e arquejou de leve, nervoso. Eu escutava, pelo poço da escada, os soldados lá embaixo fazendo perguntas ao porteiro. A claraboia finalmente soltou, Domiciano conseguiu abri-la e passar. Por um instante, ele sumiu da nossa vista e não ousei chamá-lo. Segurei a irmã dele e, com um gesto de bailarino, levantei-a até que alcançasse a abertura e subisse. Depois, dando mais um empurrão, passei-a. Dei três passos para trás e, num impulso, segurei na borda da claraboia. Minha mão escorregou e por um instante fiquei balançando, apoiado só na outra mão, apalpando o ar. Quando ouvi os soldados subindo a escada para o apartamento, minha mão segurou a de Domícia. Icei-me e subi no telhado. Domiciano estava deitado no telhado, de barriga para baixo. Tinha quase escorregado e estava agarrado nas telhas. Virei-me e fechei a claraboia. Depois, levantei-o, de forma que ficamos os três numa pequena borda. Só então vi que a claraboia não abria para o lado plano do telhado, mas para o inclinado. Domiciano quase caiu lá de cima. Hoje admito que teria poupado Roma de um monte de problemas, mas claro que não pensei isso na hora.

— Não podemos ficar aqui. Se pensamos nesta saída, eles também vão pensar. Apesar de não termos certeza se eles sabem que estávamos no apartamento.

— Nossa tia não vai dizer — garantiu Domiciano.

— Não, mas o porteiro sim, pode ter certeza! Se não disse quando os soldados o interrogaram, vai dizer quando eles descerem. Temos de atravessar o telhado.

Domícia disse:

— Sei que precisamos fazer isto, mas tenho medo de altura.

Mais uma vez, segurei-a pela mão e fomos andando pela beirada.

— Não olhe para baixo e você não sentirá nada — mandei.

Teríamos andado mais rápido pela parte plana, mas eu tinha medo de que chamássemos mais a atenção. Então fomos até o fim do prédio; lá embaixo, a viela, que parecia tão estreita quando se andava por ela, agora era um perigoso abismo. A distância de um prédio para o outro era de uns três ou quatro metros. Eu poderia passar facilmente, num pulo; Domiciano também, já que era melhor atleta do que eu (se conseguisse controlar-se na hora). Mas Domícia não conseguiria, e eu não ousaria saltar com ela segurando no meu ombro, que seria a única forma de carregá-la.

Fiquei em dúvida. Não ouvia nenhum barulho dos soldados, deviam ter saído do prédio sem pensar na claraboia. Se a tia tivesse dito que estávamos na rua, poderiam estar aguardando a nossa volta. Lá embaixo, na viela, um homem com um macaquinho vendia coisas, mas não havia qualquer outro movimento, nada que nos assustasse. Mesmo assim não era possível continuar lá, e quando Domiciano resmungou que podíamos voltar por onde tínhamos vindo, perguntei se ele queria passar por um comitê de recepção da guarda pretoriana.

Contornamos o prédio. Era final de tarde e havia pesadas nuvens de chuva. Vimos então que, uns seis metros abaixo de onde estávamos, havia um balcão, uma saliência meio-bamba e perigosa num apartamento que, pelos meus cálculos, devia estar dois andares abaixo do telhado. Tentamos entrar por duas claraboias de escadas, mas não conseguimos abri-las. A madeira tinha se dilatado e estava bem presa. Olhei o balcão; pularia lá sem dificuldade, mas será que aguentaria o meu peso? E será que as suas janelas estavam fechadas por dentro? Se estivessem, eu conseguiria pular de volta para o telhado? Percorremos o telhado outra vez. Não havia nenhuma saída à vista e, ainda por cima, começou a chover. Domícia tremia, mais de nervoso do que de frio. Expliquei o que eu pretendia fazer. Ela concordou, mas Domiciano não me olhava, nem sugeria qualquer outra coisa.

Assim, agarrado na beirada do telhado, fiquei com os pés no ar e pulei no balcão embaixo. Ele balançou com o meu peso, mas não se soltou da parede, como eu pensava que fosse acontecer. Se o balcão conseguiria aguentar três pessoas, era outro problema.

As janelas estavam mesmo fechadas e trancadas. Empurrei-as e prendi a respiração. Se o apartamento estivesse vazio, eu podia forçar e abrir. Mas, se não estivesse...

Ouvi ruídos dentro do apartamento e chamei, baixinho. Uma sombra escura apareceu atrás da janela. Uma tranca foi puxada e a janela se abriu. Dei de cara com uma mulher de rosto grande e redondo. Era negra, não disse nada, ficou esperando impassível que eu falasse alguma coisa. Desfiei desculpas por incomodá-la e expliquei-lhe que os meus amigos e eu tínhamos nos perdido no telhado. Ela concordou e chegou para o lado. Avisei:

— Não somos perigosos, nem fizemos nada de mal. Pode nos deixar sair do prédio passando pelo seu apartamento?

Ela concordou outra vez, sem dizer nada. Fiquei sem saber se havia me entendido, repeti as desculpas e fui dando mais explicações.

— Não me importo, não quero saber — ela disse. Tinha um sotaque sulista, com um toque do dialeto de Basilicata.

Virei-me, chamei Domiciano, mandei que ele segurasse Domícia para descer, o máximo de tempo que conseguisse. A seguir, ela estava nos meus braços. O balcão rangeu outra vez e eu rapidamente a coloquei na sala.

— Agora é a sua vez! — gritei para Domiciano. — Não pule, apenas escorregue!

Estiquei os braços para segurá-lo. Ouvi sons vindos do telhado: era Domiciano reclamando, não muito alto. Seus pés apareceram, ele despencou em vez de se dependurar; agarrei-o e seu peso me jogou contra a frágil balaustrada. Ouvi alguma coisa quebrando e joguei-o dentro da sala. Caiu de barriga. Ouvi passos no andar de cima e uma voz gritou:

— Passou para lá.

O balcão rangeu e balançou outra vez. Senti que estava se soltando da parede e, no mesmo instante, pulei para a sala. Atrás de mim, ouvi o balcão despencando na viela.

A mulher me olhava, seu rosto não tinha qualquer expressão.

— Desculpe o prejuízo, é claro que vou pagar — expliquei.

Ela abriu as mãos, num gesto de recusa.

— Nunca usamos este balcão e eu já tinha avisado o proprietário há meses que ele não era seguro — ela disse.

— Você podia ter nos matado! — reclamou Domiciano. — Ainda bem que só cortei o joelho...

A mulher fechou as janelas e as trancou.

— Não quero saber de nada. Por mim vocês não estão aqui... Mas quem estava atrás de vocês verá que ninguém caiu lá embaixo — ela concluiu.

Uma moça saiu de um quarto, usando uma túnica encardida e esfregando os olhos de sono. Deixou a porta entreaberta e pude ver uma cama toda desarrumada.

— O que houve? — ela perguntou.

— Nada, você não viu nada. Vá para a cama! E quanto a você... — disse a mulher para mim — agradeço se tomar seu caminho, seja lá qual for.

— Estou perdido; esta porta abre para que viela? — perguntei.

— Não sei, só a chamamos de viela.

Olhei para Domiciano. Ele estava tremendo outra vez, uma reação de medo que eu me acostumara a ver desde as batalhas.

Disse:

— Vamos ter de esperar uma chance. Andamos um bom pedaço pelo telhado. Havia só um pequeno destacamento da guarda, eles não podem ter colocado um homem em cada entrada do quarteirão!

Domiciano segurou a manga da minha túnica e puxou-me para um canto da sala.

— Podíamos ficar aqui, só tem esta mulher e a moça. Se elas criarem problema, nós resolvemos! Podíamos amarrar as duas.

— Não — respondi.

— Por que não? Depois esperamos até o anoitecer!

— Não, ela nos deixou entrar sem que ninguém a obrigasse a fazer isto. Além do mais, com o toque de recolher, à noite correríamos mais perigo nas ruas do que aqui.

A mulher disse:

— Nós não vimos vocês, como eu já disse. Mas agora, saiam! — Seu rosto redondo continuava sem qualquer expressão.

Domiciano perguntou:

— Pode mandar a moça lá embaixo na rua para ver se está tudo calmo?

A mulher negou com um gesto de cabeça.

Domícia disse:

— Não ligue para o meu irmão. Somos muito gratos a vocês, muito mesmo. Vamos sair já e desculpe-nos pelo seu balcão.

A moça me olhou. Tinha olhos puxados, amendoados, com longos cílios. Levantou a túnica, coçou a coxa e sorriu para mim.

Repeti para a mulher:

— Mais uma vez, obrigado!

A moça disse:

— Não me importo de descer e dar uma olhada. Não tem problema — ofereceu, sorrindo para mim outra vez.

— Não — disse a mulher —, você fica aqui!

— Não precisa ir, mas muito obrigado pela disposição — respondi.

Nós três não dissemos nada enquanto descíamos a escada. No patamar do último lance, mandei os dois esperarem e saí do prédio. Não tinha ninguém lá, só dois homens brigando a socos. Acenei para Domiciano e a irmã.

Quando eles se aproximaram, segurei-o pelo cotovelo.

— Andem devagar, sem pressa. Não queremos chamar atenção — avisei.

Ele estava com o braço rijo, teve dificuldade em obedecer ao meu pedido. Quando saímos da viela, viramos mais duas ou três esquinas, chegamos numa rua movimentada e ele perguntou:

— Aonde vamos?

— Você tem alguma ideia?

Ele meneou a cabeça.

— Muito bem, deixe por minha conta!

— O que acha de irmos para a casa da sua mãe? — perguntou.

— Vou deixar Domícia lá, mas você não! Precisamos, primeiro, tirar você do caminho. É você que eles estão procurando!

Lembrei de um rapaz de Rieti que tinha sido nosso colega e morava naquele quarteirão. Os pais tinham morrido, ele morava sozinho e lutava para se sustentar trabalhando com as leis. Era um jovem fechado e calado, que tinha um ódio arraigado pela corrupção de nossos tempos. Sempre me impressionei com sua honestidade e por recusar-se a subir na vida usando as habituais adulações aos importantes e bajulações aos que poderiam ser--lhe úteis. Eu tinha certeza de que ele receberia Domiciano e o abrigaria, principalmente porque se considerava melhor que ele. Então, deixei-o lá, instalado como eu imaginava.

— Não posso permitir que a moça suba — disse Aulo Pérsio. — Não é uma questão de reputação, mas de propriedade, você compreende.

— Está certo! Ela ficará na casa da minha mãe, mas você também compreende que não posso colocar minha mãe em perigo pedindo para Domiciano ficar lá também.

— Que tempo absurdo e abjeto vivemos hoje — ele considerou.

Lembrei então que estava recebendo Domiciano exatamente porque a necessidade de se refugiar confirmava seu nojo pela degradação da República. Ele uma vez descreveu Nero para mim como *aquele mau comediante que age como se fosse César*. Concordei com o desprezo, embora a descrição fosse incorreta. Nero tinha mais prazer ainda em interpretar o papel de grande poeta e ator.

Minha mãe ficou contente de receber Domícia.

— Mas você arrumará um lugar para ficar enquanto ela estiver aqui — disse para mim. — Não me importo com o que as pessoas dizem, mas a moça tem uma reputação a zelar e seria errado dar uma chance para as más línguas espalharem escândalos sobre ela.

— Não sei como lhe agradecer — disse Domícia. — Não sei o que seria de Domiciano se não fosse a senhora!

Claro que ela sabia muito bem. Deu-me um beijo de despedida, casto, devido à presença da minha mãe, mas mesmo aquela pequena prova de afeto fez minha mãe ranger os dentes, desaprovando.

Mais tarde, voltei ao apartamento da mulher de rosto redondo. Trouxe um presentinho e disse que viera agradecer e também certificar-me de que ela estava bem. Concordou com a cabeça, mas não agradeceu o presente.

— Não precisava de presente — disse.

A moça apareceu:

— Eu sabia que você voltaria!

Serviu-me uma taça de vinho, enquanto a mulher entrou na cozinha. A moça se espreguiçou. Continuava usando a mesma túnica que exibia seios e pernas.

— Ela preparará comida para nós — disse. — Não é minha mãe, como você sabe...

— Então, quem ela é?

— Ela só me trouxe para este apartamento, digamos que eu seja sua locatária. Pago o aluguel, uma boa quantia, dependendo...

— Sei — concordei, e colocando um braço em torno dela, a levantei. Ela se virou e me beijou. Enfiei a mão dentro da sua túnica e, por um instante, ela deixou. Depois, levou-me para o seu quarto e para sua cama desarrumada.

XXXIV

Não mandei aquele último capítulo inteiro para Tácito, apenas uma versão condensada. Estou até intrigado para saber por que escrevi com tantos detalhes. Primeiro pensei que fosse porque estava inspirado na hora e assim provei a ingratidão de Domiciano, mas não foi bem isso. Chego a duvidar agora se Vitélio teria matado Domiciano se eu não tivesse interferido para salvá-lo. Teria sido insensato da minha parte, considerando as dubiedades do próprio Vitélio e as negociações que ainda mantinha com Flávio Sabino. Matar o filho de Vespasiano seria destruir qualquer possibilidade de livrar-se da situação horrível em que ele mesmo se encontrava. Pois tenho certeza de que Vitélio estava vivendo um pesadelo e tinha plena consciência das consequências da insensatez que o fez ceder aos pedidos de Cecina e Valente. Mesmo assim, de vez em quando, ele se sentia seguro no cargo de imperador.

Aulo Pérsio manteve Domiciano escondido em sua casa e nunca foi perdoado. Poucas semanas após se tornar imperador, Domiciano mandou transferi-lo para um posto fora de Roma. Acho que Aulo teve sorte por ser logo no início do governo, quando Domiciano ainda não estava com a cabeça completamente desequilibrada. A última vez em que ouvi falar em Aulo Pérsio ele estava vivendo num isolamento de misantropo, nos campos agrestes da Beócia. Às vezes ele me escrevia. Eu era a única pessoa com quem ele mantinha correspondência. Mais tarde, esta foi uma das acusações contra mim: trocava traiçoeiras cartas com um exilado. Nossas cartas deviam ser interceptadas, copiadas e não podiam ter agradado a Domiciano. Falávamos dele com desprezo.

Mas eu me adiantei. Hoje tenho dificuldade em manter o pensamento numa ordem linear. Esta tarefa de escrever minhas lembranças, na qual embarquei com tanta relutância, acabou me provocando uma estranha fascinação.

Teria sido para lembrar da moça Sibila que escrevi aquele último capítulo com tantos detalhes?

Ela era siciliana. Primeiro pensei que fosse uma prostituta e que a mulher de rosto redondo, chamada Hipólita, fosse sua cafetina. A relação entre as duas era outra, além de mais complicada. Hipólita realmente encontrara a moça na rua, apaixonara-se por ela (como Sibila me disse) e comprou-a do seu rufião. Só isto já era bem fora do comum. O mais extraordinário era que Hipólita não se incomoda com o interesse de Sibila por homens, desde que fosse, como disse-me a moça: só um de cada vez. Hipólita costumava mantê-la a maior parte do tempo como prisioneira no apartamento e Sibila não se importava.

— O que há lá fora, senão a chance de eu arrumar um homem de vez em quando? — Sibila perguntou. — Como tenho você, por enquanto, não preciso sair daqui.

Ela era uma amante criativa e divertida, principalmente porque detestava e proibia qualquer demonstração de sentimento. Fiz com ela tudo o que tive vontade de fazer com Domícia. Às vezes, ofegante em seus braços, pele úmida contra pele úmida e quente, seus cabelos negros e fartos cobrindo o meu rosto, eu via através das madeixas de Sibila a cara redonda de Hipólita. Ela jamais dizia nada, só nos olhava e ia embora.

Naquelas duas semanas de efervescente atividade política, o destino de Roma estava sendo posto na balança junto, talvez, com a minha vida, e o cheiro de sangue pairava no ar. É estranho que estes dias fossem para mim também de um intenso erotismo. Há pouco, passando por uma barraca que vendia especiarias na feira, tive um estremecimento. Naquele instante, voltei a ser jovem outra vez e não percebi por que, até sentir no ar o cheiro do corpo de Sibila: ela jamais tomava banho, apenas passava uma esponja umedecida em especiarias. Isto posso garantir que era verdade, da mesma forma que as outras lembranças que tenho dela não eram. De que adianta? Não consigo lembrar-me sequer do seu rosto, só uma pequena mancha ao lado da boca, pouco acima do carnudo lábio superior. O que mais? Lembro-me das suas coxas fortes e grossas quando ela enrolava suas pernas em mim. Vejo o rosto redondo de Hipólita com mais clareza que o de Sibila, embora eu tenha passado meus lábios e minha língua por cada centímetro do seu rosto.

Balto está outra vez deitado no meio dos cachorros. Estas lembranças de Sibila reacendem o meu desejo por ele. É como se, me forçando a ter alguma coisa com o rapaz, eu conseguisse reviver o que tive com ela: uma fantasia absurda!

Não escreverei nada sobre Sibila para Tácito, mas ela dominou minha vida a partir de então.

Um dia, eu me perguntei: interessa saber quem é o imperador se tenho Sibila?

Numa outra vez, Domícia, na casa da minha mãe, me perguntou:

— Há alguma coisa errada? Você não me olha mais como antes…

XXXV

Algumas pessoas dizem que em tempos mais felizes os homens discutiam princípios, enquanto agora falam apenas em negócios e em poder. Como não vivi estes tempos dourados, não posso dizer se os nossos são decadentes ou se a política sempre foi condenada à maldade e à brutalidade. Você, Tácito, como doutor historiador, há de responder-me a esta pergunta irrespondível!

Eu apoiava os Flávios, a princípio por amor a Tito e amizade a Domiciano. Depois fui movido pelo idealismo da conversa de Tito sobre o sentido do Império. Mas posso conceder-me um motivo egoísta? Posso fingir que fui motivado por amor ao meu país ou por desejo de paz? E, se não, então posso sugerir que os que trocaram Vitélio por Vespasiano (Cecina e Basso, os primeiros) tinham algum destes honrados motivos? Não será mais provável que prevalecesse o medo do olhar volúvel de Vitélio e esperassem que a traição fosse bem recompensada, por isso traíram o homem a quem juraram fidelidade, quando desconfiavam que a sua causa estava próxima da derrota?

Na cidade, aguardávamos notícias do Norte, sem saber sequer se a batalha tinha se realizado ou qual dos lados iniciou o ataque. Sobravam boatos aos quais se davam os devidos descontos, embora os homens saibam, no fundo, que nem sempre um boato é infundado; às vezes é verdadeiro.

Foi assim que soubemos que Antônio Primo, após vencer o exército de Vitélio, antes de chegar a Cremona, e irritado com o apoio da cidade ao inimigo, permitiu que os seus soldados fossem levados a extremos de lascívia e crueldade. Saquearam tudo, mataram os habitantes, estupraram mulheres e meninos e finalmente atearam fogo às casas, após quatro dias de carnificina. Ao sabermos disto houve quem dissesse que a história era horrenda demais para ser verdadeira; outros disseram que aquele horror não poderia ter sido inventado. E realmente os que acreditaram no pior tinham razão, como costuma ocorrer.

As notícias chegaram a Vitélio, que tinha se retirado por alguns dias para uma *villa* nos bosques de Arícia que fica entre esta cidade e o Lago Albano. Lá, dizem, repousou à sombra de seus jardins, e como aqueles animais que caem numa espécie de torpor depois de comerem demais, preferiu esquecer o passado, o presente e o temível futuro. Foi preciso saber do desastre em Cremona para tirá-lo do fastio.

Mas a primeira coisa que ele fez ao retornar a Roma foi negar o motivo que o fez voltar.

Flávio Sabino me disse que o assim chamado *julgamento do imperador* não era melhor que os nervos dele.

— Ao negar a gravidade da sua situação, ele fazia com que fosse impossível resolvê-la. Vitélio se recusa a conversar sobre qualquer assunto referente à guerra. Se um homem volta da frente de batalha com más notícias, manda que o prendam ou que o matem. Comporta-se como se nada pudesse ser verdade, a não ser que ele queira — disse Flávio Sabino.

Mas se Vitélio se recusava a olhar a verdade de frente, seus partidários estavam assustados com os boatos de que esta recusa não poderia durar muito. Pensando somente em vingança, perseguiam os que achavam ser traidores, embora no estado em que Roma se encontrava, onde não existia mais honra, não poderia haver traição nem lealdade sinceras. Muitos homens inocentes, culpados apenas por desejarem um futuro melhor, foram perseguidos e assassinados nas ruas. Flávio Sabino não ousava sair sem ser acompanhado por membros da guarda municipal, sem muita certeza da lealdade deles, embora tivessem a boca cheia de ouro para não falarem e a cabeça cheia de promessas de futuros saques.

Flávio Sabino estava sempre preocupado com a segurança de Domiciano e não confiava quando eu garantia que tinha cuidado do assunto. Mas não havia escolha, ele era obrigado a confiar no que eu fizesse. Sabino não ousava manter o rapaz ao lado dele, sabendo que corria perigo em todas as horas do dia: se fosse preso ou morto, Domiciano também seria. Garanti que o amigo estudante, em cuja casa ele estava escondido, não saía, nem deixaria Domiciano sair. Ele coçava a cabeça e resmungava que esperava que esta fosse a melhor solução e confessava que não conseguia pensar em outra

— Não ouso mandá-lo sair da cidade, pois a guarda pretoriana interceptou as estradas e interroga todos os viajantes. E temo que Domiciano se traia. Se ele sobreviver, meu irmão será eternamente grato a você. Darei um jeito de mostrar que foi você quem resolveu isto, pois tenho certeza de que Domiciano jamais admitirá.

Acho que eu deveria ter ficado ofendido com o seu cuidado em relação a Domiciano e sua falta de cuidado por mim, mas a indiferença era perdoável, pois eu não era sobrinho e poderia dar um jeito de escapar.

Vitélio finalmente despertou, ou foi despertado pelos outros. Confiou o comando dos pretorianos ao irmão Lúcio, cuja moral não era melhor que a dele, mas era mais ativo. E chegou a antecipar a data das eleições, o que poderia ser interpretado como um gesto de grande confiança, além de nomear cônsules e outros comandantes com vários anos de antecedência. Fez acordos que não tinha meios de cumprir e concedeu a categoria de cidadão a provincianos que não poderiam desfrutar deste direito. Anistiou tributos e até impostos. Assim, sem pensar no futuro, dispersou os recursos do Império só para ganhar os aplausos da multidão, sempre impressionada com o que parecesse ser generosidade. Alguns idiotas chegaram a comprar honras e cargos como se a sua prodigalidade fosse garantia de que seu governo duraria.

Depois, atendendo a pedidos dos soldados, Vitélio se arriscou a ir até o acampamento. Lá, alguns homens (segundo eu soube) ficaram assustados com os maus presságios, como, por exemplo, um touro que escapou do local de sacrifício. Outros, mais sutis, ou com uma noção mais concreta de realidade, ficaram ainda mais assustados com o comportamento do imperador. Pois tudo o que dizia só vinha comprovar sua total ignorância do que era uma guerra; teve de perguntar até como era feita a patrulha de reconhecimento! Alguns disseram que ele não sabia o que significava esta palavra. Sua habitual embriaguez e o medo que demonstrava ao ouvir mais uma má notícia também não serviram para levantar o moral das tropas. Finalmente, após saber que a frota estacionada em Miseno tinha sido expulsa pelo inimigo, ele saiu do acampamento e voltou para Roma. Sua breve demonstração de comando tinha causado mais estrago do que sua costumeira indolência.

Enquanto isto, no Norte, as desditas da guerra pesavam ainda mais sobre ele. Tácito, fazendo outras pesquisas e investigações com pessoas que participaram da campanha e ainda estejam vivas, você terá detalhes mais acurados do que eu poderia dar. Depois, soube de muitas histórias de coragem e proezas e tratei de dar um desconto em quase tudo. Não invejo sua tarefa de separar o trigo da verdade do joio da mentira. E apenas acrescentaria que a minha experiência na guerra (que, como você sabe, é considerável) me fez acreditar que os centuriões e legionários só sabem o que ocorre a poucos metros deles, os generais, menos ainda.

XXXVI

Tácito, conhecendo sua impertinência, apresso-me a dar um final à minha narrativa e ficarei feliz em livrar-me dela.

Flávio Sabino mandou mensageiros procurarem-me no endereço que deixei com ele e pediu para que eu levasse Domiciano. Claro que fiquei surpreso. Mas ele sorriu e disse:

— Não tem problema, está tudo acabado, ou perto de acabar! Eu soube que durante alguns dias Vitélio ficou numa letargia tão grande, quase desesperado, que teria esquecido de que é imperador se não fosse lembrado pelos que estavam à sua volta, o que lhe causou uma certa tristeza, devo acrescentar. Ele, agora, me chamou para uma reunião e quer fazer acertos. Acho que será bom se eu conseguir ter Domiciano ao meu lado. E você também, claro!

Pensei muito por que ele queria a nossa presença e cheguei à conclusão de que ele queria que fôssemos testemunhas para poder informar a Vespasiano e a Tito de que ele tinha se comportado de forma honrada, não tentou nenhum logro nem fez nada em proveito próprio. Era assim a confiança entre os membros daquela família!

Havia, realmente, os que estavam instigando Flávio Sabino a agir por sua própria conta. Eles diziam:

— O mérito de acabar com a guerra será do homem que dominar Roma. Por que você não pode ser imperador em vez do seu irmão, ou por que não compartilha o governo com ele? De qualquer forma, a glória da vitória final será sua, e esta é uma coisa na qual vale a pena se empenhar.

Flávio Sabino provou que era mesmo merecedor do Império ao rejeitar a tentação que estava à sua frente. Ele tinha dado sua palavra ao irmão e iria mantê-la. Alguns amigos dele acharam isto inacreditável: não se lembravam mais do que era palavra de homem.

Então, fui buscar Domiciano, que estava desconfiado do convite e das minhas intenções. Ele, na verdade, não teria aceitado acompanhar-me se Aulo Pérsio não tivesse falado com energia e feito alguns rodeios para dizer que ou ele vinha comigo ou seria jogado na rua e se arranjaria sozinho. E completou:

— Estou cansado dos seus resmungos, da pena que tem de si mesmo e da sua desconfiança! Só deixei você ficar na minha casa porque o nosso amigo, aqui presente, me pediu, e não por qualquer afeto por você! Agradeço se você for embora! Prefiro ver suas costas do que sua cara por mais um minuto.

Era o mês de dezembro. Estava chegando ao fim o ano que tinha tido mais imperadores do que os últimos cinquenta anos. Era um dia escuro e nublado, muito frio, com o vento norte soprando forte das montanhas: como alguém disse, soprando as tropas de Vespasiano para a capital e as de Vitélio para o esquecimento. A reunião foi realizada no Templo de Apolo. Flávio Sabino já estava lá quando cheguei e não demonstrou nervosismo nem alegria, embora o jogo que fazia com tanta coragem em meio ao perigo estivesse chegando a um final vitorioso. Ele abraçou Domiciano, que recuou.

— Tudo acabou, você não precisa mais reclamar — disse o tio.

Vitélio chegou depois com o irmão, uma pequena equipe de colaboradores e um acompanhante da guarda pretoriana. Todos, menos três, receberam ordem para esperar do lado de fora do templo. Vitélio tinha os olhos injetados e a fala arrastada, mas não estava muito bêbado, embora seu hálito mostrasse que ele tinha colocado nos tragos da noite anterior o que os germânicos chamam de "pelo de cachorro".

Flávio Sabino, sempre cortês, começou lamentando a morte, dias antes, da idosa mãe de Vitélio, e este respondeu com algumas palavras incompreensíveis. Depois, com a mão trêmula, pediu vinho. Creio que Flávio Sabino tinha mandado não servir bebida achando que Vitélio aceitaria mais depressa um acordo se estivesse sóbrio. Eu acredito que ele teria aceitado qualquer coisa apenas para se livrar da reunião e poder ir beber. Mas diante da sua lamentável condição, Flávio Sabino bateu palmas e mandou um escravo trazer vinho. Houve silêncio até Vitélio ter uma taça nas mãos.

Ele causou uma triste impressão: estava muito magro, exceto na enorme pança que agora balançava, obscena. Tinha um nervo saltado no rosto e o olhar desvairado.

Flávio Sabino disse:

— Creio que a sua presença aqui é um reconhecimento de que perdeu o jogo.

Vitélio fez menção de falar, fez um gesto vago com a mão e deu um longo suspiro.

— É preciso ser romano para ser generoso na vitória — disse Flávio Sabino. — Meu irmão, o aclamado imperador, mandou que fosse seguida a política do Grande César, cuja palavra de ordem era clemência. Portanto, você e sua família nada sofrerão. Dou a minha palavra! Só o que precisa fazer é abdicar dos direitos de imperador, que admitimos que você foi forçado a aceitar por homens insensatos.

— Sim, é verdade, é verdade. — Vitélio tinha recuperado a voz e balbuciava, tropeçando nas palavras. — É isso mesmo, nada estava mais distante das minhas ambições do que ser imperador. Por que eu haveria de querer este cargo? Sou um bom sujeito, mas já vi muita coisa na Corte para pensar em mim como... não, não mesmo! Mas o que eu poderia fazer? O que qualquer homem faria no meu lugar? Valente e Cecina são os culpados, eles me obrigaram a aceitar, depois os soldados me rodearam e aclamaram. O que eu poderia fazer? Tinha medo de que me atacassem se eu não aceitasse. Mas todas as fibras do meu ser gritavam não!

Ele começou a soluçar.

— Que coisa horrível... — disse Domiciano, em voz baixa, só para que escutasse.

E era mesmo.

Flávio Sabino, impassível, esperou até a pobre criatura retomar algo que se pudesse chamar de autocontrole.

Olhando para Vitélio, pensei: *E homens corajosos morreram por causa de um sujeito assim.*

Depois Flávio Sabino disse:

— Tenho uma declaração de renúncia pronta. De certa forma, é um pouco irregular, já que o meu irmão não concordou com o seu cargo de imperador.

Vitélio levantou a cabeça e, em seu primeiro lampejo de espírito, disse:

— Mas ele aceitou. Depois que venci Otão, Vespasiano jurou fidelidade a mim e rezou por minha prosperidade futura. Disse e escreveu isto, ainda tenho a carta. Como pode negar que eu sou o imperador?

— Muito bem, isto faz com que a declaração de renúncia seja perfeitamente legal. Então o senhor só precisa assinar!

— Mas o que será feito de mim? E dos meus pobres filhos, que tenho de sustentar?

— Será tratado neste segundo documento. Eu disse que o meu irmão estava disposto a ser clemente e ele é também generoso! Você tem garantidos o rendimento de um milhão de peças de ouro e uma propriedade na Campânia, que será herdada por seus filhos.

— É o quanto vale o Império? É o preço do Império?

Ele se levantou, com uma certa dignidade recém-assumida, já que não tinha mais medo. Deu uma volta pelo aposento. Desde que assumiu o poder, ele tentava de todos as formas disfarçar que era manco. Mas, naquela hora, mancou muito, como se, aliviado do peso do Império, estivesse livre para voltar a seus velhos hábitos e ser ele mesmo outra vez.

— Muito bem, deem-me o papel para eu assinar! — Depois que assinou e deixou de ser imperador, disse: — Rendo-me em nome da paz, do amor ao meus país e pelos meus inocentes filhos. Agora, mais vinho!

Quando esta paródia de imperador finalmente foi embora, após abraçar Flávio Sabino, chorar no ombro dele, agradecer sua grande gentileza e beber mais uma taça de vinho, Sabino relaxou.

— Não tinha certeza se conseguiria que ele fizesse isto. Tudo indicava que sim, mas eu não tinha certeza.

Domiciano me disse:

— Meu tio foi muito gentil. Ele poderia ter matado Vitélio na hora e o caso estaria realmente terminado. Mas o que ele conseguiu? Apenas um pedaço de pergaminho! Deixou Vitélio ir embora, anunciar sua renúncia para as tropas que ainda são leais a ele. Que promessa eles terão? Nenhuma! E você acha que um homem como Vitélio aceitará um acordo como este?

A primeira pessoa que criticar sua timidez transtornar à sua mente frágil. Nossa ligação com ele ainda não acabou!

Embora eu discordasse da ideia de que Flávio Sabino devia ter matado Vitélio, o argumento de Domiciano fazia sentido. Esta foi a primeira vez que o considerei um ótimo político. Não foi, como você sabe, a última.

Flávio Sabino não estava muito seguro. Tinha conseguido sua primeira meta: a assinatura de Vitélio no documento de renúncia. Mas ele conhecia aquele homem, conhecia sua fraqueza de caráter e agora provava isto, quando Domiciano o criticou e viu que eu concordava com a sua argumentação, deu um tapinha no ombro do sobrinho e disse:

— Caro rapaz, você é muito sensato para a idade que tem... Mas não creia que meus velhos olhos não vejam tão bem quanto os seus. Sua análise está correta, mas temos um trunfo que você não considerou: a cobiça e o medo de Vitélio. Ele sabe (tem de saber) que, se quebrar o acordo, perderá a vida; se mantiver, viverá até o fim dos seus dias em conforto e prosperidade. Se eu o prendesse ou matasse, como você sugeriu, imagine a indignação das tropas que ainda são, como você diz, leais a ele! Fazendo o que fiz, dei uma chance à paz, que era minha primeira meta. Este ano houve muito sangue derramado em Roma.

Mesmo sabendo como a paz era precária, Flávio Sabino juntou os soldados leais a ele, que prestaram juramento a Vespasiano depois que ele leu o documento de renúncia.

Enquanto isto, a notícia tinha se espalhado e Sabino recebeu a visita de senadores e cavaleiros que até então temiam declarar-se inimigos de Vitélio e agora garantiam lealdade eterna a Vespasiano, a quem sempre apoiaram.

Mas, enquanto faziam isto, chegaram notícias que mudaram a situação.

Acredito que Vitélio quisera manter sua palavra, pois não tenho dúvida de que, no fundo, ele sentiu um alívio por se livrar do peso do Império, mas conteve-se quando subiu à tribuna do Fórum para declarar que havia renunciado e se afastaria dos símbolos do Império no Templo da Concórdia. A multidão protestou, prevendo o que ele iria dizer, pois os boatos tinham trazido a notícia antes. Então, vendo que o povo não o deixaria sair, ele voltou para o palácio.

Fez-se uma grande confusão. Ninguém sabia se Vitélio ainda podia ou não ser considerado imperador, e nem ele mesmo sabia. Era um dia terrivelmente frio, com ameaça de neve, mas as ruas e o Fórum estavam cheios, todos acreditando e depois desacreditando em cada novo boato. Alguns senadores e cavaleiros que vieram prestar homenagem a Flávio Sabino tinham segundas intenções e foram embora temendo já estar comprometidos; outros ficaram porque temiam que tivessem se envolvido demais para saírem com segurança.

Depois soubemos do entusiasmo que parte da multidão (ninguém sabia quantas pessoas estavam lá) tinha demonstrado por Vitélio. Dizia-se também que alguns soldados das legiões germânicas que permaneceram na cidade tinham obedecido ao comando de prender Flávio Sabino e os demais líderes do nosso partido.

Domiciano estava demonstrando uma energia que eu jamais tinha visto. Agitado, ele falava alto. Com alguns rodeios, ele disse ao seu tio que, como era garantido que haveria luta na cidade, Sabino tinha de ser o primeiro a se desforrar e completou dizendo, literalmente:

— Faça a nossa desforra primeiro!

— O que você quer dizer?

— Você tem de perseguir Vitélio, aliás, não devia tê-lo deixado ir embora! Depois, tem de atacar e desarmar as forças que ficaram leais a ele.

Flávio Sabino deu um suspiro.

— Eu queria evitar o derramamento de sangue na cidade e agora você quer que eu provoque horrores inimagináveis! Não aceito; vamos continuar fazendo o jogo com calma. Vitélio pensará no que vai perder e no que ainda pode conservar.

O desagrado de Domiciano era evidente, mas ele não tinha força para mudar a cabeça do tio e, embora eu concordasse com a sua avaliação, só podia ficar satisfeito em ver a determinação de Flávio Sabino em fazer todo o possível para evitar uma eclosão de violência e morte em Roma. Mas os seus esforços foram inúteis. Alguns dos nossos soldados foram atacados pelos partidários de Vitélio, que eram em maior número e assim assustaram os nossos, além de matar vários. Ficou claro que naquele momento era remota a possibilidade de um acordo pacífico. Por isso Flávio Sabino juntou suas tropas e seguidores e recuamos para o Capitólio, a parte da cidade mais fácil de ser defendida.

Chegou a noite e não houve qualquer ataque, mas o medo nos deixou alerta. Nevava e a visibilidade era muito pouca. Temíamos que o inimigo nos atacasse quando menos esperássemos. Mas a mesma tempestade que nos deixou nervosos, pois a neve veio acompanhada de ventos fortes, os intimidou. Sem dúvida os comandantes deles, sem saber que orientação dar aos seus exércitos, temiam que, atacando naquelas condições, só causassem confusão.

Flávio Sabino não conseguiu dormir, nem qualquer um de nós que pudesse ser considerado integrante da sua equipe. Passamos a noite inteira discutindo nossas posições, interrompidos apenas pelos relatos das sentinelas colocadas a postos e que mais de uma vez deram o alarme de ataque. Isto provava que todos estavam nervosos e tinham dificuldade em saber o que estava acontecendo, por causa da neve que caiu sem parar até o amanhecer.

Flávio Sabino resolveu fazer um último apelo a Vitélio, que poderia evitar ataques, e escreveu vários rascunhos de uma carta; o texto acabou sendo mais ou menos o que se segue (Tácito, você há de compreender que cito tudo de memória, mas como fui um dos autores do texto final, calcule que eu me lembro bem):

> Vitélio, pode parecer que houve apenas um espetáculo e uma falsa renúncia ao Império. Se não foi isto, por que você, ao sair da tribuna do Senado, foi (como ficamos sabendo) para a casa do seu irmão, de onde se vê o Fórum e a sua presença certamente inflamaria a multidão, em vez de voltar para a sua casa e ficar com a sua família, no Aventino? Foi o que combinamos nos termos do nosso acordo! Mas você foi para o palácio e pouco depois uma tropa apareceu nas ruas, armada, declarando lealdade a você. Eu me senti atacado na pessoa dos meus soldados. Por isso vim instalar-me no Capitólio, embora esteja cercado pelos seus soldados. Se você está arrependido do acordo, não é contra mim (a quem enganou tão traiçoeiramente) que deve lutar, nem contra o meu sobrinho Domiciano, que é apenas um jovem. O que ganharia se nos matasse? Melhor seria ficar à frente de suas legiões e lutar com o exército do meu irmão pelo Império. Isto determinaria o destino de Roma.

Um centurião mais velho, Cornélio Marcial, foi encarregado de levar a carta para Vitélio. Ofereci-me para acompanhá-lo e ele achou graça:

— Isto mostra que o senhor é jovem, se permite-me dizer. Quando tiver a minha idade, saberá que é melhor deixar que outros se ofereçam.

Mas o centurião gostou de ter a minha companhia e respeitou a minha coragem.

Aproveitando a penumbra do amanhecer hibernal e uma nova rajada de neve, saímos do Capitólio descendo os cem degraus que contornam as encostas da Rocha Tarpeiana. Durante horas, os nossos postos avançados não viram qualquer sinal das forças inimigas, mas não podiam garantir que pudéssemos voltar em segurança. Quando começamos a descer a colina, procurando abrigo atrás de árvores e moitas, vimos soldados agachados ou deitados em volta de fogueiras, envoltos em seus mantos militares.

— Biltres dorminhocos! — disse Cornélio. — É um consolo saber que poucos estão dispostos a morrer por Vitélio!

Atravessamos o Fórum e fomos em direção ao Palatino.

— Ainda é muito cedo, Vitélio não estará acordado, temos tempo para comer e beber alguma coisa.

Eu não acreditava nem que Vitélio já tivesse ido dormir e tinha certeza de que não dormiria, por isso entramos numa taberna que serve trabalhadores noturnos. Fomos beber vinho e comer um naco de pão *para tomar coragem*.

Quando nos aproximamos do palácio, percebi até que ponto o controle que Vitélio exercia sobre o Estado estava declinando. Viam-se alguns soldados, mas era impossível dizer se estavam de plantão. Não havia uma guarda a postos, só um porteiro meio bêbado, e quando sugerimos apresentar nossas credenciais, ele deu um grande bocejo e fez sinal com a mão para passarmos. No átrio do palácio reinava a confusão, as pessoas andavam de um lado para o outro, parecia que achavam mais prudente serem vistas andando do que fazendo qualquer outra coisa. Quatro escravos saíram do palácio e passaram ao nosso lado, carregando baús. A impressão era de que não havia ninguém responsável ali, nem a serviço, até que reconheci um sujeito ofegante, corpulento, de cor azeitonada: era Asiático, o ex-escravo, efebo e rufião. Eu o chamei e ele respondeu de um jeito ao mesmo tempo solícito e insolente:

— Quer saber do imperador? Não tenho muita certeza se ele ainda é imperador. Meu pobre homem! Tem uma mensagem? Quer falar com ele? Vamos ver, querido!

Cornélio Marcial desembainhou sua espada e a encostou no queixo do servo. Pingou uma gotinha de sangue do pescoço dele.

— Quero que nos leve até ele, ou enfio isto na sua garganta!

Asiático afastou a lâmina da espada com a mão.

— Não são muito diplomáticos, queridos! Claro que levarei vocês até o pobre, mas não esperem muito do encontro!

Vitélio estava de roupão e foi cumprimentado por Asiático com uma familiaridade repulsiva que trouxe um sorriso aos lábios lassos do pseudoimperador. Cornélio mostrou a carta de Flávio Sabino. Ele leu, ou melhor, passou os olhos, e deixou-a de lado.

— O senhor não vai responder? — perguntou o centurião. — Devo dizer ao general que recebeu a carta com desprezo?

Eu então me adiantei:

— O problema, senhor, é saber se quer manter o acordo que fez, garantindo sua segurança e bem-estar como nada mais poderá garantir, ou se quebrou o acordo e prefere confiar no resultado de uma guerra que não pode vencer e que arruinará toda a sua família!

Vitélio passou uma toalha nos olhos, assoou o nariz e fez um gesto para Asiático, que conhecendo os hábitos do amo, colocou imediatamente uma taça de vinho na sua mão estendida. Como fazem os beberrões, Vitélio tomou de um gole e disse:

— Isso não passa de bobagem! O que eu disser agora não importa, eu sei! Diga ao seu general que eu manteria o acordo se pudesse. Tinha toda a intenção, todo o empenho em fazer isto. Mas os soldados não vão me deixar e não posso resistir. Eles decidiram que eu seria imperador, decidiram que não largasse o título, embora para mim, hoje, tudo seja ninharia. Diga isto ao seu general, diga também que você viu um homem profundamente infeliz, a quem o mundo tratou com dureza!

A seguir nos dispensou e mandou Asiático nos conduzir à saída do palácio por uma passagem secreta, evitando que encontrássemos os soldados, pois ele disse:

— Não quero ter o sangue de vocês também nas minhas mãos!

— Os senhores viram, ele está acabado e sabe disto — Asiático comentou. — Agora os senhores estarão seguros e talvez um dia lembrem-se de que lhes fiz um favor!

— Ah, não creio que seja preciso, você é o tipo de pessoa que sobrevive a tudo e tenho certeza de que já tomou suas providências! Na verdade estou até surpreso de ainda encontrá-lo aqui — respondi.

Ele colocou sua mão, sua aduladora mão, na manga da minha túnica.

— Você tem certeza de que um sujeito como eu não pode ter sentimentos honestos, responsabilidade ou qualquer tipo de afeto, não é? Bem, como você é jovem, querido, não é de esperar que saiba muito... Mas aquele pobre e estimado homem foi o único benfeitor que tive na vida e agora sou a única pessoa com quem ele se sente à vontade. Não seria direito se eu o largasse! Mas não posso querer que você entenda uma coisa destas!

Fiquei com vergonha. Lembrei-me de Esporo e do que ele disse sobre Nero.

Marcial mandou:

— Tire a mão do meu oficial, seu biltre! Senhor, quer que eu o pegue pela garganta? O mundo ficaria mais limpo!

— Não — respondi. — Hoje já teremos mortes suficientes! Não precisa começar de manhã cedo e com um homem que não está em combate!

Tirei a mãozona flácida de Asiático da minha roupa.

— Seria bom para todo mundo se você convencesse o seu amo a morrer como um romano!

Quando relatamos a Flávio Sabino o fracasso da nossa missão, ele agradeceu, com ar grave, pela tentativa que fizemos e os perigos que corremos. Sua atitude era perfeita, ninguém diria o quanto estava desapontado. Depois deu ordem para que as fortificações fossem vigiadas, ofereceu uma prece aos deuses e me chamou em particular.

— Cuide do meu sobrinho, não deixe que ele se exponha demais — pediu.

— Vitélio não quer lutar, prefere manter o acordo que fez com você. Tive pena dele!

— Seja como for, Vitélio não é nada! É uma cortiça flutuando num mar de sangue!

Aguardamos um pouco. A neve tinha parado de cair e um sol fraco passava por entre as nuvens. Obediente à ordem que recebi, fui procurar

Domiciano, e por isso não percebi que estávamos sendo atacados. Só dei-me conta quando ouvi gritos nas encostas da colina ao lado do Fórum, mas não conseguia encontrar Domiciano, o que me tirou a atenção. Eu sabia que Flávio Sabino estava nervoso para garantir a segurança do sobrinho, não por qualquer afeto por ele (embora tivesse), mas, principalmente, porque precisava manter sua autoestima, sua noção de honradez, sabendo que o sobrinho não sofreria nada de mal. Mas Domiciano, ao primeiro sinal de ataque, se escondeu na casa de um criado do Templo de Júpiter. Lá ele vestiu a túnica de linho de um acólito, um disfarce adequado. Vim a saber de tudo depois. Enquanto isto eu o procurava, cada vez mais desesperado, e só o encontrei quando o Capitólio estava em chamas.

Os vitelianistas subiam a colina aos bandos, enquanto os nossos homens prestavam atenção no incêndio, provocado pelos atacantes que brandiam tições fumegantes no teto de uma colunata e depois, quando os defensores recuaram sufocados pela fumaça, entraram pelo portal que ficou sem defesa. Enquanto isto, outros homens tinham subido a colina a oeste da Rocha Tarpeiana, de onde nossos homens foram afastados no primeiro ataque. Em resumo, havia uma grande confusão, causada por uma falha das nossas tropas, que eram poucas, para guardar todas as estradas que contornavam a colina. Desesperado à procura de Domiciano, desembainhei a minha espada e corri para o lado da Rocha Tarpeiana, onde a luta era dura, corpo a corpo. Tínhamos a vantagem do campo e eles a de ser mais numerosos. O incêndio na nossa retaguarda também assustava os nossos homens, alguns dos quais, mesmo antes de a batalha ter sido totalmente vencida, estavam mais preocupados em escapar do fogo do que em resistir. De repente, eu estava ao lado de Cornélio Marcial, já ferido no ombro pelo golpe de uma lança. Escorria sangue de seu braço direito enquanto ele tentava rechaçar os ataques de três tropas auxiliares germânicas. Ataquei um soldado por trás do escudo e ele caiu; nisto, outro veio para cima de mim, brandindo sua longa espada. Sem escudo, pois não tive tempo de preparar-me adequadamente, não rebati o golpe, mas desviei rapidamente. Meus pés escorregaram na pedra ensanguentada e caí sobre o corpo do homem que eu tinha acabado de matar. Talvez minha queda tenha me salvado a vida, pois graças ao declive íngreme da colina, rolei sem parar até ficar preso numa moita de oleandro, uns dez metros abaixo. Fiquei lá, estirado, pensando que daria meu último suspiro. Digo *pensando que daria* mas, na verdade, não me lembro de ter pensado em nada. Quando virei a cabeça, achando que veria meu atacante em cima de mim, vi que ele estava atento ao centurião, que enfrentava outra vez três inimigos. Procurei sair da moita e ouvi o mais terrível berro de qualquer batalha:

— Cada um por si! Corra, pessoal!

Olhei para cima e vi Cornélio Marcial cair. Aí, sacudindo-me como um cachorro saindo d´água, levantei-me, no sopé da montanha, fora de combate. Não me orgulho disto, nem me orgulho dos devastadores golpes que dei em dois soldados que tentaram barrar o meu caminho. Um deles caiu, com o rosto partido ao meio pela espada; o outro balançou e, como eu, pouco antes, escorregou e ficou desarmado, ofegante. Não tive tempo para tratar dele e desci a colina. Quando cheguei lá embaixo e olhei para trás, todos os prédios do Capitólio estavam em chamas.

Uma velha ficou me olhando.

— Se eu fosse o senhor, eu me livraria desta espada cheia de sangue… — sugeriu. Talvez fosse um bom conselho, mas eu não lhe obedeci.

Fiquei lá, horrorizado, vendo o Templo de Júpiter queimar, o melhor e maior de todos os deuses, construído pelos nossos antepassados como sede do Império. O Capitólio, que nem mesmo os gauleses violaram séculos antes, no tempo da República, estava sendo destruído naquele instante pela louca disputa pelo poder numa batalha em nome de um sujeito que assumiu o poder forçado pelas legiões e que deu apenas uma prova de julgamento correto na vida: entendeu que não era feito para aquele cargo que não pôde recusar.

Guardei minha espada e com o ar mais despreocupado que consegui, tomei um caminho que passava pelo templo construído por Augusto em memória do seu amado sobrinho Marcelo, perto do rio. Depois atravessei a ponte e fui para a casa da minha mãe. Fiquei surpreso de ver, a uns dois quilômetros do campo de batalha, que as pessoas estavam levando suas vidas como se o tempo fosse de paz.

Nada de mal tinha acontecido com minha mãe ou com Domícia. Sugeri que ficassem em casa, apesar da calmaria das ruas naquele lado do rio.

— Pode ser que Domiciano venha para cá, não sei onde ele está agora — avisei.

— Mas ele está vivo, está bem? — perguntou Domícia.

— Tudo indica que sim, vou procurá-lo agora. Se ele aparecer, não deixem que saia! Ele pode estar tão seguro aqui quanto em qualquer lugar. É apenas questão de dias para o exército do pai entrar na cidade. Mas, até lá, estes dias serão perigosos!

— E o meu tio?

— Não sei se ele escapou, se foi morto, se foi preso. Lá do outro lado do rio a confusão é indescritível!

— Podemos ver daqui as chamas! Queimar o Capitólio, isto é pior do que Nero fez, é um castigo divino... — disse minha mãe.

— Talvez... — respondi.

Quando saí, minha mãe se conteve para não demonstrar nervosismo. Não me mandou evitar o perigo, pois sabia que naquele dia, em Roma, o perigo e o dever estavam juntos, como num matrimônio. Mas antes que eu saísse, ela pegou minha espada e limpou o sangue seco.

Fiquei surpreso ao saber que ainda não era nem meio-dia.

TÁCITO SABERÁ, SEM QUE EU DIGA, COMO FLÁVIO SABINO E O CÔNSUL eleito Ático se entregaram e foram acorrentados antes de Vitélio. Ele achará que foi uma rendição inglória, pois acredita que um soldado deve morrer de espada na mão. Esta é, em geral, a visão dos homens que estudaram a guerra de longe e têm pouca experiência da batalha ao vivo. De qualquer modo, acredito que Flávio Sabino se rendeu quando viu que as poucas tropas que ainda estavam com ele estariam condenadas à morte se ele não tomasse esta atitude. Dizem que Vitélio teria poupado a sua vida se tivesse coragem. Mas a multidão, formada em parte por legionários e outra por auxiliares, cidadãos (inclusive senadores) e a mais degradante escória, exigia mais sangue e Vitélio não ousou negar. Assim veio a morrer um homem a quem respeitei muito, um homem que serviu Roma em mais de trinta campanhas e que durante este horrível ano foi o único entre os importantes que buscou a paz, preferindo usar a diplomacia e a negociação em vez da guerra. Se tivesse conseguido, Roma não teria passado pela desgraça de ver o Capitólio em chamas e a vida de muitos homens, alguns valorosos, teria sido poupada.

Domiciano e eu não tínhamos a mesma opinião sobre o tio dele. Anos depois, ele me disse que se o seu conselho tivesse sido obedecido, Vitélio jamais teria sido liberado após assinar o documento de abdicação e que a batalha no Capitólio (da qual, segundo ele, escapou com muita dificuldade, tendo enfrentado muitos perigos com audácia e coragem) resultou da covardia e da insensatez imperdoáveis do tio. Na verdade, a fuga de Domiciano, ao contrário da minha, foi vergonhosa. Eu procurei escapar e garanto que não tive nada com que me censurar, mas, mesmo assim, quando eu soube o que tinha acontecido com Flávio Sabino, senti uma vergonha que parecia uma faca enfiada no meu peito. Eu me senti um desertor.

Tanto foi que fiquei três dias "escondido" na cama de Sibila, como um desertor, enquanto parecia um pesadelo o crescente barulho da multidão na cidade procurando os que achavam desleais a Vitélio e matando-os indiscriminadamente. A loucura deles era sem fundamento. Se soubessem refletir, teriam visto que Vitélio não poderia continuar como imperador por mais de uma semana! Era como se, como o incêndio do Templo de Júpiter, Roma tivesse perdido a razão, a honradez e tudo o que distingue um homem civilizado de um bárbaro. Os filhos da loba que fundaram Roma tinham se transformado em lobos.

No terceiro dia, minha mãe desobedeceu ao meu pedido para ficar em casa, foi atacada por um germânico do exército auxiliar, foi arrastada para a margem do rio e violentada. Domiciano não teve coragem de sair de casa para acompanhá-la. Ela voltou para casa, não disse nada para ele nem para a irmã, entrou no quarto e escreveu com letra firme uma carta para mim contando o que lhe acontecera. Depois, cortou os pulsos. Domícia encontrou-a deitada em lençóis encharcados de sangue, o rosto tranquilo como o da deusa Minerva, da qual Domiciano dizia ser tão devoto.

Não posso contar nada disto para Tácito.

Nem ao rapaz Balto, embora eu agora tenha o hábito de ler os capítulos que envio para Tácito a ele, que me escuta como quem ouve histórias do além.

— Não estranho mais, senhor, que tenha escolhido viver tão longe de Roma... — disse-me ele ontem. — Por mais desolada que seja esta região, deve parecer um paraíso se comparado ao inferno daquela maldita cidade! Vocês, romanos, não conhecem o sentido da palavra paz?

— Paz? — perguntei. — Meu caro, fizemos um deserto, isto é paz! Foi toda a paz que conseguimos; mesmo assim, havia algumas tardes à beira-mar... — calei-me e balancei a cabeça. — Venha, vamos pegar os cachorros e caçar lebres nos campos da colina! — chamei.

VOCÊ VERÁ, TÁCITO, QUE, EM UM ÚLTIMO E DESESPERADO ESFORÇO para se salvar, Vitélio enviou representantes a Antônio Primo, que era comandante dos exércitos flavianos, tentando um acordo ou pelo menos uma trégua. Mas era tarde demais; as lutas já tinham explodido em subúrbios, jardins, pátios de fazendas, vielas e campos sinuosos. Mesmo assim, Vitélio parecia não perder as esperanças que, como costuma acontecer, manteve depois que ficou fora da realidade. As sacerdotisas virgens de Vesta foram chamadas para dar a ele algumas horas mais de vida e um arremedo de Império. Elas foram até Antônio Primo e pediram a ele que conseguisse um só dia a mais de trégua e tudo poderia ser pacificamente arrumado. Assim, presume-se que pretendiam evitar mais sangue com a transferência de poder, mas o pedido foi inútil. Muito apropriadamente, Antônio respondeu que, após o ataque ao Capitólio, todas as cortesias habituais na guerra tinham sido desrespeitadas e nenhum homem poderia confiar nas palavras de Vitélio.

Tudo isto eu soube mais tarde, através do próprio Antônio.

Então, ele preparou o ataque à cidade. Avançou com três divisões, uma delas diretamente pela Via Flamínia, a segunda pela margem do Tibre, enquanto a terceira passou na colina da entrada, através da Via Salária.

As tropas de Vitélio, em menor número que as do inimigo, cederam em todos os pontos.

Ao meio-dia subi no telhado do prédio de Hipólita, esperando acompanhar o desenrolar da batalha e assim avaliar o melhor momento para juntar-me aos meus amigos, mas só pude entrever algumas cenas, suficientes para eu me convencer de que os vitelianistas estavam perdendo terreno. Desesperados e sem chance de escapar, foram pegos naquela dança da morte que os excessos provocam.

E assim, abraçando Sibila e agradecendo a Hipólita, que gostou de me ver indo embora, saí, garantindo que, fossem quais fossem os resultados do dia, eu as veria seguras e prósperas. E tenho o prazer de dizer que mantive a promessa.

Tácito, espero nunca mais deparar-me com a degradação que os meus olhos viram naquele dia! Foi macabro! Bandos de soldados lutavam corpo a corpo nas ruas estreitas. Não havia ordens nem comando, pois em luta de rua é cada um por si. A massa de cidadãos ficou observando, você podia ver um grupo de homens na porta de uma taberna segurando copos de vinho enquanto, a poucos passos, soldados batiam, suavam, gritavam e duelavam. Quando um pugilista entrou, sem querer, numa das praças da cidade, as pessoas ficaram nas janelas incitando a luta ou xingando, como se fossem espectadores num circo romano e os gladiadores, legionários condenados à morte. Era assim a cena do embate, onde se ouvia o grito mais estranho e aviltante:

— Viva a morte!

E faziam-se apostas como nas lutas individuais. Numa ruazinha, vi uma criança de menos de três anos sair tropeçando de casa, vestida apenas com um camisão, sem nada lhe cobrindo o traseiro, suja de lama, e ir, despreocupada, até dois soldados que duelavam. A criança segurou a perna musculosa de um dos guerreiros e os seus cabelos encaracolados ficaram pingados do sangue de um machucado dele. O soldado, sem poder afastar a criança ou talvez até sem perceber sua presença, virou-se para o adversário e, perdendo o equilíbrio, deixou sua garganta exposta a um revide. Caiu no chão com a criança por cima, que subitamente amedrontada, gritou chamando a mãe. O vencedor passou por cima do corpo da sua vítima, sem importar-se com a criança, saiu correndo à procura de novos inimigos e sumiu dobrando a esquina no final da viela. Só então a mãe (ou outra mulher qualquer) apareceu na porta da casa, pegou a criança, limpou-a e tentou acalmá-la.

A batalha estava mais acirrada no Campo de Marte. Eu me juntei a uma legião ou ao que restava dela. O centurião mais velho, com sangue escorrendo de um corte no supercílio, reconheceu-me. Poucos meses antes, ele havia combatido corajosamente em defesa de Otão.

— Estão lutando até o último homem, só os deuses sabem por quê — ele disse.

— Aposto que não sabem... — murmurou um soldado.

— Será pior ainda no acampamento pretoriano — informou o centurião. Depois, levantando sua espada ensanguentada, gritou: — Vamos, rapazes, mais um ataque!

Durante algum tempo foi como uma batalha comum, e abriu-se um espaço no meio dos dois exércitos. Os homens foram convocados aos berros ou foram arrastados para a fila de combate. Do caos fez-se a ordem. Avançamos primeiro em marcha firme, depois, sob as ordens do velho centurião, avançamos mais rápido. Devíamos ter dado apenas uns dez ou doze passos quando tivemos nosso momento de glória. As espadas batiam em escudos, empunhei a minha para a direita, o escudo acompanhou a direção da lâmina e, girando o pulso, passei o escudo para o lado do corpo e mirei a espada no pescoço do inimigo, pouco acima do peitoral. Meu antagonista caiu de joelhos, o sangue jorrou de sua boca; arranquei a espada enquanto ele caía sobre as pedras da rua.

A linha inimiga debandou e vários soldados (eram legionários germânicos) jogaram suas espadas para poderem correr melhor. O velho centurião gritou para suspendermos a luta e a maior parte dos homens obedeceu. Alguns, que estavam nas laterais e por isso não deviam ter ouvido a ordem, continuaram lutando, conseguindo, rápido, matar mais alguns do exército que já tínhamos conseguido vencer.

Avançamos outra vez, mantendo uma certa ordem, o que demonstrava o profissionalismo dos soldados e o comando correto do centurião, passando ao largo do Campo de Marte, que agora nos pertencia, em direção ao Capitólio.

Havia mortos por toda parte. Escorria sangue pelas sarjetas. Três homens tinham caído à porta de um bordel e vi um coitado abrir caminho, cuidadoso, no meio dos corpos, para atender ao convite de uma prostituta núbia.

Tácito, será que preciso saturar você e repugnar-me descrevendo mais este dia terrível? A escuridão começava a envolver a cidade e a matança continuava, a parte aviltada da população não parecia desistir de seu ávido desejo de assistir àquela carnificina incessante. Fiquei surpreso de perceber, mesmo então, que aquelas pessoas eram iguais às que sentem prazer em olhar outros tendo relações sexuais.

Deixo por conta da sua imaginação (tão literária) a tarefa de criar um retrato mais agitado do que eu sou capaz. E tenho certeza de que você perderá o desprezo que sente, sendo um homem seguro da própria honradez, ao ver os horrores em toda parte para onde se olhava. Por um lado havia todas as devassidões de uma cidade que cedeu à luxúria e ficou mais ávida de prazer devido às desgraças que atingiram Roma nos últimos meses e de eventos ainda piores que estavam na iminência de ocorrer. Por outro lado estavam todas as crueldades e misérias de uma cidade saqueada por homens que tinham esquecido tudo o que distingue pessoas civilizadas de bárbaros.

Sim, deixo que você faça bom uso de todos estes fatores.

Mas há certas cenas que torturam minha memória e que me acossam, tantos anos depois, nas horas vazias das noites em que, insone, revejo sem parar o pesadelo da minha vida. Como a cena do legionário que vi (um homem esquálido, careca, barbudo, de bunda mole) retirar a espada do corpo de um concidadão, cuspir no rosto contorcido que olhava para ele e ir atrás de uma menina que não devia ter mais de dez anos, parada à porta de um prédio, de dedo na boca. Ele pegou a criança, colocou-a embaixo do braço, enquanto ela chorava e esperneava, e seguiu por uma viela fedorenta. Depois, atirou-a numa carroça que estava lá, abandonada, e rasgando a roupa dela, desnudou-a. Ele montaria nela no momento em que enfiei a espada em sua bunda gorda. Ainda consigo ouvir o seu grito e sentir o cheiro das suas fezes. Quando caiu no chão, eu, enojado, bati com minha espada na sua cabeça e a limpei na sua cara, enquanto a menina conseguiu sair da carroça e correr. Não sei se ela foi para casa, não sei se sobreviveu.

Senti a mão de alguém no meu ombro: era o velho centurião!

— Esse era um dos nossos homens, esse bruto nojento — ele disse.

— Foi para isto que você entrou para o exército? — perguntei.

Seus olhos azuis estavam injetados.

— Esta é uma pergunta que eu não gostaria de fazer a mim mesmo...

Um jovem soldado passou correndo e, para a minha surpresa, cumprimentou o centurião.

— Senhor, dizem que o acampamento pretoriano se rendeu!

— Podem dizer, mas se eu fosse você não apostava nisto, menino...

O rapaz se virou para mim.

— O senhor verá o palácio como se estivesse na equipe de Otão. Pobre biltre, ele se matou para evitar que houvesse um dia como o de hoje! Mas como o senhor conhece bem o palácio, o que acha de irmos lá à procura daquele bastardo, Vitélio? Seria bom se conseguíssemos prendê-lo.

Quando criança, e até à adolescência, tive um sonho que me voltava sempre: estava perdido numa grande mansão cujo primeiro aposento estava cheio de lindos objetos e belas estátuas. Apesar disto, estas coisas me assustavam, pois pareciam se mexer quando eu tirava os olhos delas. Fui então levado por alguma força desconhecida, à qual não conseguia resistir, por uma série de aposentos, cada um mais ricamente mobiliado que o anterior. E, à medida que eu andava, ouvia passos pesados, como se uma pedra estivesse atrás de mim. Finalmente entrei num grande aposento com o piso coberto de uma espessa camada de poeira e teias de aranha nos cantos. No fundo do aposento havia uma porta revestida de ferro, que eu não conseguia abrir. A chave de ferro, grande como a mão de um homem, não girava na fechadura. Empurrei a porta, enquanto os passos ficavam cada vez mais próximos e um riso de escárnio enchia a sala.

Agora o sonho tornara-se realidade. O palácio imperial que, poucos dias antes, estava atulhado de soldados, oficiais, secretários, clientes, libertos, escravos, agora estava deserto, silencioso como um túmulo, exceto pelo som distante da cidade lá embaixo. Passamos pelas salas em silêncio, apavorados. Não éramos os primeiros a chegar. Outros soldados estiveram lá antes. Havia sinais de saque: arcas viradas ou remexidas, tapeçarias rasgadas nas paredes, pedestais que não tinham mais seus bustos de mármore, porcelanas quebradas, frascos de vinho vazios. Num aposento, onde provavelmente os homens haviam demonstrado seu ódio pelo imperador deposto, havia um cheiro acre de urina. Em outro, um escravo jazia com a garganta cortada. Talvez ele tivesse voltado, ou se demorado, para saquear, e teve seu prêmio arrancado das mãos pelos soldados que o descobriram.

Os aposentos particulares do imperador foram os mais devassados. Nenhuma peça de mobília estava inteira. As arcas tinham sido mexidas e seus conteúdos foram sorteados ou ficaram espalhados pelo chão. Os painéis de parede tinham sido desfigurados. Num canto do quarto imperial, alguém tinha defecado.

— Chegamos tarde, os biltres já o pegaram... — concluiu o velho centurião.

Discordei.

— Acho que não, é impossível não o termos encontrado ou pelo menos ouvido os gritos da multidão que deve acompanhar o aparecimento de Vitélio. Ele pode não estar aqui, pode até ter saído há algum tempo, mas não foi pego. Tenho certeza!

Dois soldados se aproximaram, puxando um rapaz franzino, que choramingava.

— Encontramos esta criatura nas cozinhas, senhor! Diz que é confeiteiro... — informou um dos soldados, colocando a ponta da sua espada no queixo do rapaz. — Repita ao comandante o que me disse.

A história, dita aos trancos e entremeada de pedidos de misericórdia, era simples: Vitélio tinha realmente deixado o palácio, tendo sido levado numa liteira até a casa do sogro, no Aventino. A intenção era essa e o menino não sabia por quê. E então ele se escondeu por não ter para onde ir: era escravo, não tinha família, onde é que gente assim poderia se refugiar? Então ele se enfiou no grande moedor de carne da cozinha. A última vez que viu o imperador foi na liteira, subindo a colina do palácio.

— Soltem o menino, ele não oferece perigo! — mandou o centurião.

O rapaz deu um olhar selvagem e sumiu.

Um cão latiu em algum lugar nos fundos do palácio.

Latiu outra vez.

Seguimos na direção dos latidos, percorremos corredores sinuosos, na penumbra da noite que vinha chegando. Dentro de minutos estaria tudo escuro e não tínhamos tochas. Aí, no final de um longo corredor, vimos o cachorro. Estava sentado nas patas traseiras e, ao nos ver, latiu de novo. Quando nos aproximamos, ele pulou, mas foi contido pela corrente presa à sua coleira e enganchada na maçaneta da porta à nossa frente. Um soldado soltou a corrente e, portanto, o cachorro, que pulou atrás dele, ficou feliz por estar livre. Tentamos abrir a porta, mas ela não se mexia, tinha alguma coisa encostada do outro lado. O centurião ordenou que três soldados a forçassem para abrir. A porta continuou imóvel. O cachorro agora estava quieto e fez-se silêncio. Um dos legionários, um iliriano grandalhão, afastou os outros soldados, deu três passos para trás, tomou impulso e derrubou a porta com os ombros. Ouviu-se um som de madeira quebrando e a porta cedeu. Agora era fácil abri-la. Tinham encostado nela uma cabeceira de cama e uma mesa; a porta abria para um quarto pequeno, usado para guardar coisas sem utilidade. Não havia ninguém lá, até que ouvimos um barulho num canto, onde estavam empilhados tapetes e cobertas. O som parecia de um homem respirando pesado e era seguido de um ronco; adiantei-me, subi na pilha de tapetes e vi um vulto que segurei pelo braço e levantei: era Vitélio!

Tácito, tenho certeza de que você ouvirá muitas versões da captura dele. Mas garanto que a minha é a verdadeira, pois não me orgulho do que se passou a seguir. Realmente, lembrar-me disso chega a me deixar bem envergonhado.

Eu queria prendê-lo e mantê-lo num cativeiro seguro até que a ordem fosse restaurada na cidade e os líderes do nosso partido (na verdade, o próprio Vespasiano) determinassem o que deveria ser feito com ele, se seria formalmente julgado ou morto por ordem imperial. Esta seria a atitude correta, então o tratei com o respeito que merece um homem que foi aclamado imperador, embora eu nunca tivesse reconhecido o título. Você há de concordar que esta era a forma correta de agir.

A princípio, lastimo dizer, Vitélio tentou negar:

— Não, eu não sou Vitélio, por que acham que sou? — balbuciou.

Esta reação provocou muita zombaria e xingamentos da parte dos soldados, que tinham lutado naquele mesmo dia e estiveram prontos a morrer por aquela criatura. Eles tinham aguentado muita coisa até chegarem àquele momento. Então, Vitélio mudou de tom, depois que lembrei a ele quem sou e que pouco tempo antes tinha estado com ele como representante de Flávio Sabino *cuja morte você foi fraco demais para evitar,* acrescentei. Quando ouviu isto, ele caiu de joelhos e agarrou meus tornozelos, implorando para eu poupar a sua vida.

— Tenho uma coisa importante para contar sobre a segurança de Vespasiano! — murmurou. — Levem-me a um lugar seguro e vocês verão que valeu a pena, garanto — ele disse.

O centurião perguntou:

— Devo espetar a barriga dele com a lança, senhor? Ele é nojento, e o quanto antes acabarmos com este saco de esterco, melhor para todos nós! É pior que Nero. E pensar que os romanos puseram isto no lugar do Divino Augusto e de Tibério me dá engulhos!

— Garanto que entendo como você se sente, mas vamos fazer o que ele pede. Compete ao imperador Vespasiano resolver o destino deste infeliz!

Os soldados se agitaram, descontentes, numa espécie de motim, mas o centurião era um homem honrado e disse:

— Como queira, senhor. — E guardou sua espada e ordenou que os soldados entrassem em forma.

Dois deles foram encarregados de segurar Vitélio, que mal conseguia andar direito, mais por falta de vontade do que de força.

Então, assumindo uma certa aura de ordem e dignidade, saímos do palácio, sendo então detidos por uma tropa liderada pelo tribuno Júlio Plácido.

— Lá vem problema... — resmungou o centurião.

Eu me apresentei ao tribuno, que me conhecia de nome, mas naquele momento eu estava mais preocupado com sua própria superioridade. Ele me cumprimentou pelo que eu tinha conseguido e participou-me que estava assumindo o comando da ação. Ordenou que amarrassem as mãos de Vitélio nas costas para mostrar que ele era um prisioneiro. Disse o que pretendia fazer e acrescentei, como era meu dever, que Vitélio sabia de algo importante a respeito da segurança de Vespasiano. O tribuno zombou:

— E você acreditou nele?

— Não exatamente, mas isto não vem ao caso... Ele é um prisioneiro do Estado!

— Está certo, mas eu cuido dele.

O que eu poderia fazer? Seria pouco conveniente insistir. Eu estava numa posição hierárquica inferior, pois não ocupava nenhum cargo oficial, ficava abaixo até do centurião, que tinha me tratado com deferência apenas em respeito à minha origem e educação, talvez também pelas minhas maneiras. Eu só podia ficar na retaguarda, como testemunha indefesa de um espetáculo degradante, que se sentiu ainda mais culpada depois de receber o olhar desesperado e recriminador do maldito Vitélio.

Assim, ele foi descendo devagar a Colina dos imperadores. Os soldados que o ladeavam mantiveram, por ordem do tribuno, as espadas espetadas no queixo de Vitélio, obrigado a manter a cabeça erguida e assim enfrentar sua desgraçada situação. Descemos, então, a Via Sagrada.

Só um fato perturbou a melancólica peregrinação. Um soldado germânico, que pertencia à guarda pessoal de Vitélio (como depois foi confirmado), saiu de trás de uma coluna, com a espada erguida acima da cabeça. Queria, creio eu, matar seu amo caído em desgraça, fosse por raiva ou, mais provavelmente (como prefiro acreditar), por piedade, evitando que ele passasse pelas humilhações que o aguardavam antes da morte. Mas foi contido por um legionário que o atacou, os dois lutaram e o germânico conseguiu pegar a espada outra vez. Não conseguindo atingir Vitélio, só cortou uma orelha do tribuno; dois soldados foram para cima dele e, na frente do amo, mandaram-no para as trevas que aguardam por todos nós.

Tinha se formado uma multidão (como sempre atraída pelos boatos do que estava acontecendo), que rodeou a pequena coluna na entrada do Fórum. Muitos dos que estavam ali presentes tinham aplaudido Vitélio poucos dias antes. Havia, sem dúvida, alguns que o haviam instigado a romper com Flávio Sabino o acordo que tinha garantido segurança, prosperidade e uma velhice tranquila para Vitélio. Agora as pessoas o xingavam, algumas jogavam esterco nele; outras, lama ou o que estivesse à mão. Com sua túnica em frangalhos, o rosto e o pescoço sujos, a cabeça ainda obrigada a ficar erguida pela ponta das espadas, ele era um espetáculo tão lastimável quanto revoltante. Mas uma multidão enfurecida não sente piedade! E Vitélio sofreu. Uma vez, acredito que tenha sido a única, ele resolveu falar. Mais tarde, disseram que suas palavras foram dignas:

— Apesar de tudo, fui imperador de vocês!

Mas não sei se ele disse isto mesmo ou se alguém depois colocou palavras adequadas na sua boca. Eu não estava perto para ouvir. Naquela hora pode ser que ele também tivesse feito uma prece por misericórdia, embora não a merecesse.

Eles o conduziram assim até a escadaria gemoniana, onde poucos dias antes havia sido jogado o corpo de Flávio Sabino. Lá o mataram, não num golpe viril, de uma só vez, mas lentamente, com vários pequenos toques da espada, até que finalmente o tribuno, apertando um pano no ferimento da orelha, mandou os soldados se afastarem e atingiu o pescoço de Vitélio com a espada até sua cabeça ficar meio solta do corpo.

A seguir, ele foi jogado no Tibre e entregue às águas que já estavam tintas do sangue das batalhas lutadas antes, rio acima.

Assim, tudo acabou.

O que mais posso lhe dizer, Tácito?

Nada! Estou satisfeito por livrar-me desta tarefa que você confiou a mim, cumprida com sofrimento, honestidade e buscando a verdade. Espero que faça o mesmo com sua história. Tenho certeza de que será lida quando eu já tiver sido esquecido, pois você é um grande artista, jamais duvidei disso! Só peço que me conceda o devido valor nos seus escritos e agradeça minha ajuda. Isto me dará um vislumbre de imortalidade!

Que desejo vão!

Você há de saber, claro, que Domiciano, saindo da obscuridade, interpretou imediatamente o papel de filho do imperador de uma forma tão arrogante e dominadora que quem o visse poderia imaginar como seria quando chegasse a vez dele. Mas quanto a isto, nada tenho a contar.

Portanto, adeus, que a boa Fortuna o guie no trabalho e na vida!

XXXIX

Já enviei há algumas semanas minha carta para Tácito. Na época eu esperava que não precisasse mais lembrar da minha finada vida. Mas não posso deixar que estas lembranças sigam como lixo e porcarias, flutuando pelo rio cinzento, apático, rumo ao mar também apático.

Saí de Roma assim que pude fazer isto de forma decente, após acompanhar os rituais de enterro da minha mãe. Talvez se Domícia tivesse pedido nesta época, teria me convencido a ficar, mas, sinceramente, não creio. Eu estava ansioso por novas experiências que pudessem toldar as lembranças horrorosas do ano que passou. Assim, confirmei que eu tinha ficado cínico, depois de assistir ao espetáculo dos herdeiros de Nero lutando pelo poder.

Tito me concedeu um cargo em sua equipe. Ofereceu também para que eu escolhesse quem quisesse da sua trupe de dançarinos, mas ficou surpreso, ou fingiu surpresa, quando declinei da oferta.

Eu ainda o admirava, ainda tinha carinho por ele, mas não o desejava nem o amava mais. Pensei:

— Isto só pode significar que amadureci.

Escrevi para Domícia, que me respondeu cartas reticentes, até banais. Disse apenas uma coisa digna de nota: que se sentia culpada pela morte da minha mãe. Eu sabia que não era o caso, mas vi em suas palavras uma distância crescente entre nós. Outras pessoas com quem me correspondia contaram a satisfação com que Domiciano exercia seu papel de vice-imperador e como contava vantagens de sua participação na vitória flaviana.

Ao lado de Tito, participei do cerco e rendição de Jerusalém. Já escrevi alguma coisa a respeito. Na verdade o suficiente: alongar-me sobre o tema daria-me pesadelos, não bastasse eu já sofrer de insônia.

Destruímos o Templo dos judeus. Entrei no Santo dos Santos, local onde ficava a Arca da Aliança, e encontrei-o vazio. Eu achava que ali haveria alguma revelação, alguma pista da crença dos judeus sobre o sentido e a finalidade da vida.

Mas agora sei que o lugar talvez tenha conseguido isto, mostrando que a vida não tem sentido nem finalidade. Balto contesta: seu amado deus garante que as duas coisas existem e ele continua tentando converter-me. Eu o contradigo e argumento que, como os cristãos são uma seita banida, ele depende da minha proteção desendeusada. Ele não percebeu a ironia. Talvez eu devesse arrumar uma esposa para ele, mas quando sugeri, ele recusou a ideia. Acha que a pele feminina e o cheiro das mulheres são repulsivos. Estranho... Ele se dedica à castidade e disse-me que há cristãos que se castraram em nome do Cristo!

Participei da marcha triunfal em homenagem a Tito e a Vespasiano. O Senado lhes concedeu esta honra pela vitória na guerra contra os judeus. Na verdade, a marcha foi a pedido de Vespasiano, que queria comemorar sua tomada do Império e a morte de milhares de concidadãos – alguns morreram por ele; outros, por resistirem à usurpação do poder que ele fez.

Segui ao lado de Domiciano, montado num cavalo baio, enquanto ele cavalgava um corcel branco. Quando nos aproximamos da Via Sagrada, o cavalo empacou e quase o jogou fora da sela.

De manhã bem cedo, Vespasiano e Tito saíram do palácio, coroados com louros e com o manto púrpura. Seguiram até o Pórtico de Otávia, irmã do Divino Augusto e infeliz esposa de Marco Antônio. Os senadores, os magistrados e os cavaleiros importantes os aguardavam lá. Vespasiano fez sinal de silêncio e no mesmo instante foi obedecido. Então, cobrindo a cabeça com seu manto, levantou-se para fazer as preces que eram rezadas desde tempos imemoriais. Quase não foram ouvidas, abafadas pelo manto e pelo seu sotaque provinciano. Em seguida, Tito as repetiu com mais clareza, mas tão incompreensíveis quanto, já que as preces eram num antigo dialeto que ninguém mais entendia. Mais tarde perguntei a Tito se tinha pedido para os sacerdotes explicarem o sentido daquelas palavras, mas ele riu:

— Meu caro, que interesse tem o sentido?

Após recitar as preces, eles colocaram seus mantos para a marcha triunfal, fizeram um sacrifício aos deuses e ficaram à frente da procissão que se pôs em movimento. Os dois foram juntos num carro; Domiciano e eu seguimos logo atrás.

O espetáculo era magnífico, não se pode negar. Nenhum detalhe foi esquecido e assistimos à representação da guerra de várias e criativas formas.

Uma hora via-se um país próspero, muito mais fértil que a Palestina, sendo devastado. Outra, viam-se cenas de exércitos inteiros do inimigo sendo massacrados, exércitos bem maiores e mais bem equipados que os miseráveis judeus tiveram. Lá estavam eles na luta ou levados acorrentados para o cativeiro. Mostraram-se cidades e seus defensores sendo vencidos pelas legiões que tomavam, aos bandos, as ameias das fortalezas e os muros das cidades. Via-se sangue escorrendo, os vencidos levantando os braços, rendidos ou pedindo misericórdia. Templos eram incendiados, casas derrubadas e rios corriam por uma terra devastada, tomada por incêndios para onde quer que se olhasse.

Mesmo agora, na minha lembrança, o espetáculo parece soberbo, e as mensagens que passavam, bem claras. Aquele era o verdadeiro horror da guerra do qual Vespasiano e Tito tinham livrado Roma e a Itália.

O pior de se ver eram os objetos saqueados no Templo de Jerusalém: jarros, mesas, candelabros, tudo de ouro, e tábuas com a inscrição das leis dos vencidos e desprezados judeus. Exibiam-se imagens da Vitória em ouro e marfim, enquanto a procissão triunfal abria caminho para o Templo de Júpiter Capitolino, que ainda não tinha sido totalmente restaurado.

Achei interessante observar que Vespasiano mal conseguia disfarçar seu tédio.

— Fui um velho idiota por exigir que fizessem esta marcha triunfal — ele murmurou.

Mas Tito passou o dia todo encantado, enquanto Domiciano parecia carrancudo e mal-humorado.

Ficamos aguardando em frente ao Templo, até, como de hábito, chegar um mensageiro da Prisão Mamertina para anunciar que o general inimigo tinha sido executado.

Era mentira. Nenhum general inimigo tinha sido preso. Mas as pessoas, sem saber disso, ficaram satisfeitas.

Durante os oito anos do governo de Vespasiano, quase nunca estive em Roma. Exerci cargos militares em locais distantes, principalmente na Anatólia, onde as revoltas eram frequentes. Fui ferido em três ocasiões, condecorado por bravura, e quando estava no campo de batalha evitava pensar. Ainda não tinha aprendido a desconfiar do sonho de Império que Tito me expôs um dia com tanta nobreza. Eu acreditava que o serviço esforçado na guerra e o meu trabalho em garantir a administração correta das províncias conquistadas fariam-me esquecer o fedor da corrupção em Roma. Não percebi que eu também já estava contaminado com seu vírus.

Minha correspondência com Domícia rareou. Era compreensível, não? Depois, ela se casou. Seu marido foi amigo de Nero, depois passou a bajular Cena, a amante de baixa classe de Vespasiano. Ela incentivou a união do casal, esperando com isso garantir sua posição de poder e influência no futuro, quando Vespasiano já tivesse morrido. O imperador não conseguia negar nada a ela: aceitou o casamento e Domícia não podia fazer outra coisa senão obedecer. Quanto a mim, não havia falta de mulheres na Anatólia, escravas circassianas que encantavam meus sentidos e nada exigiam do meu coração.

Pouco antes de Vespasiano morrer, ele foi colocado de pé, pois, como disse: um imperador deve morrer de pé. Foi o primeiro desde o Divino Augusto a ter morte natural, todos os demais foram assassinados ou, no caso de Nero e Otão, obrigados a suicidar-se: Tito herdou o Império, sendo o primeiro filho legítimo a assumir. E recusou o falso título de princeps ou primeiro cidadão, que Vespasiano tinha mantido, criado pelo próprio Augusto. Para meu amante de juventude, bastava que o chamassem de Deus e Senhor. Se a ascensão de Galba tinha provado que um imperador poderia vir de outro lugar que não Roma, Tito veio derrubar a fachada de respeitabilidade republicana. Algumas pessoas ficaram com medo, diziam que ele seria um segundo Nero devido ao seu vício hedonista.

Mas, ao contrário de Nero, Tito se dedicou à administração do Império. Ele adorava governar e mantinha um olho na segurança pessoal. Passou a controlar diretamente os pretorianos, elogiava-os e recompensava-os regiamente. Impôs a obediência e a boa conduta no Estado. Destacamentos da guarda pretoriana costumavam prender qualquer suspeito de deslealdade ou inimizade. Isso era feito em locais públicos, como no teatro, sendo um meio eficaz de instilar medo e respeito ao poder imperial. As execuções eram sumárias, sem as formalidades de um julgamento.

Tito me trouxe de volta a Roma e nomeou-me comandante da sua guarda pretoriana. Assim ele compartilhava da minha presença, mas, ao mesmo tempo, ganhamos as boas graças do povo agindo contra os impopulares informantes públicos, sempre prontos a, por dinheiro, fazer acusações contra seus concidadãos. Tive prazer em mandar muitos serem chicoteados ou deportados de Roma. Desta forma, juntando o rigor com o que eu considerava ser a política do cargo, Tito conseguiu uma popularidade que nenhum imperador teve desde Augusto.

Ele conquistou o povo e, ao mesmo tempo, acabou com a perturbação da ordem no Estado. Durante um curto espaço de tempo, parecia que o sol tinha atravessado as nuvens escuras que haviam coberto Roma.

E o sol voltou a brilhar também na minha vida particular. Domícia estava infeliz no seu casamento, dominada por um marido por quem não tinha afeto nem respeito. Estava no esplendor da sua beleza, mas foi seu olhar triste, que antes não tinha, que reacendeu minha antiga paixão e foi sua desgraça que me permitiu convencê-la a ir para a cama comigo. Até a morte de Tito, desfrutei do que certamente era a maior alegria que um homem pode ter: formar uma só pessoa com uma mulher que o ama sinceramente. Hoje só me restam as lembranças das suas carícias para iluminar a noite eterna da velhice e do exílio. Na época, nos seus braços, senti pela única vez que a minha vida estava completa. Consegui esquecer minha culpa por colaborar com aquele Império que destruiu a liberdade.

Mas não há como negar: eu servi àquele Império. Não tem jeito. Comentei muito sobre isso com Tácito que, mesmo quando Domiciano o nomeou pretor e senador, sonhava com a República. Ele não acreditaria, ou aceitaria, o que para mim era evidente: não existiam mais as condições que viabilizaram a República. Elas tinham acabado há tempos. Eu insistia que a República tinha sido destruída (como queria Tácito) pela perda da honradez, e não o contrário. A causa maior foi o próprio sucesso dos exércitos republicanos em estender os domínios de Roma sobre terras e povos distantes.

César foi um produto da República e a sua carreira provou que ela estava morta. Ele não precisava matá-la, pois não se pode matar um cadáver.

E quando aqueles que se autodenominavam Libertadores transformaram o próprio César num cadáver, também não conseguiram dar um sopro de vida em sua amada República. Marco Antônio sabia disso e Augusto percebeu com mais clareza ainda. Tibério relutou, mas acabou aceitando a realidade do Império. Para mim estava claro que o horror daquele ano em que os sucessores de Nero lutaram pelo poder só provou uma coisa: era preciso um imperador forte, capaz de comandar a lealdade e obediência das legiões. Vespasiano foi um imperador assim. Tito também, embora por pouco tempo. Por que eu haveria de me condenar por aceitar os ditames da minha razão e servir a ele?

Mas eu me sinto culpado por uma observação passageira que fiz para Balto: fizemos um deserto e o chamamos de paz. O deserto a que me referia não é físico, pois Roma e o Império prosperaram. É um deserto moral. Balto me fez acreditar que é o que ele chama de deserto espiritual, mas isso para mim não faz sentido. O rapaz pode ter alguma razão. Hoje vejo, daqui de longe, meus concidadãos romanos buscarem sentido nas seitas do Oriente. Muitos soldados meus cultuavam Mitra, deus da Luz e, garantiam, Guardião das Legiões. Eu lhes dava um olhar de superior desdém.

E acabei ficando com nada.

XL

TITO FALECEU SUBITAMENTE. A NOTÍCIA OFICIAL FOI A DE QUE ELE morreu de uma febre contraída durante uma viagem a Sulmona, local de nascimento do poeta Ovídio, cujo livro *A Arte de Amar* sempre o encantou. Foi imperador durante apenas dois anos, insuficientes para manter sua popularidade.

Na verdade, Domiciano o matou. Nunca tive dúvida, embora eu não saiba como o veneno lhe foi dado.

Domiciano tramou contra Tito desde a morte do pai, ou antes, creio. Tito sempre o perdoou e garantia que o amava como irmão e sucessor. Mas em particular ele me disse, descartando a ideia de recentes tramas malfeitas com inúmeros asseclas:

— Ninguém jamais me matará para dar oportunidade ao pequeno Domiciano de vestir o manto púrpura!

Avisei Tito da obstinação de Domiciano, mas ele não me deu ouvidos.

O que realmente incomodava Domiciano era a certeza de ele ser inferior ao irmão, sentimento que persistiu até depois da morte de Tito. Ele ficava enfurecido quando alguém elogiava Tito e quando os senadores falavam no falecido imperador com mais entusiasmo ainda do que quando ele era vivo.

Poucos dias após sua subida ao poder, Domiciano mandou que eu fosse ao palácio. Encontrei-o sozinho, cortando suas unhas com uma faquinha. Ele não se levantou para cumprimentar-me, demonstrando assim como a situação estava completamente mudada. Costumávamos nos abraçar, mas senti uma fria distância entre nós. Mesmo como imperador, Tito nunca deixou de me dar o rosto para beijar. Domiciano estava sentado num canto da janela que descortinava o vale do Fórum, entre os montes Palatino e Capitólio.

— Tenho um plano para Roma: é preciso uma renovação moral e a Corte deve dar o exemplo! — ele pontificou.

Suponho que todos os imperadores, com exceção de Nero e Calígula, iniciaram seus governos com esta mesma intenção. Tito tinha até abolido sua trupe de dançarinos, alguns com talento, charme e beleza suficientes para ganhar muito dinheiro nos palcos públicos.

— Ordenei que os efebos do meu irmão sejam deportados! — anunciou Domiciano, como se estivesse lendo os meus pensamentos. — Seria absurdo pensar em restaurar a República, mas vou retomar seus padrões de honradez. Soube que algumas vestais quebraram seus votos de castidade, por isso mandei fazer uma sindicância e as culpadas serão executadas!

Ele olhou suas unhas com atenção e, parecendo insatisfeito, mordiscou a cutícula do dedo médio da mão direita. E continuou:

— Fico revoltado com o costume de transformar meninos em eunucos! Estou preparando um edito declarando que a castração é uma grave ofensa! Nada do que o Divino Augusto conseguiu foi mais importante do que a restauração da moralidade, concorda?

— Tenho a impressão de que ele tentou restaurar, não sei se conseguiu... — respondi.

— Aquele professor, Demócrito, que nos maltratou tanto, estou à caça dele. Ainda não decidi como condená-lo à morte. Por chicoteamento? Seria bem apropriado! Você gosta da ideia?

— Faz muito tempo, ele hoje deve estar velho... Que importância tem isto? — perguntei.

— Importa para mim! — ele disse dando-me um olhar rápido e soturno. — Você também é um transgressor, um descumpridor da lei, um adúltero! Esteve na cama com minha irmã Domícia. Não vou suportar isto! Conforme a Lex Julia, aquele decreto do Divino Augusto que proíbe o adultério, você pode ser exilado para uma ilha remota e despojado de sua riqueza!

— Não sou rico, você sabe disto. Sempre fomos mais pobres que os nossos colegas de escola. Quanto à Domícia, não nego minha culpa. Seu casamento está arruinado, ela gostaria de divorciar-se e casar-se comigo.

Ele se virou para mim, olhou-me direto e desviou o olhar outra vez. Enfiou a unha do dedo mínimo no indicador até sangrar.

— Proíbo! Proíbo totalmente! Proíbo que veja Domícia. Proíbo que a encontre a sós! Se desobedecerem, você sentirá toda a força da lei! Entendeu?

Virei-me e, sem pedir permissão, saí.

Em casa, encontrei uma carta de Domícia. O irmão já tinha falado com ela. Dizia que tínhamos de obedecer pela minha segurança: eu seria morto se desafiasse a ordem imperial de Domiciano. Ela estava se retirando para a Campânia para viver nas propriedades do marido. Isso também por ordem de Domiciano.

XLI

NUNCA MAIS VI DOMÍCIA. NO FUNDO, ACHEI QUE ELA FOI COVARDE, eu teria desafiado Domiciano. Mais tarde, quando já estava vivendo no exterior, ouvi boatos indecentes trazidos por meus amáveis amigos: ela e Domiciano tinham feito um pacto incestuoso; ele foi visto saindo do quarto dela. Então, na minha amargura, apesar de ela um dia ter me garantido que resistira às investidas dele, acreditei nos boatos. Estava querendo acreditar. Amaldiçoei a fragilidade e a falsidade das mulheres e recusei-me a aceitar a ideia de que ela fosse vítima de uma calúnia e que, ao me rejeitar por ordem do irmão, tivesse sofrido mais que eu, que tivesse aceitado sofrer por mim e que eu ainda podia ter uma carreira na vida pública. Então guardei dentro do peito o veneno do ressentimento. Hoje, de tudo a que me condeno, nada me parece mais culpável do que aquele silencioso desapreço que tive durante tantos anos pela única mulher que realmente amei, a única que (creio, hoje) me amou como um homem deseja ser amado.

É verdade, eu ainda tinha uma carreira pública, de certa distinção até. Continuei a servir a Domiciano, justificando para mim mesmo que estava servindo a Roma. Como a minha presença agora o incomodava, fui trabalhar com os exércitos nas fronteiras do Império. Tive uma atuação de certa glória na guerra contra os *Chatti* (por acaso, a tribo de Balto) que garantiu a Roma uma fronteira norte em condições de ser defendida, permitindo que os exércitos do Reno se juntassem aos do Danúbio. E como eu mesmo chamei a atenção de Domiciano para a importância estratégica do vale do Rio Necar, posso vangloriar-me de ter prestado um serviço ao Estado que foi importante e duradouro.

Mas causei ciúme ao imperador. Adormecido durante anos, desde que mostrei obedecê-lo, abandonando Domícia, o seu ciúme voltou com mais força devido às minhas conquistas políticas. Fui publicamente acusado pelos informantes dele, que eram pagos para isto. Domiciano estava disposto, e até ansioso, a me condenar por traição. Eu então pensei — esperei, esperei com fervor — que Domícia interviesse e falasse por mim. Mas não sei. Seja qual for o motivo, a acusação mais grave que me imputaram foi anulada. A única que ficou — única! — foi de desrespeito à Lex Scantinia, que proíbe práticas sexuais anormais. Tive asco da condenação, não quis dar entrada no tribunal de uma alegação de inocência, que certamente seria negada, fui julgado e condenado ao exílio.

Tácito sempre me disse que o tirano já tinha morrido há tempos e eu poderia voltar sem perigo para Roma.

Mas para quê?

Hoje eu seria mais estrangeiro em Roma do que sou aqui. Meus filhos não teriam espaço na cidade, sendo bastardos e filhos de uma escrava. E minha mulher gosta de mim, creio.

Então, arrasto meus dias sob este clima setentrional. Costumava ler filosofia, mas hoje ela nada me diz. A lascívia também me deixou, seu último lampejo foi o desejo fugaz que senti por Balto, desejo este que hoje é cinza.

À noite, bebo vinho azedo e vejo fantasmas nas sombras das chamas da lareira. Nada me resta, e mesmo assim não quero sair daqui.

Não tenho vontade de ir até as praias, onde, estou certo, encontrarei apenas escuridão e vazio. Se por acaso existir vida depois da morte — se eu me enganei, achando que não havia nada —, então temo que consista apenas numa série de noites frias, como sono sendo cortado por sonhos que é melhor esquecer.

OS SENHORES DE ROMA
CALÍGVLA
ALLAN MASSIE

OS SENHORES DE ROMA
CÉSAR
ALLAN MASSIE

OS SENHORES DE ROMA
MARCO ANTÔNIO
& CLEÓPATRA
ALLAN MASSIE

OS SENHORES DE ROMA
TIBÉRIO
ALLAN MASSIE

OS SENHORES DE ROMA
NERO
E SEUS HERDEIROS
ALLAN MASSIE

OS SENHORES DE ROMA
AVGVSTO
ALLAN MASSIE

FARO EDITORIAL
ESTE LIVRO FOI IMPRESSO
EM SETEMBRO DE 2021